闇の子供たち

梁石日《ヤン・ソギル》

幻冬舎文庫

闇の子供たち

1

チェンマイから百二、三十キロ走った北部山岳地帯は旱魃《かんばつ》に見舞われて草や樹木の色がくすんで見えた。乾燥した大地は茶色い肌をむき出しにして埃っぽく、舗装されていないでこぼこ道を車が走ると砂塵があたり一面に舞い上がり、まるで山火事のような砂煙におおわれるのだった。

チューンは、昨日バンコクを出発してチェンマイで一泊し、今朝から車を飛ばして北部山岳地帯のD村に向かっていた。二年前、D村でヤイルーンという八歳の女の子を買ったが、今度はその妹を街へ働きに出したいという両親の連絡を受けて、チューンは急遽、車を飛ばしてD村にやってきたのである。

標高千三百メートルの山岳地帯にあるD村は耕地面積の少ない山の斜面を耕し、米や野菜をつくっているが、ここ三、四年雨に恵まれず、自給自足さえ困難な状態に陥っていた。しかもバンコクを中心に経済開発が進展しているといわれる中、北部山岳地帯は、その恩恵からまったくとり残され、そのうえバンコクに入ることすら禁じられている。タイ政府から通行証を発行されない北部山岳民族は、この地域から一歩も外部に出られないのである。したがって北部山岳民族の男たちは農繁期になると、国境警備警察隊の網の目をかいくぐって隣国のミャンマーへ出稼ぎに行くのだが、仕事にありつける者はわずかだった。

チューンはペットボトルの水を飲み、照りつける陽光から視線をそらせ、曲りくねった山道に注意を払いながら幾つかの山を越えて、ようやくD村にたどり着いた。

村に入ると家の床下で寝そべっていた犬がのっそり起きて、外部からの人間を警戒するように遠巻きにゆっくりと歩いて地面の方から車の中のチューンを見つめた。数羽の鶏が車を避けて散らばり、軒下の縁側に座って煙草をふかしている三十七、八の男が生気のないけだるい顔を上げて車に視線を転じた。木製のボールの中の穀物を棍棒で練っていた三十過ぎの女も手を止めることなく車から降りてくるチューンを首をひねって見た。三人の子供が遊んでいる。三、四歳になる裸の男の子は五、六歳の女の子と走り回り、八歳くらいの女の子は母親の手伝いをしていた。

車から降りたチューンは男に向かって手を上げて挨拶《あいさつ》を送った。チューンから挨拶された男は座ったままにーっと笑った。ヤニだらけの黄色い前歯が二本抜けていて、そこだけが黒い穴のようになっている。穀物を練っていた女が立ち上がってチューンを迎えた。

「やあ、久しぶり」

チューンが声を掛けると、縁側に座っていた男がやっと腰を上げた。

「ここまでくるのに一日半かかったよ」

チューンはタオルで額や首の周りの汗を拭きながら、遠路はるばるやってきたことを強調した。

「遠いところをご苦労さまです」

女は気を使ってチューンを家の中に案内した。床の高い萱《かや》ぶきの家は入口が開放されていて、四方の窓から風が通り抜けていくようになっている。部屋に上がってみると、村では珍しい冷蔵庫と十四インチのテレビが置いてあった。家具らしき物がない部屋に置いてある冷蔵庫とテレビは場ちがいな感じを与えた。

「冷蔵庫とテレビが置いてあるなんて、凄いじゃないか。バンコクでも冷蔵庫とテレビを置いている家は少ないよ」

チューンはおだてるように言って驚いてみせた。

男と女が得意そうな笑顔になった。

二年前、娘のヤイルーンを売った金でチェンマイまで出掛けて買った中古品である。この中古の冷蔵庫とテレビはワンパオ夫婦にとって自慢の品だった。テレビは山岳部のためあまり映らないが、それでも影のような映像に目を凝らしているだけで文明の利器に接しているという満足感があった。わざわざ隣村から冷蔵庫とテレビを見にきた人たちがうらやましがっていた。村人の中には肉を冷蔵庫に保管してほしいと頼みにくる者もいる。そこでワンパオ夫婦は一日につき三バーツ（約九円、一バーツ=約三円）で肉を冷蔵庫に保管してやることにした。これが意外と評判になり、村人たちが肉や野菜や果物を保管してほしいと頼みにくるのだった。月に三十バーツにもならないが、それでもワンパオは左団扇で暮らしているような気分になるのだった。

ワンパオは外にいる娘のセンラーを呼んだ。薄汚れたワンピースを着ているおさげ髪のセンラーは恥ずかしそうに部屋に入ってきて母親の傍らに座った。センラーは二年前に売られて行ったときの姉と同じ年の八歳になっている。両親とチューンの間で何が話し合われているのかわからないが、センラーの愛くるしい瞳の中に不安と脅えと戸惑いの混淆した色が浮かんでいる。二年前に姉を連れ去った男、チューンの優しい微笑が不気味だった。チューンは上衣のポケットから紙袋に入った飴玉を取り出して、

「甘くて、おいしいよ」

とセンラーに渡そうとしたが、センラーは体をこわばらせて受け取ろうとしなかった。

「何も怖がることはない。このおじさんはいい人だから。おまえはいまから、親と弟妹を助けるために、このおじさんのところで働くんだ。このおじさんの言うことをよく聞いて、一

生懸命働くんだ。わかったな」

　父親から命令調に言われてセンラーは助けを求めるように母親を見た。

「お父さんの言ってることがわかったでしょ。二年前、姉さんのヤイルーンも家族のために働きに出たんだよ。ヤイルーンが働きに出たお蔭で、こうして冷蔵庫もテレビも買えたんだよ。村の人たちは、みんなうらやましがってる。親孝行な娘を持って幸せだって言ってる。おまえも姉さんのように親孝行するときがきたんだ。わかるでしょ」

　母親のムオイは優しく説得力のある声で言った。そしてチューンから受け取った飴玉をセンラーに手渡すと、自分も一つほおばった。あどけないセンラーの目から大粒の涙がこぼれた。逃れられない運命を諦めているような顔だった。

「お利口さんだね」

　聞きわけのいいセンラーを誉《ほ》めて、チューンはさらにポケットからビスケットを取り出した。山岳民族の子供にとって、ビスケットはそれまで見たこともない珍しい食べ物だった。いつの間にか外で遊んでいた弟と妹が部屋にきていて、珍しい飴玉とビスケットを無邪気にほおばっていた。

　父親のワンパオとチューンが交渉に入った。ワンパオは二年前と比べ現在は物価が高くなっているので、ヤイルーンのときより五千バーツ上乗せしてほしいと主張した。これに対してチューンはバンコクから七百キロも車で走ってきた労力とガソリン代、宿泊料を換算すると、五千バーツの上乗せはとても受け入れられないと断った。すったもんだの末、千バーツ上乗せしてウイスキーを一本つけることで決着をみた。

「あんたは本当に駆け引きがうまい。わたしのような良心的な相手はいないよ」

と言ってチューンは一万二千バーツ（約三万六千円）を数えて渡し、車からウイスキー一本を持ってきた。ワンパオはさっそくウイスキーの封を切って一口あおり、上機嫌だった。

商談が成立するとチューンは立ち上がって外に出た。センラーはどうしていいのかわからず両親の顔色をうかがっていた。

「早く行くんだ」

父親に背中を押されて、センラーは重い足どりでチューンの後をついて行ったが、助けを求めるように何度も振り返った。そのたびに父親のワンパオは手で娘を追い払うようにした。

車に戻ったチューンは、まだ後ろ髪を引かれているセンラーを後部座席に押し込めドアを閉めてロックした。運転席に着くとスイッチを入れてエンジンをふかし、家の前で大きくUターンして砂煙を上げながら疾走して行った。

センラーが泣き出した。声を上げて泣き、いまにもドアを開けて逃げ出しそうだった。チューンは車を停めると、後部座席に乗り込んできて、いきなりセンラーを殴打した。

「泣くんじゃない！　このガキ！　おまえはもう家には戻れないんだ。このおれがおまえを買ったんだ。おまえはおれのものなんだ！」

それでも泣き止まないセンラーの腕に、ふかしていた煙草の火を押しつけた。

「ギャッ！」とセンラーは悲鳴を上げた。ほんの十分前まで優しい微笑を投げかけていたチューンが恐ろしい形相になっていた。

「動くんじゃないぞ。動いたら殺すからな！」

チューンはセンラーの両足にトランクから取り出した手錠を掛けた。手に手錠を掛けても子供の手は小さいので抜けてしまうのだ。

「少しでも泣いてみろ、煙草の火でおまえの体を焼いてやる」

そう言ってまたセンラーの背中に煙草の火を押しつけて消した。

悲鳴が喉の奥で破裂して息が詰まり、センラーは気を失った。

「世話のやけるガキだ」

ぶつくさ独り言を言って乾ききった地面に唾を吐き、チューンは車を走らせた。

チューンはチェンマイを通ってピサヌロークに出てコンケーンからスリン県をめざした。今日中にスリン県に入り、車の中で一夜を明かし、明日の午前中にカンボジア国境のG村に着きたいと思った。年に数回走っている道だが、舗装されていないので雨のあとは泥沼のようになり、乾燥すると今度は砂埃を巻き上げ、車が真っ黒に汚れてしまう。二日間、泥と砂埃の中を走っている白いライトバンは灰色にくすんでいた。日本製の車だが、買ってからすでに十年たっているうえに山道や悪路を乗り回しているのでエンジンや電気まわりや車体そのものがかなり老朽化していて、いつ故障してもおかしくない代物だった。クーラーは車のエンジンに負担をかける。チューンは山道を走るときはクーラーを切ってエンジンへの負担を軽減し、平坦な道に出るとクーラーを入れて暑さをしのいだ。

道路の両側は穀倉地帯だった。しかし、実っているはずの穀物は旱魃に見舞われて亀裂の入った黄色い土地が一面にひろがっている。ときどきクワーイ（水牛）に木製の耕作機を引かせて土地を耕している農民の姿が見受けられた。イサーン（東北）のブリラム県出身のチューンは、子供の頃に旱魃を経験しているが、乾き切った大地を必死に耕している姿を思い出し、虚しい気がした。

前方に五、六人の男女が道路の真ん中に立って両手を上げ、車を止めようとしている。町まで車に便乗させてくれという合図だったが、チューンは無視して車を飛ばした。もう少しで女をはねるところだった。途中で便乗させるときりがないのである。ときには開き直って強盗に早変りする者もいるのだ。同情は禁物だった。同情して馬鹿をみるのは自分なのだ。それにいまはセンラーを乗せている。

手錠を掛けられて気を失っていたセンラーがうっすらと瞼を開けた。煙草の火を押しつけられた左腕と背中がひりひりして、皮膚に残り火がくすぶっている感じがした。その灼けつく痛みが臓腑の中で煮えくり返り、嘔吐した。チューンからもらって食べたビスケットと飴玉の甘酸っぱい唾液が糸を引いた。乾いた涙が顔の表面にへばりついて痂《かさぶた》のようになっていた。月が曇っていてあたりがよく見えなかった。でこぼこ道を走っている車の振動に揺られてセンラーは自分がどこにいるのかわからなかった。ただ煙草の火の痛みに恐怖が張りついていた。殴打された頬が腫れ、口の中に血が溜まっていた。その血の塊が嘔吐とともにぬるっと痰のように出てきた。

センラーは捕獲された小動物のように座席の上に体をこごめてじっとしていた。つぎは何が起こるか、それが不安だった。車が停まった。センラーは体を硬直させてぶるぶる震えた。ドアが開き、チューンが青いビニールシートをセンラーの上にかぶせ、

「絶対に動くな。わかったな」

と言って、また車を発進させた。

スリン県の小さな町に入ってきたのだ。チューンはガソリンスタンドでガソリンを補給し、食堂で食事をとった。その間、センラーはチューンに言われた通り息を殺し、身動き一つしなかった。食事をすませたチューンは屋台で蒸しパンを二つ買ってきて、一つをセンラーに

与えた。空腹だったセンラーは蒸しパンをビニールシートをかぶったまま食べた。村では食べたことのない不思議な味であった。

センラーが蒸しパンを食べ終ったときドアが開き、かぶされていたビニールシートをとられた。

「これだ」

とチューンが言った。

四十近い一人の男が、足に手錠を掛けられて座席にうずくまっているセンラーを見つめ、やおら手を伸ばしてセンラーの体のあちこちを触ったり摑んだりしたあと、口を開けさせて歯並びと顎を観察して、

「そうだな……いくらだ」

と値段を訊いた。

「二万バーツだ」

とチューンが答えた。

「二万バーツ！　高すぎる」

「おれは二日かけてこいつを買ってきたんだ。ガソリン代、労力、宿泊料などを考えたら二万バーツでないと割に合わないぜ」

山岳地帯までの険しい道を長時間走るのがどれだけ大変か、猛暑の中をここまで運んできた労力を考慮すれば安いくらいだ、とチューンは主張したが男はかぶりを振った。

「カンボジア国境に行けば、一万バーツで買える。それにこいつは痩せている。当分使いものにならない」

「一万八千バーツでどうだ。まだ手つかずの状態だ。一万八千バーツなら安い買い物だぜ」

チューンはセンラーがまだ処女であることを強調した。しかし男との商談は成立しなかった。取引を諦めたチューンはセンラーにビニールシートをかぶせてドアを閉め、舌打ちして車を走らせた。

空がしだいに黒くなり闇の一部になってまったく光のない世界が訪れた。ヘッドライトの灯りだけを頼りにチューンは闇を透かして疾走していたが、やがて車を停止させて野宿することにした。チューンはセンラーを助手席に移し、眠っている間、逃亡を防ぐために掛けていた手錠の片方をはずして車のハンドルに掛けた。それからエンジンを止めて窓を開け、運転席を後ろに倒して横になった。空を流れている雲の影が大地をおおいつくし、じめじめした大気が肌にへばりついてくる。ハンドルに手錠を掛けられたセンラーは片足を吊った状態で椅子にもたれていた。そしていつしか眠りについた。

鳥の鳴き声で目を醒ました。水田を囲むようにパパイヤが並木のように立っていた。夜明けとともにクワーイに農具を引かせて農民が田を耕している。チューンは位置を確かめようと地図を開いてしばらく見つめながらリュックから取り出したガイ・ヤーン（焼き鳥）をかじっていた。目を醒ましていたセンラーは空腹を訴えるような目でチューンをちらと見たが、

「おまえに、飢えがどれほどつらいか教えてやる」

と言って食べ物を与えなかった。

チューンは十歳のとき、村が旱魃で飢餓状態になり、父親が行方不明になったので、母親とバンコクに出てきた。そして、バンコクの街中で母親と路上生活をしていたが捨てられ、路頭に迷って、いわゆるストリート・チルドレンになったのである。母親と一緒のときは信号待ちしている車の運転手に煙草を一本売ったり、花やレースのハンカチやお菓子を売って一日に一食か二食にありつけたのだが、母親に捨てられたとたんに煙草や花やレースを仕入れることができなくなり、一食の食事にすらありつけなくなった。繁華街のゴミを漁ろうとしたが、そこはストリート・チルドレンの縄張りがあって、ゴミを漁ることもできなかった。食べ物にありつけない日が三日、四日と続き、しだいに体力が衰えてくると同時に思考力も減退して歩く力もなくなってきた。胃袋がじわじわと締めつけてきて呼吸が困難になり、意識が朦朧として街がゆらゆらと揺れていた。道端に寝そべっていたチューンの目が動いている何かをとらえた。薄暗い溝にゴキブリが這っていたのだ。チューンはゴキブリの動きをじ

っと観察し、近づいてきた一匹を足で踏み潰した。踏み潰されたゴキブリの腹から膿のような白いはらわたがはみだした。そのゴキブリをチューンは食べた。それからチューンは目を皿のようにしてゴキブリを探し、一晩で二十匹以上のゴキブリを食べて飢えをしのいだ。しかし、明け方、胃に激痛が走り、チューンは七転八倒した。食べたゴキブリの持っている菌に侵されたのだ。腹を押さえて老婆のように体を丸め、よじり苦しみもがいているとき、通りかかった四十過ぎの白人の男性に、

「どうしたのだ？」

と声を掛けられた。

もちろん英語のわからないチューンは腹を押さえて苦しみ続けるだけだった。

親切な男だった。

男は同情し、チューンを軽々と抱き上げて自分の宿泊しているホテルの部屋に連れていって一日中介抱してくれた。その甲斐あって二日目にようやくチューンの腹痛はおさまった。

「具合はどうだ」

男はチューンの額に手をやり、腹部を軽く押さえて容体を確かめ、優しい微笑で見つめた。言葉はわからなかったが、男の温かい手の感触がチューンに伝わった。それから男はスプーンでスープを飲ませてくれた。温かいスープは五臓六腑にしみわたり、細胞の隅々に活力が

蘇ってくるのだった。三日もするとチューンの体力はみるみる回復し、血色もよくなってきた。だが、チューンは不安だった。体は回復したが、ふたたび路上生活に戻って飢えることを思うと身震いした。

その日の夜、長椅子で眠っていたチューンは男に揺り起こされてベッドにくるよう誘われた。誘われるがままにチューンがベッドに行くと、男は大きな腕にチューンを抱きすくめ、キスをした。口中に舌を入れ、顔や体を舐め回し、ペニスを吸い、しまいには肛門にまで舌を這わせるのだった。あまりにも唐突で、あまりにも卑猥すぎて、チューンは体をこわばらせてどうしていいのかわからなかった。興奮している男の眼が妖しく輝き、

「さあ、おれの物をしゃぶってくれ」

と勃起した巨大なペニスを口に押しつけられた。チューンが口を閉ざしていると無理矢理こじ開けられて巨大なペニスを挿入しようとする。だが、男の物は大きすぎて口の中に入らなかった。すると今度は唾液で濡らした指を肛門に入れてきた。唾液で濡れた太い指が肛門の筋肉を押し開いて進入してくる。激痛のあまり、

「痛い！」

と叫ぶと、

「少し我慢しろ！」

と怒鳴り、指を奥へ入れてきた。内臓が掻きむしられるのではないかとチューンは恐怖を覚えた。いったい白人男性は何をしようとしているのかチューンには理解できなかった。男はいったん指を抜いて、つぎは透明なゼリーを自分の巨大なペニスに塗りチューンの肛門にもたっぷり塗ると、尻の割れ目を引き裂くように両手で力一杯開いてペニスを挿入しようと試みた。肉に亀裂が生じたのではないかと思えるような痛みに耐えかねてチューンは飛び跳ねた。

「おまえを助けてやったのは、このおれだ。おれの言うことが聞けないのか」

いきなり殴打されてチューンは二回転してベッドから転がり落ちた。

「とっとと出て行け！」

チューンは男から襤褸《ぼろ》を投げつけられて追い出された。

夜中に追い出されたチューンは行くあてがなく、途方に暮れ、夜の街を何時間も徘徊して結局、路上で眠った。

翌朝、チューンは食べ物を探しに繁華街に出たが、すでに他のストリート・チルドレンたちがいて、近づくことさえできなかった。彼らは電線に止まっている雀みたいに横並びになって路上に座り、通りをたえず観察していた。縄張りが荒らされるのを警戒しているのだ。兇器のような眼をした少年が煙草をふかしながら遠くから見つめているチューンに気づいて、向こうへ行け、と顎をしゃくると、三人の少年がチューンを包囲するように近づいてきた。いずれも痩せているが精悍な顔つきをしている。チューンはおじけづいて逃げ出した。

夜になると雨が降ってきた。チューンはビルの玄関の隅に体をこごめて雨宿りしていたが、横なぐりの雨に全身ずぶ濡れになりながら一夜を明かした。またしても飢えがチューンの体を蝕《むしば》み始めた。このままでは餓死するかもしれないという恐怖が襲ってきて、チューンは眠ることもできなかった。空腹のせいもあるが、眠ると永遠に目醒めることができないのではないかと思うのだった。

五日目の朝、チューンは男が宿泊しているホテルの前に何時間も立っていた。昼過ぎによくやく男がホテルから出てきた。そして道路を隔てたホテルの正面に立っているチューンを見て、一瞬無視して数歩、歩いたところで振り返り、

「こっちへこい」

と手招きした。

チューンはおずおずと男に近づき、ホテルに戻る男の後ろを黙ってついて行った。ホテルに入った男は支配人とおぼしき五十年配の男にチップを握らせ、エレベーターにチューンを乗せて五階の部屋に入ると、すぐにチューンを裸にさせ、自分も裸になって、この前と同じように巨大なペニスをチューンの口に押しつけた。チューンは今度は顎がはずれるのではな

いかと思えるほど口を大きく開けて男の物をくわえた。それからチューンの肛門にゼリーをたっぷり塗ってペニスを押し込んできた。恐ろしい力が体の中を突き抜けていく。チューンは肛門に押し込まれたペニスが喉から出てくるのではないかと吐き気に襲われ涙が出てきた。悲しいのではない。痛さを我慢するあまり自然に涙が出てくるのだった。興奮している男の力に振り回されないようにチューンはベッドの端にしがみついた。道端でまだ成熟していない小さな雌犬が大きな雄犬に交尾され、引きずられてキャンキャン鳴いていた姿を思い出した。

体内にぬるぬるした生温かい粘液がひろがり、男は呻き声を上げてぐったりした。シーツが肛門からの出血で赤く染まった。

「グッド・ボーイ、グッド・ボーイ」

男はチューンの頭を愛撫し、一緒にシャワーを浴びたあと、百バーツをくれた。チューンにとって百バーツは大金だった。

チューンは鋭利な剃刀《かみそり》で肛門の縁をえぐられたような痛みで全身が熱をおびていた。

この日を境に、チューンは街角やホテルの前に立って旅行者を物色し、それらしい旅行者を見つけると微笑を浮かべて誘われるのを待った。そんな生活を六年ほど続けたある日、エイズに侵されて痩せ細った仲間のストリート・チルドレンが路上で死んでゆくのを見て、やめたのである。

飢えほど恐ろしいものはない。飢えは暴力や死をも凌駕する絶望なのだ。そのことをチューンは体で知っていた。センラーを奴隷のようにあつかえる方法は飢えの恐ろしさをセンラーの体に刻むことであった。

食事を一日与えられなかったセンラーは慈悲を乞うような瞳でチューンに空腹を訴えた。おあずけを喰った犬のように主人から餌を与えられるのを待った。だが、チューンはカンボジアの国境に着くまで食べ物を与えなかった。

国境まであと何キロだろうと思っていると、急に数台の車とすれちがった。それらの車の荷台には数人の人が腰かけ荷物が山積みされていた。沿道を歩いている人びとの数も増えてきて国境が近いことを知らされた。

チューンは車を停めるとセンラーに残しておいた蒸しパンを与えた。

「いいか、おれの言うことを聞かないときは食事を与えない。わかったな！」

食べていたセンラーは大きく頷いた。

小屋の前に二人の国境警備兵が立っている。周辺にも自動小銃を持った国境警備兵が目を光らせていた。検問所だ。タイとカンボジア国境線には数十万個の地雷が埋設されているといわれているが、この周辺にも数千個の地雷が埋設されていて、通行証のない者が雑草に隠れて検問所以外の場所から越境するのは危険だった。実際、この一年の間に地雷を踏んで命を失くした者や片脚、片腕を失くした者が数百人いる。

チューンはゆっくりと検問所に近づき、警備兵に通行証を見せるとき百バーツを挟んだ。その百バーツを警備兵は素早く取って、通行証には目をやらずにチューンを通した。

検問所を通り抜けると、そこはあらゆる雑貨類や野菜、果物、肉、衣類などが売買されている市場だった。主に紙幣で売買されているが、中には物々交換している者もいる。タイ人、カンボジア人、中国人、チベット人、ロシア人、その他、何人なのかよくわからない人間たちがいる。幼児売買を監視しているボランティアが、十五、六歳の若い二人連れの男女を呼び止めて質問していた。チューンはセンラーにビニールシートをかぶるように命令して、その場をやり過ごした。

「まったく、おせっかいな連中だ」

チューンは独りごちて車を走らせた。

十分ほど走ったチューンは、バラック小屋の裏に車を停めてクラクションを一回鳴らした。するとバラック小屋の中からでっぷり太った一人の中年女が出てきた。膨張した風船のような顔がいまにも破裂しそうだった。顔全体の面積に比べて小さな目と小さな鼻と小さな口が不思議なバランスをとっていて、カンボジア人ではなく中国系の人間であることがわかる。

一時的に内戦の終ったカンボジアには東南アジアはむろんのこと、他のアジア地域から多くの人間が流入していた。

チューンはセンラーを連れて女と一緒に小屋の中に入った。裏窓しかない部屋は薄暗く、目が慣れるまで何があるのかよく見えなかったが、六、七人の子供の目が夜行性動物のように光っていた。子供たちは小屋の隅の地面に座らされ、互いの足をロープでつながれていた。女がランプの灯りを点け、チューンに椅子をすすめた。その椅子に座ってチューンは小屋の隅に体を寄せ合っている子供たちの容姿を観察した。

「七人いるけど、四人は難民キャンプの子供だよ。もう一人難民キャンプの子供がくる。さあ、みんな立って」

女が命令調で言うと子供たちは立ち上がって、はにかみながらうつむきかげんに虚ろな視線をチューンに向けた。女の子が四人、男の子が三人、みんな埃にまみれ、痩せていて目だけが大きく光っていた。飢えた目だった。

オートバイのエンジン音が聴こえた。女が裏戸を開けると、肩から自動小銃を掛けた警備兵が荷台に一人の少女を乗せていた。警備兵はエンジンを切り、荷台に縛りつけた少女のロープを解いて降ろした。十歳くらいの少女は泣きはらした顔をしていた。

「さっさと歩け！」

警備兵に蹴飛ばされた少女はよろめきながら小屋の中に入って倒れた。

「あんた、この子をやったんでしょ」

女は疑いの目で警備兵を睨んだ。

「おれだってたまにはやりたくなるぜ。どうせ誰かに調教されるんだ。その前におれが調教してやったんだ」

悪びれるどころか開き直って、警備兵はせせら笑った。

「処女を欲しがる客が多いんだよ。手をつけた分、安くなるからね」

「危ない橋を渡って連れてきたんだ。いちいち難癖をつけられたんじゃ、やってられねえよ」

手厳しい女の注文に警備兵は抗議するように言った。

「だったら連れてこなくていいんだよ。連れてくる連中は他にいくらでもいるんだから。こんなおいしい商売はないんだからね」

強気の女は警備兵の抗議を一蹴した。

タイとカンボジア国境沿いには五十万人ともいわれる難民キャンプがある。その難民キャンプを警備している警備兵が、少女、少年を誘拐して人買いに売り飛ばしているのである。親の中には食糧不足で育てることができず、あるいは金ほしさにわずかな額で子供を売ったりするのだ。五百バーツとか六百バーツで売ってしまう。国連難民高等弁務官事務所の事務員を装ったり、ボランティアを装って子供を売買している連中もいるとチューンは聞いている。そういえば七人の子供の中に白人の女の子がいた。どういうルートでここへ連れてこられたのかわからないが、いまや幼児売買の流通経路は世界中に網の目のように張りめぐらされて複雑になっているのだ。

「この子はルーマニアの子だよ。白人の子は珍しいから高く売れるよ。白人の子を欲しがる客は大勢いるからね」

女にすすめられてチューンは後ずさりした。

「おれはこういう子は買わねえ。タイでは白人の子は目立ちすぎる。フィリピンに連れて行けばいいんだ。フィリピンには白人との混血児がかなりいるから、白い肌の子がいくらでもいる。タイじゃ無理だ」

「あんたがいったん買い取ってまた売りすればいいじゃないか。バンコクには仲買い人も大勢いることだし。安くしとくから」

女は白人の子を持てあましているらしく、チューンに押し売りしようとする。

「ほら、髪の毛が金髪できれいでしょう。柔らかくて、目の色も海のように青く、白い肌は大理石のようにすべすべしていて、好きな者にはこたえられないよ。安くしとくからさ、買っていってよ」

女は白人の子の柔らかい金髪を撫で、服を脱がせて裸にした。

「ルーマニアには生まれつきエイズの子が多いっていうじゃないか」

とチューンが言った。

「エイズだったら体に斑点が現れているはずだよ。どこにも斑点がないじゃない。この子はエイズじゃないよ」

「そんなことわかるもんか。医者に診せて検査してもらわないと、エイズなのかどうかわからない。それにおれは白人の子はいらないって言ってるんだ」

「八千バーツにしとくよ」

強欲そうな女が媚を売るように言った。

「八千バーツだって！　冗談じゃない、五千バーツでもお断りだ」

側で二人のやりとりを見ていた十歳くらいになる白人の女の子の大きな青い瞳が脅えていた。裸にされて、いつまでも立たされている屈辱に耐えきれない様子だった。

「バンコクでは五万バーツ以上で売買されているというのに、五千バーツでもお断りだとは聞いてあきれる。それだったら豚の餌にくれてやる方がまだましだよ」

「じゃあ、そうすりゃあいいだろう。とにかく白人の子はお断りだ」

女とチューンが言い争っている間、警備兵はいらいらしていた。

「いつまでも喧嘩してないで、おれとの取引を先にやってくれ」

女は白人の子の取引を諦め、警備兵が連れてきた十歳くらいの女の子を裸にして、まるで畜産物の品定めでもするように髪の毛や手足や骨格、肉づきに至るまで調べた。それから目を裏返し、

「舌を出してごらん」

と医者のように言って舌の色を観察した。

「この子は体がかなり弱ってる。病気かもしれない」

女の子は恐怖で体をがたがた震わせている。

「二千バーツだね」

「なんだって、二千バーツ！　地雷に脅えながら危険をくぐり抜けて裏道を走ってきたんだ。足元を見やがって。病気でもないのに病気とかいって、難癖をつけて値ぶみするつもりだろうが、そうはいかねえ。五千バーツだ」

「あんたは途中、この子に手をつけちまったんだ。そんなことすりゃあ、商品価値はがた落ちなんだよ。この子に客を取らせるまで時間がかかるんだ。これからは気を付けるんだね。二千五百バーツ出すよ。それで駄目なら、よそへ行っておくれ」

女は警備兵を突き離すように言った。

「強突《ごうつ》く婆あめ！」

途中で女の子に手を出してしまった不手際をなじられて、警備兵は反論できなかった。やむなく二千五百バーツを手にした警備兵はオートバイのエンジンを唸らせて去った。

小屋の中にはセンラーを除いて八人の子供がいる。チューンは子供を一人ひとりゆっくり観察したあと裸にした。そして目、歯並び、体格や肉づきを念入りに調べた。

「そうだな、男の子一人に女の子三人もらおう」

チューンは買い取る子供を指名し、

「一人五千バーツだ」

と言った。

「八千バーツ」

と女が値をつけた。

「五千五百バーツ」

売買のせり合いが始まった。

「七千五百バーツ」

「六千バーツ」

「七千バーツ」

「六千五百バーツ。これ以上は駄目だ」

一歩も譲れないといった強い調子でチューンは最終値を決めた。

「あんたには負けるよ」

肥満の女は、ようやく椅子から立って、棚に置いてある地酒をグラスに注いで差し出した。

その地酒を飲んで、チューンは金を精算しながら、

「ボスは元気にしてるかい」

と訊いた。

「ボスはいま香港に行ってるよ。この前、店が警察の手入れを受けて、八人の無国籍の女の子が逮捕されたんで頭を痛めてた。警察の署長が変るたびに手入れを受けて、そのたびに袖の下を出さなきゃならないから金がかかってしょうがないと言ってた」

カンボジアの難民やタイの山岳地帯から連れてきた子供たちには国籍がないのである。十七、八歳になると香港やマカオに売り飛ばされるのだが、手入れして逮捕した警察も国籍のない女の子のあつかいに困っていた。国籍がないので釈放することもできず、かといっていつまでも留置場に拘留しておくわけにもいかず、結局内密でもとの店に売ったりするのである。

「検問所の側でボランティアだかなんだか知らないけど、監視してるぜ。ああいう連中がものごとをおかしくするんだ。いくら監視したって、この商売はなくなりゃあしないんだ」

検問所付近で監視しているボランティアをチューンは苦々しく思っていた。

「お蔭で帰りは遠回りしなきゃあならない。時間と燃料の無駄だよ」

愚痴をこぼしているチューンに女は酒を注ぎ、

「白人の子は二千バーツでいいよ」

と、またしても白人の子を売りつけようとする。

「バンコクじゃあ白人の子はヤバいんだ。何度言えばわかるんだ。アラブ人を探すんだな。アラブ人なら五万バーツ以上で買ってくれる」

「このへんにいるアラブ人に金持ちなんかいやしないよ。みんな流れ者のルンペンさ。ボスもとんでもない子を連れてきたもんだよ。この子のおかげで、他の子までがエイズにかかってるんじゃないかと疑われるんだ。わたしだって気持ち悪いんだ」

女は白人の子を憎にくしげに見つめ、

「あっちへおゆき！」

と手であしらうように白人の子を小屋の隅へ追いやった。

「おれはこれから市場へ行って、食料と水を仕入れてくるから、ちょっと子供たちを預かってくれ」

椅子から立って外へ出ようとするチューンに、

「すぐに帰ってきてよ。わたしも忙しいんだから」

と言って女は瓶に入った地酒をラッパ飲みした。

バンコクまではもうあと七、八時間だ。途中、子供たちに食べさせる食料と水が必要だった。チューンは、いやな婆あだと思いながら子供たちを女に預けると車で市場に向かった。

市場ではあらゆる物が売られている。野菜、果物、肉類、魚類、衣類、陶器、木の彫り物、薬草、そして銃まで売られていた。タイ、カンボジア、中国、チベット、ロシア、ターバンのような帽子をかぶっているところをみると雲南省からきた行商人と思われる者もいる。森林にはゲリラが出没しているのに、国境には東南アジアのほぼ全域からさまざまな人びとが集まっていた。一つの河を挟んで人びとが往来している地域に、やがて街が出現するのではないかと予感させる光景だった。オートバイや車がひっきりなしに走っているのだ。豚や鶏を積んだトラックが河の浅瀬を渡っている途中、泥濘《ぬかるみ》にタイヤをスリップさせて難渋していた。そのトラックにロープを掛けて十数人の男たちが引き上げようとしている。ロープを引っ張るのを手伝った者には一、二バーツくれるので何人もの男や女がスリップしているトラックに群がっていた。

市場から少し離れた場所に十数軒の売春宿がある。十六、七歳の少女が往来に立って客に話しかけていた。幼児売春を監視しているボランティアも、十六、七歳になっている少女たちの売春行為にいちいち立ち入ることはできなかった。これから売られる少女を守ることはできても、すでに借金のある少女を救うには金が必要であり、その金がないのである。それに十六、七歳になる少女たちの多くは十年ちかくも売春をしていて帰るべき故郷がないのだ。

チューンはまず腹ごしらえをしたあと、売春宿にふらりと立ち寄った。何人もの少女が物欲しげな目線でチューンを見つめている。チューンは一人の少女に近づき、

「いくらだ」

と訊いた。

「五十バーツ」

あどけない瞳に男を誘うような媚がある。十四、五歳だが、体は充分に成熟していた。

「三十バーツにしろ」

とチューンは値切った。

「三十バーツじゃ、わたしの取り分が一バーツもない。四十バーツならいいよ」

少女はとたんに真剣な眼差しになった。

「わかった」

諒承してチューンは少女に案内された小屋に入った。三畳ほどの部屋には板の床に麻布が敷いてあり、水甕と洗面器が置いてあるだけだった。

少女は腰に巻いていた布を解き、上衣を脱いで床に横たわった。痩せてはいるが、成熟した体形をしている。チューンがコンドームを使うと、少女は唾液を性器に塗って股を開いた。まだ十四、五歳だが黒ずんだ性器に唾液が光っている。チューンが少女の体に押し入ると少女は男を悦ばせるための擬声をもらした。

少女の体を堪能したチューンは満足して四十バーツを払い、

「このつぎ、またきてやる」

と部屋を出た。

それから食料と水を仕入れて子供たちがいる小屋に戻った。子供たちの視線はチューンが仕入れてきた食料と水に注がれている。

「この一食のあとは、バンコクに帰ってから食べさせてやる。水もあまり飲むな。飲みすぎるとかえって喉が渇く」

チューンが汚れたアルミの皿にトウモロコシと魚と野菜を混ぜて練った食べ物を入れて与えると、それを子供たちは手で食べ、犬のようにアルミの皿を舐め回し、物足りなさそうな顔をした。そのあと水を与えられた。

「さあ、行くぞ」

子供たちを急がせて車の後部座席に乗せ、チューンはロープで子供たちの足を縛ると助手席に仕入れた食料や水を置いて出発した。

赤茶けた道は太陽に灼かれて火の色をしていた。疾走して行く車の後ろに砂埃がもうもうと立ちこめ、道行く人びとは砂嵐に見舞われたように衣服の袖で鼻や口をふさいでいた。開放した窓から肘を突きだし、片手運転をしながらチューンは鼻歌を歌っていた。そしてときどきバックミラーで後部座席の子供たちの様子を確認していた。ロープで足を縛られている五人の子供たちは身動きできずに乾いた唇を半開きにして水を求めていた。

三時間も走った頃、チューンは車を木陰に止めてボンネットを開け、ラジエーターに水を補給した。

「おまえたちにやる水はない。車が大事だからな」

そう言ってチューンはこれ見よがしに子供たちの前で水を飲むのだった。これは始まりであることを子供たちに思い知らせるために、わざと唇から水をたらした。乾燥した大気は子供たちの体から容赦なく水分を奪っていく。虚ろな瞳が苦痛に耐えている。チューンは二、三十分車のエンジンを冷やして走りだした。検問を避けるためには、できるだけ裏道を走らなければならない。だが、最近は裏道にも検問を設けていた。通行車輛の中の不審な運転手から通行料をくすねるためである。子供一人につき百バーツ。したがって五百バーツは取られる。チューンは覚悟を決めてシャツの胸ポケットに五百バーツを忍ばせた。

それから子供たちの足を縛っていたロープを解き、

「絶対しゃべるんじゃない。何を訊かれても黙ってるんだ。いいな！　しゃべったり泣いたりすると、煙草の火で口を焼くからな」

と恫喝した。

そして子供たちに水を一口ずつ与えた。

裏道を走っていると、二百メートルほど先に警察のパトロールカーと軍用トラック一台が停車して、通行する車輌を検問しているのが見えた。警官が車輌を止め、兵士が調べていた。二台の大型貨物車が道路の脇に停めさせられ、荷物を調べられている。

チューンはその大型貨物車の後ろに停車させられ、車の両側から自動小銃を持った兵士に囲まれた。左右から自動小銃を構えた二人の兵士がゆっくりと近づいてくる。以前、検問を振り切って逃げようとした運転手が自動小銃で撃たれて殺された事件があった。逃げようとした者には容赦なく銃弾を浴びせてくるのだ。

二人の兵士は後部座席でちぢこまって怯えている五人の子供たちを瞥見した。

運転席にきた兵士が、

「どこへ行く？」

　と訊いた。

「親戚の子供たちを働いている親に届けるため、バンコクへ行きます」

　チューンはシャツの胸ポケットから素早く五百バーツと助手席に置いてあるウイスキーを一本差し出した。五百バーツを受け取った兵士は札の枚数を数え、もう一人の兵士と顔を見合せて頷き、ウイスキーをもぎ取るようにして、

「行け」

　と命じた。

　チューンはほっと胸をなでおろし、愛想笑いを浮かべて、

「ご苦労さまです」

　と兵士の機嫌をとってハンドルを大きく切り、逃れるように車を発進させた。そして一キロほど走ったところで車を止め、また子供たちの足をロープで縛った。

「おまえたちには金がかかってしょうがない。これからたっぷり稼いでもらうぜ」

　チューンはいまいましげに言って車をぶっ飛ばした。

2

バンコクの市内に着いたときにはすでに日が暮れていた。ラマ四世通りは車のラッシュで一寸刻みの渋滞で、スリウォン通りに出るまで一時間近くかかったが、ジム・トンプソンの店を曲がるとスリウォン通りも渋滞していてチューンはうんざりした。古い車輌が多く、特に古い貨物車は黒い排煙をまき散らして街は排気ガスの匂いで充満していた。

ビルやホテルやデパートのある繁華街には灯りが点いているが、繁華街から一歩それると街灯もなく、貧しい家並が廃屋のようにひと塊になって地面に這いつくばっている。そして夜ともなると、どこからともなく現れたストリート・チルドレンが街のあちこちにたむろしているのだった。

バンコク随一のビジネス街であるシーロム通りとスリウォン通りを直角に結ぶ、総長わずか二百メートルほどのタニヤ通りには、日本人相手のクラブやバーや飲食店が軒を並べている。店の看板も日本人に馴染みのある名前がつけられ、日本語で表示されている店も少なくなかった。店は日本のバーやクラブと同じシステムで営業しており、地元の人間や欧米の観光客には驚くほど高額な飲食料であった。

店の前にはホステスたちが立っている。客を物色しているのだが、あまり呼び込みをしない。地元の人間には洟も引っかけない。日本人相手のバーやクラブに勤めているホステスたちは、いわばタイにおける水商売女としてもっとも高級な存在であると意識しているところがあって自負心も強いのだ。

三階建の駐車場のバルコニーで数十人の男たちが通りを見下ろしていた。彼らはバーやクラブで飲んでいる日本人の帰りを待っている運転手であった。何時間も駐車場のバルコニーから通りを見下ろし、店から出てくる主人を見つけると、ただちに車を移動して迎えるのである。

タニヤ通りからほんの二百メートル先にはパッポン通りがある。ここはタニヤ通りとちがって道路の両側に建ち並ぶゴーゴーバーが、ドアを開放したままで商売をしているので、楕円形のステージの上でハイレグ姿の若い女の子が照明を浴びながら強烈なロックのリズムに乗って踊っているのが外部からまる見えになっている。カウンターにもなっているステージの周りには男たちが群がり、アルコール類を飲みながら踊っている女の子を物色しているのだ。

道路の真ん中には所狭しと露店が並び、ありとあらゆるブランド品のコピーが売られている。道路は行き交う人びとでごった返し、そのほとんどが欧米や日本の観光客だった。

チューンはそれらの光景を横目で見やり、スリウォン通りからモンティエン・ホテルの裏通りへと入った。急に灯りが少なくなってあたりは暗くなり、人通りも途絶えた。そしてチューンは古い三階建ての建物の前に車を停めた。

車を降りたチューンはあたりを警戒するように見渡し、建物のドアをノックすると五十歳くらいの肥った女がドアを細めに開けてチューンを確認した。

「ダーラニー、子供たちを連れてきた」

チューンがひとこと言うと、ダーラニーと呼ばれた女は表に出てきて見張りに立った。チューンは車の後部座席のドアを開け、子供たちの足を縛っているロープを解いて、

「さあ、降りるんだ。降りて建物の中に入るんだ」

と急がせた。

ロープを解かれた子供たちは車からぞろぞろと降りて建物の中に入ると、見張りに立っていたダーラニーも建物の中に入って鍵を掛けた。

玄関を入るとカウンターの受付があり、その横から上階に行く階段がある。地下への階段は奥にある。看板は出していないが、ペドファイル（幼児性愛者）たちの間ではひそかにホテル・プチ・ガトー（小さなお菓子）という名で呼ばれている建物であった。

「ずいぶん時間がかかったわね。ボスが心配してたよ」

ダーラニーは顔を曇らせて言った。

「しょうがないだろう。バンコクからチェンマイまで七百キロ、チェンマイからカンボジア国境まで千キロ、そして帰りは六百キロ、全部で二千三百キロの道を走ってきたんだ。ガキどもは泣くし、途中、警察と兵士の検問で止められるし、もうくたくただよ」

「子供たちはわたしが地下室へ連れて行くから、ボスに報告してきな」

疲れていたがチューンは重い足どりで階段を昇り、ボスのいる三階の奥の部屋に行った。六畳ほどの寝室と十二畳ほどのリビングにはソファとテーブルと古い飾棚があるだけの簡素なたたずまいである。

ドアをノックして入ってきたチューンを見て、

「遅かったな」

と六十歳前後になるソムキャットが葉巻をふかしていた口から煙をふっと吐いた。

チューンは出発から帰ってくるまでの状況を逐一説明し、ポケットから残った金を出してテーブルの上に置き、金の出費を一バーツに至るまで詳細に記入したノートを見せた。ソムキャットは葉巻をくわえたまま詳細に記入された出費をじっと見つめ、

「よし、わかった。食事をしてゆっくり休んで、明日から子供たちを調教しろ。客が待ってる」

と特別手当として五百バーツを渡した。

「ありがとうございます」

チューンは五百バーツを受け取って部屋を出た。

経費を誤魔化すことはできなかった。一バーツでも誤魔化すと恐ろしい制裁が待っていた。

三階から降りてきたチューンを、

「特別手当はいくらもらったんだい」

とダーラニーが探るような目で見た。

「五百バーツだ」

チューンが五百バーツを見せると、

「わたしの取り分はないのかい」

とねたましげに言った。

ダーラニーには何かと世話になっている。子供たちの監視役であり、ボスの連絡役で裏の情報を持っているので味方につけておく必要があった。チューンは百バーツをダーラニーに渡して、

「子供たちはおとなしくしてるか」

と訊いた。

「子供たちに食事を与えて、風呂にも入れなきゃ。わたしも子供たちのお守りだけでも大変よ」

　ダーラニーは自分の役割の重要さを強調して百バーツを受け取るとにっこりした。

　チューンは地下の部屋に監禁されている子供たちの様子を見に降りた。ドアの鍵を開けて獄舎のような八畳ほどの部屋を見ると、たったいまチューンが連れてきた五人の子供たちが脅えてひと塊になってコンクリートの床の上に座っていた。五人の子供たちの大きな瞳に恐怖が宿っていた。

　チューンはドアを閉め、隣の部屋に監禁されている子供たちを見ようとドアを開けると、三十五歳になるバーイが十一歳のローイを犯しているところだった。小さな両脚を持ち上げ、逆さ吊りにしたような恰好で、他に三人の子供たちが見ている前で犯していた。

「こいつは昨日、客の要求にちゃんと応えられなかったので、客は怒って帰ってしまったんだ。もう一度焼きを入れてやる」

　バーイは犯しながらふかしている煙草の火をローイの脚に何度も押しつけた。そのたびにローイは悲鳴を上げて泣いていた。大粒の涙を流し、唇をわなわなと震わせ、

「許して下さい。許して下さい」

と助けを求め、哀願していた。

その光景を見ている三人の子供たちは他人ごととは思えず、目をそらせたり伏せたりしていた。

「ちゃんと見るんだ。おまえたちも言うことを聞かないときは、もっとひどい目にあわせてやる」

バーイの肉欲は怒りとともに頂点に達し射精した。

チューンはドアを閉めて隣の部屋を見た。その部屋にはエイズに感染している六人の子供が集められていた。痩せ細った体に発疹ができている子供も二人いる。体に発疹が現れると商品として使いものにならないのだった。エイズに感染している子供たちは目の縁に隈ができていて、まるで老人のようであった。気力を失っている虚ろな瞳が死んだ魚のような目だった。

『近々、あの二人を処分しなければ……』

そう思うとチューンは憂鬱になった。

エイズに感染した子供は表沙汰にできないので地方に売り飛ばすか、売れないときは闇に葬るしかないのである。これまでに何人の子供を闇に葬り去ったのかチューンは覚えていなかった。

地下室をひと通り見て回ったチューンは何日ぶりかでパッポン通りを散策した。地元や地方からきた若者や欧米人と日本人観光客でパッポン通りは溢れている。通路の真ん中に並んでいる出店の裸電球が網膜を刺激してくる。ありとあらゆるブランドのコピー商品が売られている。それらのコピー商品を観光客は面白がって手に取って眺めたり、土産物として買ったりしている。

ドアを開放したゴーゴーバーから強烈なロックが流れている。ステージの上で踊っているゴーゴーガールをチューンは横目で見ながら通り過ぎた。パッポン通りのゴーゴーガールになれる者はほんのわずかなのだ。

チューンは屋台でバミー・ナーム（汁麵）の簡単な食事をとった。寝る前にあまり食べるのはよくないと思ったからだ。それからダーラニーとバーイにポーピア・トード（春巻）を買って帰った。

チューンの部屋は地下室に監禁されている子供たちの部屋と通路を間に向かい合っている。バーイも同じ部屋だが、ダーラニーはボスに呼ばれたときだけ三階に泊まり、普段は地下室に泊まっている。

ホテル・プチ・ガトーに帰ると百キロ以上あると思われる髭面のアラブ人がローイと十二歳になる男の子のテオを両手につないで、のっし、のっしと階段を上がって行くところだった。入口の椅子に腰掛けて、ダーラニーがその後ろ姿を見送っていた。

とチューンがダーラニーにポーピア・トードを手渡しながら言った。

「またあいつか」

「あのアラブ人はローイとテオがお気に入りなんだよ」

ダーラニーは口を大きく開けてポーピア・トードをかじった。

ローイとテオを両手につないで部屋に入ったアラブ人は椅子に腰掛け、立っている二人の子供を足の爪先から頭のてっぺんまで舐めるように見つめ、服を脱ぐよう指示した。二人の子供は粗末な服を脱いで裸になった。痩せ細った体のいたるところに煙草の火で焼かれた跡や鞭や何かで打たれた跡が痂《かさぶた》になって残っていた。十一歳のローイの乳房はほんの少しふくらんでいる。その乳房をアラブ人はじっと見つめて欲望を高揚させようと裸になり、二人に自分のペニスを口に含むよう命じた。巨大なペニスは子供の口には入りきらず、二人はひたすら舐めるだけだった。あまり勃起しないアラブ人は二人に性交をうながした。

二人の子供はアラブ人に言われるがままに性交を始めた。男の子も女の子もまったくの無表情だった。いまだ未成熟な子供たちに性の快楽を求めるのは無理であったが、子供たちはバーイやチューンに教えられている通り、笑顔をつくってアラブ人の機嫌をとっていた。無表情なつくり笑いは、まるで機械のようであった。アラブ人の要求に応じて子供たちは体位を変えた。アラブ人はあらゆる体位を要求し、まるで学者のように観察していたが、しだいに高揚してきた欲望を満たすために、男の子を押しのけ、ローイの膣にゼリーをたっぷり塗ると巨大な黒いペニスを押し込んだ。ローイは顔を引きつらせ、巨大なペニスで内臓まで破壊されるのではないかと恐れた。アラブ人のペニスは半分しか入らなかった。だが、アラブ人は全部を入れたがり、激しく蠕動《ぜんどう》運動をくり返した。ローイは顔を歪め、いまにも泣き出しそうになって苦痛に耐えていた。

「可愛い奴、可愛い奴。食べてしまいたいくらいだ」

アラブ人はローイの小さな乳房を舐め回し、唇を荒々しく吸った。

それから今度はテオの後ろに回って、うっ血している黒ずんだ肛門にペニスを押し込んだ。肛門に亀裂が入り、破れるのではないかと思えるほどであった。アラブ人の肉の塊がぶるぶる震えている。ローイとテオの間を往ったり来たりしながら、それでも飽き足りないアラブ人は裸のまま階段に立って入口の椅子に座っているダーラニーを呼んだ。岩のようなアラブ人の体がペニスを晒して立っている。

「きてくれ」

とアラブ人が合図した。

『またか……』と内心舌打ちしてダーラニーは重い腰を上げて二階の部屋に行った。いつものことだが、アラブ人は誰かの性行為を観察していないと終らないのである。

ダーラニーは裸になり、孫のようなテオを相手にしなければならなかった。八十キロはあるかと思えるダーラニーの肉の中にテオが沈んだ。ダーラニーが擬声を発して呻《うめ》いた。

「そこ、そこ、そこだよ」

ダーラニーはテオの小さな体をかかえ込んでゆするとテオは肉圧で窒息しそうになるのだった。

擬態なのか本気なのか、どちらともつかないダーラニーの姿態にアラブ人は触発されて射精した。

ぐったりしているアラブ人を横目で見やり、ダーラニーは起き上がってサービス料金を請求した。アラブ人は脱ぎ捨てた上衣のポケットから千バーツを出してダーラニーに渡した。

「二人にシャワーを使わせてもいいかい」

とダーラニーは訊いた。

息をはずませてぐったりしているアラブ人は黙って頷いた。

「シャワーで体をよく洗うんだよ」

二人の子供に言ってダーラニーは部屋を出た。

この夜は三人の欧米人と一人の日本人がやってきた。

翌日の昼過ぎ、チューンとバーイは買ってきた五人の子供たちの部屋に行き、威嚇するように一人ひとりの顔を睨みつけた。

「いいか、おまえたちにはもう帰るところはない。ここがおまえたちの家だ。言うことを聞かない奴はひどい目にあわす。食事も食べられないから、そのつもりでおれ。おまえたちは商品だ。商売道具だ。商品を高く売るためには客に喜んでもらうことだ。どうすれば客に喜んでもらえるのか、それをいまから教える。ちゃんと体で覚えるんだ。少し痛くても我慢するんだ。我慢せずに泣いたりした奴は食事は抜きだ。罰として一日中裸で立っていろ。逃げようとする奴は脚の骨を叩き折って歩けないようにしてやる」

凄みのある声で、バーイは竹の棒を振って空を切った。ヒュッ、ヒュッと空を切る不気味な音が子供たちの耳元で唸った。そのたびに子供たちは体をこわばらせてびくついていた。

「食事は調教が終ってからにする」

空腹を訴えている子供たちの目が恐怖におののいている。子供たちはバーイの説明が理解できなかった。

ダーラニーがテオと十二歳になる女の子のノパマートを連れてきた。十二歳だが乳房がふっくらとふくらみ、下半身が発達している。表情もどこか大人っぽく感じられた。すでに多くの大人を相手にしているノパマートは女に変身しようとしているのだ。ちぢれ髪の黒髪を肩までたらし、黒い瞳に愛くるしい微笑をたたえている。性行為をまだ一度も経験したことのない五人の子供たちの前でノパマートは性の世界を演じさせられようとしているのだ。八歳から十二歳までの四年間、この世界で生きているノパマートは、いわばベテランの一人であった。

「これからテオとノパマートのやることをよく見るんだ。明日からおまえたちは客を取ることになる。そのときになって泣いたり、いやがったりすると客は金を払わない」

チューンはテオとノパマートに合図すると、ノパマートとテオは裸になり、痩せた浅黒い小さな体を晒した。二人は緊張していた。教えられた通り上手に行わないと、バーイに竹で容赦なく打擲《ちょうちゃく》されるからであった。バーイは竹を二、三度振り回し、にたにたしながら威嚇した。五人の子供たちに見られているノパマートは恥じらいながら床に敷いてある汚ないバスタオルの上に仰向けになった。そしてテオも横になってノパマートの体をそっと抱きキスをした。

「舌を入れるんだ」

チューンが注意した。

テオはみんなが見えるようにノパマートの口の中に舌を入れたり出したり、こねまわしたりした。その舌をノパマートは口を開けて受け入れていた。テオはキスをしながら手でノパマートの小さな乳房を愛撫した。指先で乳首を撫で回し、キスをしていた唇と舌をしだいに首筋から乳房へと這わせた。瞳を閉じたノパマートは唇を半開きにして、かすかな反応を示している。舌を乳房に這わせているテオの手はノパマートの下腹部から陰部へと移った。

「股をもっと開くんだ」

バーイが竹でノパマートの脚を叩いた。反射的に股を大きく開くとテオの指がノパマートの膣の中へ入った。異物の侵入にノパマートは思わず体をそらせて顔を歪めた。乾いた膣の中は皮のむけた皮膚のようにひりひりした。

「そこを舐めて濡らすんだ。この馬鹿やろう！」

テオはバーイに竹で尻を二、三回叩かれ体を硬直させたが、乳房に這わせていた舌を素早くノパマートの陰部に移して吸った。膣に唾液をたっぷり吸い込ませ、それからテオはペニスをノパマートの中へ挿入した。

器用に腰を使って蠕動運動をくり返し、ときどきうまくいっているかどうかを確かめるためにテオは側に立って観察しているチューンとバーイの顔色をうかがった。ノパマートも顔色をうかがっている。

二人のセックスを見せられている五人の子供は興味深そうだったが、同時に目のやり場に困っている様子だった。センラーは不安をつのらせ、泣きそうになっている。

チューンの声に二人は体位を変え、テオはノパマートの後ろから押し入った。

「後ろに回るんだ」

「もっと尻を上げろ」

バーイの声が飛び、竹をしならせた。

尻を突き出しているノパマートは、腕立て伏せでもするように肘を立てたり体をこごめたりして目は虚ろにさまよっていた。テオはチューンとバーイに言われる通りの行為を続けている。そして十分も過ぎた頃、床との摩擦でテオの膝がすり切れて血をにじませていた。

つぎはノパマートがテオの上になり騎乗位の体位を披露した。さまざまな体位を展開していくセックスは、まるで遊戯でもしているようだった。

二人のセックスが終ると、ドアを開けてダーラニーが十歳のトゥーンと十一歳のタノムを連れて入ってきた。二人の男の子は、これから何をやらされるのか知っていた。部屋に入ってきた二人の男の子はすぐに裸になった。二人の裸のいたるところに煙草の火の跡や、竹で打擲されてミミズ状に腫れた跡の黒ずんだ傷が刻印されていた。

「センラー、こっちへくるんだ」

チューンに呼ばれたセンラーは戸惑いながらも、おずおずと前へ出た。

「いまノパマートとテオがやっていたのを見ただろう。あの通りやるんだ。ちゃんとできればクイッティオ・ナーム（汁太麵）を食べさせてやる」

空腹だった。朝から何も食べていないので、センラーはものほしそうにチューンを見上げた。

「服とパンツを脱いで裸になるんだ」

バーイが竹で床を叩いて脅した。

センラーは急いで裸になり、両腕で体をおおったが、急に寒気がして体を小刻みに震わせ、その場で失禁してしまった。

「何やってるんだ。ここはトイレじゃないんだ。きたない奴だ！」

怒声を上げてバーイは竹をセンラーの体に何度も何度も振り下ろした。悲鳴を上げて逃げまどうセンラーをとり押さえ、チューンは吸っていた煙草の火で体のあちこちを焼いた。センラーは気も狂わんばかりに恐怖におののき泣き叫んで気を失った。

「くそ！　使いものにならねえや」

チューンはいまいましそうに床を踏み鳴らして子供たちを睨んだ。しかし、これも子供たちに対する見せしめであった。

チューンはダーラニーにプラスチックの大きなタライを持ってこさせ、その中に湯をたっぷり注ぎ込んだ。こんなときのために、というより子供を調教するときは湯が必要だったのでダーラニーは事前に湯を沸かしていたのである。

タライの湯の中にチューンは気を失っているセンラーを抱いて入れた。それからチューンは温まったセンラーの体をほぐし始めた。硬直している体の筋肉をほぐし、お尻の肉をもみ、陰部をマッサージでもするように愛撫した。首をたらしたまま意識をとり戻しつつあるのか、自己防衛本能が働いてチューンを拒絶しているのか、センラーは手で湯をかきながらあがいていた。

チューンは陰部をもんでいた中指をセンラーの膣の中へ少しずつ挿入していった。そして膣に刺激を与えるように指を動かしながら人差し指も入れた。ゆっくりと、ゆっくりと二本の指を入れ、出したり入れたりしながらもみほぐしている。チューンの太い二本の指がセンラーの膣の中にすっぽり入ったので、見ていた子供たちは驚いた。床に竹をついて様子を眺めているバーイが唇に淫靡な笑みを浮かべている。

チューンは服を脱いで裸になり、センラーを湯から出してバスタオルで拭くと、今度は粘液状のゼラチンをセンラーの膣に塗りたくった。チューンのペニスが大きく勃起している。欲情した顔が紅潮している。意識が戻ってきたセンラーは目の前の巨大なペニスを見た。

「声を上げるな。少し痛くても我慢するんだ。泣くと腕をへし折るぞ！」

そう言ってチューンはセンラーの陰部を手で開き、ペニスを挿入しようとしたが、むろん入らなかった。

「息を大きく吸うんだ」

チューンに言われてセンラーが息を大きく吸うとチューンはペニスを無理矢理押し込んだ。センラーは苦痛のあまり口を大きく開けて泣き叫んでいたが声は出さなかった。ただ目から大粒の涙が溢れてきた。

「もう少し我慢しろ。そしたらクイッティオ・ナームを食べさせてやる」

周りの子供たちも、まるで切開手術を見ているような感じを受けていた。

徐々に押し込んでいたチューンの大きなペニスは、やがてセンラーの中におさまった。センラーの小さな体の中のどこにおさまっているのだろうと不思議に思えるほどの光景だった。チューンはゆっくりと腰を動かし、蠕動運動をくり返した。センラーが苦痛に喘いでいる。とめどなく流れる涙と鼻水で喉を詰まらせ咳き込んだ。そのときチューンは射精した。チューンの射精を待っていたかのように今度はバーイが裸になってセンラーの中に押し入った。

待たされていたトゥーンとタノムは、新しくきたメムとパトゥムを同じようなやり方で調教するのだった。そして調教が終ってから、子供たちはやっと食事を与えられた。

十メートルほどの広い道路の両側に、外観はヨーロッパ風のアパートが数棟建っている。建物の一階には、食堂や自転車店、雑貨店、コンビニなどの店が入っている。二人の女の子がコンビニでアイスキャンディーを買っていた。高速道路が交差している下には鉄屑やビニール、プラスチック製品、生ゴミなどの廃棄物が山と積まれ、悪臭を放っているが、そこに数十人の若者がたむろしている。みんな仕事がなくて時間をもてあましているのだ。

アパートの一階にある自動車修理工場の前で、刃物を持った二十歳前後の若者がわめいていた。

「くそ野郎！　出てこい！　殺してやる！」

足をふらつかせ、血走った目で自動車修理工場の奥を睨みつけている。

「出てこないのか！　なめるんじゃねえ！」

暗い修理工場内からは何の応答もない。

昼過ぎの炎天下で上半身裸の若者はときどき通行人を振り返り、歯をむいて挑発するので誰も通れなかった。往来で立往生している四、五人の通行人の中の一人が、

「ヤクにいかれてるんだ。危ないから、ここは通らない方がいい」

と側にいる二十五歳になる音羽恵子に注意していた。音羽恵子は三年前に、日本のNGO団体アジア人権センターからクロントイ・スラムの社会福祉センターへ派遣された女性である。髪を短くした端整な顔立ちの眉を少し寄せて心配そうになりゆきを見守っている。この街では珍しい光景ではない。麻薬常習者が溢れている街では犯罪が日常的に発生しているの

だ。それでもこういう光景を見ると胸の奥で恐怖が軋むのだった。何事も起こらなければいいのだが……と祈りながら音羽恵子はわめいている若者のただならぬ様子に怯えた。

突然、わめいていた若者が修理工場の中へ突進して行き、つぎの瞬間、喉をえぐられたような叫び声が上がった。若者がやられたのか、それとも修理工場の中にいた者がやられたのか、よくわからない状況だった。通行人の一人が食堂に入って、

「警察に連絡しろ」

と言っている。

やがて修理工場の中から血のついた刃物を持った若者が現れた。上半身裸の胸や顔が血飛沫を浴びて真っ赤に染まっている。

通行人はすでに数十人の野次馬になっていたが、誰一人声を出す者はいなかった。目の前で行われた殺人に恐怖を覚えて押し黙っていた。若者は「わーっ」とわめき声を上げて血のりのついた刃物を野次馬に向かって投げつけたので、野次馬は驚いて散った。刃物を野次馬に投げつけた若者は意味不明の言葉を口走りながら疾走して消えた。警察のパトカーが現場に駆けつけてきたのは、それから二十分もしてからであった。

現場から二百メートルほど離れたところに淡いブルーとレンガ色の建物がある。建物に隣接して百坪ほどの広場があり、子供たちの遊び場やセンターの催しに使っている。三階建て

の校舎のような建物の一階は、夫の暴力から逃れた女性や幼児売春の子供たちを保護するための部屋になっており、二階は事務所と食堂で、三階は社会福祉センターの職員の宿舎になっている。音羽恵子は、この宿舎に寝泊まりしながらNGOの活動をしていた。

センターに帰ってきた音羽恵子の青白い顔を見た所長のナパポーンは、

「どうしたの？　恵子」

と心配そうに訊いた。

「いまそこで、人が殺されるのを見たの」

恵子は恐怖で青ざめている唇を震わせた。

「なんですって！」

四十二歳になるナパポーンは恵子を抱いた。

夫と死別したあと七年前に社会福祉センターを立ち上げた開設者の一人である。

「E地区のソムサクがそこの自動車修理工場の従業員を刃物で殺害したの。そのあと血のついた刃物を見ているみんなに投げつけ、わめきながら逃げて行ったわ」

事務所にいた四人の職員たちも側にきて恐怖をつのらせている恵子に慰めの言葉を掛けた。

「ソムサクは二年前から麻薬中毒でマフィアの一味とつき合って使い走りのようなことをやってる。麻薬をやるまでは、おとなしくていい子だったのに」

ナパポーンは暗い表情になって溜息をついた。

「ソムサクの父親は二年前、十歳になる末娘を売り飛ばしたあと家族を捨ててどこかへ行ってしまったんだ。それからだよ、ソムサクがぐれだしたのは」

大学を出て間もないソーパーが言った。

ソムサクの母親は一年前、エイズで亡くなった。夫から感染したと思われるが、その夫が家族を捨ててどこかへ行ってしまったのでさらなる感染が心配されていた。

今日はクロントイ・スラムの何軒かの家庭を訪問する日だった。週に三回、センターへくるはずの子供たちのうちの何人かが、ここのところずっときていないからである。子供たちは働かされているのではないかという疑念があった。働かされて学校へ行けない子供たちの学習を進めているのだが、それがなかなか実現しないのだった。

所長のナパポーンと音羽恵子とソーパーは訪問先の名簿を持って出掛けた。

スラムの上の澄みきった空に白光の太陽が輝いていた。表通りは舗装されているが、沿道にはゴミが散らかり、ヨーロッパ風のアパートのベランダには洗濯物が干してあり、がらくたが山積みされている。いましがた殺人事件があった自動車修理工場の前にパトカーが停まり、数人の警官が野次馬を規制していた。

三人は遠巻きにその様子を眺めながらスラムの中へ入った。人が一人通れるくらいの細い路地が錯綜している。いまから六年前の一九九一年三月二日の昼すぎ、突然、爆発音とともに地面が揺れた。ナパポーンは一瞬地震かと思って机の下にもぐり込んだが、続いて爆発音がしたのでもぐり込んでいた机から出て窓際に行ってみると、六百メートルほど先のクロントイ港あたりからもうもうとけむる黒煙がきのこ雲のように立ちこめ、やがて異様な匂いが漂ってきた。いったい何が起こったのか状況を把握できないままナパポーンはセンターにいる職員や研修員、そしてスラムの子供たちを避難させた。通りには大勢の人びとが飛び出してきて空を見上げ、不安と恐怖におののいていた。何か途方もない天変地異が起こったのではないかと互いに情報を求め合ったがわからなかった。

ナパポーンは直感的に、港の倉庫や周辺に野晒しのまま積まれている大量の化学物質がなんらかの理由で爆発したのだと思った。以前からクロントイ港周辺に野晒しのまま積まれている膨大な数のドラム缶の中身は化学物質ではないかという疑いがあった。ナパポーンたちは港湾当局に再三質問状を出していたのだが、なしのつぶてであった。クロントイ・スラムの住民たちに危険物の撤去を要求しようと何度か呼びかけたが住民たちも無関心だった。そしてナパポーンや一部の人たちが懸念していた事態が発生したのである。

一時間半後、人びとは事態の重大さに気づき、パニック状態に陥った。火の海となったC地区から両腕に子供をかかえた母親やオンボロ車や自転車に家財道具を積んで逃げてくる人びとで通りは大混雑した。断続的に続く爆発音は雷のようだった。地殻変動で、いまにも地中から火が噴き出すのではないかと思えた。あたり一面に漂う異臭で息苦しくなるほどだった。咳き込んだり、目を開けているのが苦痛で涙をぼろぼろ流していた。まるで催涙弾を撃ち込まれたようだった。

晴れていた空は一瞬のうちに黒煙におおわれ、あたりは薄暗い闇に包まれた。この世の終りかと思えるような阿鼻叫喚が響いていた。煙で真っ黒になっている者、焼けただれた皮膚がぼろ布れのようになっている者、片腕を吹き飛ばされて地面を転げ回っている者、現場付近は地獄絵図さながらの惨劇であった。

周辺にひろがる火の手は多くの人びとの必死の消火作業でなんとかくい止められたが、火の海となったC地区は数日にわたって爆発をくり返し、消火作業に手間どった。被害者は五千人にもおよび、人体に何らかの影響を受けた子供は千人を超えた。むろん大人を入れると、その数は三万人以上に達すると思われるが実数はわからなかった。

この大惨事を契機に軍と政府とクロントイ地区の住民による再建会議が持たれ、集合住宅を建設されたのがいまのクロントイ・スラムである。だが、爆発事故の原因と責任は究明されることなく、住宅も劣悪な環境を改善されないまま建てられたのだった。

海から五キロほど離れたクロントイ地区はもともとは港湾局の土地だったが、そこに家のない人びとがバラックを建てて住み始めスラム化したのだが、湿地帯の上にバラックを建て板を渡しただけの路地はきわめて危険であった。実際、板を渡しただけの路地で遊んでいた子供が沼に落ちて死亡する事故があとを絶たないので、居住環境を改善するよう政府に何度も交渉を試みたもののらちがあかなかった。それが化学物質の大爆発の事故で政府も重い腰を上げてクロントイ地区の改善に動いたのだが、できたものは住民が望んでいたものとはほど遠い集合住宅だった。大通りには見せかけのヨーロッパ風の五階建てのアパートを建設したが、一歩裏に入ると湿地帯の上に狭い住宅を建て、通路は舗装したが、家と通路の間は沼がそのまま残っている。その沼に汚物やゴミが棄てられ悪臭を放っていた。

クロントイ・スラムは碁盤の目のようになっているが糞詰まりの路地も多く、何度きても迷ってしまう。特に奥へ入るにしたがって迷路のようになっているので何かあったとき逃げ道がわからないのである。

平屋の長屋は八畳くらいのひと部屋に家族が六、七人暮らしている場合が多い。狭い路地を挟んで家と家の部屋から互いに腕を伸ばせば届きそうな間隔だった。窓を開放した部屋で赤ちゃんに母乳を飲ませている二十七、八歳の女が同じく窓を開放している向かいの家の四十歳くらいの女と世間話をしている。溝になっている沼の隙間からたれ流しにされている糞尿や生ゴミの腐臭があたりに立ちこめている。音羽恵子はクロントイ地区にきて三年になるが、いまだに生臭い悪臭に慣れることができず、場所によっては呼吸を止めたりすることがあるが、住人たちは平気だった。この悪臭に慣れることは貧窮に慣れることでもある。社会福祉センターは公衆衛生をこころがけるよう呼びかけ、たえず身の回りを清潔に保つよう奨励してきた。その甲斐あって以前に比べるとかなり清潔になったといえるが、湿地帯そのものが悪臭の源であった。水質を調査してみると大腸菌が基準の数百倍に達していることがあり、突然、赤痢や伝染病が発生したりするのだった。

「今日は……」

ナパポーンが笑顔で二人の女に挨拶した。

生後四カ月ほどになる赤ちゃんに母乳を飲ませている若い母親がにっこりほほえんで、

「今日は……」

と社会福祉センターの三人に挨拶したが、煙草をふかしていた四十歳くらいの女はろくに挨拶もせず、ナパポーンをけむたそうにしていた。

「娘さんはときどき帰ってきますか」

けむたそうにしている女にナパポーンは気づかうように尋ねた。

「月に二、三度帰ってきて、わたしに小遣いをくれるよ。親孝行な娘だから」

中年女は娘を誇らしげに語った。

「そう、親孝行な娘さんを持ってよかったわね。でもエイズにかからないよう注意してほしいの。パッポン通りで働いている若い女性の間でエイズ感染の問題が深刻になっているから」

その言葉に中年女は眉をひそめて怒った。

「何かといえば人をエイズあつかいして。そんなことくらい、あんたに言われなくても知ってるよ」

しかしエイズの問題は知っていると言いながら無防備であった。エイズに関する知識を少しでも学んだり、対策を講じようという意識は皆無に近いのである。そして気がついてみるとエイズに感染しているケースが多いのである。クロントイ・スラムにもエイズ感染者が何人もいる。だが感染していても発症していない人はかなり潜在化しているのではないかとナパポーンは考えている。それが怖いのだった。

「娘は大学を出た人間より稼いでるんだ。あんたにとやかく言われる筋合いはないよ」

プライドを傷つけられた中年女はナパポーンの言葉をおせっかいとばかりにはねつけた。

「それより娘を日本へ行かせてほしいよ。娘は日本で稼ぎたがってるんだ。おせっかいをやくくらいなら、娘を日本へ行かせてくれたらどうだい」

中年女は音羽恵子に言った。日本人の音羽恵子に保証人になってくれとほのめかしているのだ。この仕事を始めてから音羽恵子は何人ものタイ人から日本人の保証人を紹介してほしいと頼まれ困惑していた。日本へ行けば、明日にでも大金を稼げると思っているのだ。

「日本へ行くのにいくらのお金が掛かると思うの。八十万バーツくらい取られるのよ。八十万バーツ（約二百四十万円）の借金を返すために日本でこき使われるのよ」

一攫千金を夢見ている中年女の幻想をナパポーンは強く否定した。

「わたしの知ってる娘は日本で稼ぎ、親に家を買ってあげてる。わたしの娘も日本で稼いでわたしに家を買ってくれると言ってる」

中年女はナパポーンの言葉を聞き入れようとしなかった。

「そういう話を信じては駄目よ。そういう話を信じて騙された人が大勢いるんだから」

だが中年女は煙草をふかしながら、そっぽを向いた。

「娘さんはいつ帰ってくるんですか」

と音羽恵子は訊いた。

「あんたたちに関係ないよ。気が向いたら帰ってくるさ」

片膝を立て、その上に肘を突いて煙草をふかしている中年女の不機嫌面が、これ以上の会話を拒否していた。

背の高い痩せ細った五十歳くらいの男が、総菜の入った籠を天秤棒で担いで細い路地をぬって売り歩いている。

住人と話している三人に、

「総菜はいらんかね」

と気のよさそうな笑顔で言った。

「葉タバコはあるかね」

と中年女が訊いた。

男は担いでいた天秤棒を降ろして籠から葉タバコを取り出した。中年女は葉タバコを手巻きにして吸っているのだ。ところが、その葉タバコに阿片が混入されているのだった。中年女は以前から阿片の常習者である。そのことを注意すると、

「おまえに何の権限があるんだい」

と中年女は喰ってかかるのだった。

笑顔だった男が三人をうっとうしそうに見つめた。その目が早く去れ、と言っている。三人はその場から離れた。

「あの母親は娘に阿片代をねだってるのよ。父親は港湾労働者だったけど、六年前の化学物質の爆発事故で亡くなって、それ以来、阿片中毒になってる。そのうち娘も阿片を吸うようになるかもしれない。最近はコカインが流行ってるそうよ。コカインは中毒性が弱いけど、

値が高いのよ。そのためコカインを使ってるような女の子は多くの客を取ってエイズに感染する確率も高くなってくる。悪循環ね。ずるずると泥沼にはまっていくんだわ」

ナパポーンの表情に無力感が漂っていた。

気温は三十二度。慢性的な車の渋滞で排気ガスにまみれているバンコクの空はよどんでいた。湿地帯に建てられているスラムは湿気が多くてむし暑かった。

迷路のように交差している路地の奥に入って行くと環境はさらに劣悪だった。犬の糞や子供の糞があちこちにあり、散乱した生ゴミにハエが群がっていた。

糞詰まりの路地にセメントで囲んだ共同炊事場の水溜めがあり、その水をアルミ製のボウルですくって三十歳くらいの男がパンツ一枚で水浴びをしていた。黄色く濁った水を頭からかぶっている。すえた匂いが鼻を突き、音羽恵子は思わず吐きそうになった。クロントイ・スラムの匂いには慣れているつもりだったが、強烈なすえた匂いに音羽恵子は息を詰まらせ、この場を早く立ち去りたいと思った。この暑さでは水浴びしたい気持ちもわかるが、それにしても水が不潔すぎる。この溜め水で洗顔したり、洗濯したりしているのだ。男は三人を無視して何度も頭から水を浴びていたが、ようやく立ち上がって充血した目を向けた。

「今日は……ナワミンさん」

ナパポーンが挨拶した。

ナワミンは三人をじろりと見やり、口をへの字に曲げて、側にあった薄汚れたタオルで体を拭いた。

「最近、アランヤーがセンターにこないんだけど、どうしてるのかと思ってうかがいました。アランヤーはいま家にいますか」

ナパポーンはそれとなく狭い薄暗い家の中の様子をうかがいながら訊いた。

「アランヤーは仕事に行ってる。センターに行ってる暇がないんだ」

ナワミンはつっけんどんに答えて、そそくさと家に入った。ナワミンを追うようにナパポーンは家の前に立って中をのぞきこんで子供の人数を数えた。長女のアランヤーの下に女の子二人と男の子一人がいる。二歳の男の子は素っ裸で何かをしゃぶっていた。ナワミンの妻はうちわをあおぎながら無気力な目で、家の中をのぞいているナパポーンをうさんくさそうに見つめ、視線をそらした。

「これまでどおり週に二、三回センターにきて読み書きを習わせて下さい。夜でもかまいませんから」

アランヤーは週に二、三回センターに通って近所の子供たちと遊びながら読み書きを楽しそうに習っていたのだが、急に姿を見せなくなったのである。働かされているのではないかと心配して訪れてみると、てっきりそうだった。ナパポーンがあえて夜でもかまわないと言ったのは、仕事が終ると家に帰ってくるかどうかを確かめるためだった。

「夜は疲れてセンターに行けるわけないだろう。わしの腹を見てくれ。腹の傷は腎臓を切り取った手術の跡だ。わしは片方の腎臓を切り取って売り、屋台を始めたがうまくいかなかった。それどころか腎臓を片方取ったため体力がなくなって、病気になってしまった。好きこのんで娘を仕事に出してるわけじゃない。家族のためだ。それともあんたがわしら家族の面倒を見てくれるのか」

ナワミンは立ち上がって三人に、これ見よがしに腹の手術跡の傷を見せた。みぞおちから腸の下にかけて切り裂かれた手術の縫合跡の傷がファスナーのように残っている。その周りが痣《あざ》のように黒ずんでいた。

「生活が苦しいのはわかります。でも子供には読み書きができる程度の教育を受けさせる必要があります。将来のために」

「将来のためだって。わしらみたいな人間に、どんな将来があるんだ。このクロントイ・スラムには十万人が住んでる。みんな下の下の下の生活をしてる。野良犬の方がよっぽどましだ。食う物がなくて飢えに耐えられないときは泥に這ってる蟹を取って食べる。わしらの糞やゴミを食べてる蟹だ。その蟹を食べるとてきめん下痢になる。二、三日七転八倒して苦しむが、それでも食べずにいられないんだ。このクロントイ・スラムから脱け出せた奴が何人いる。このスラムから脱け出せた奴をわしはいままで聞いたこともなければ見たこともない。出口はどこにもないんだ。死んではじめて出られるんだ」

ナワミンは語気を強めて当たり散らすように言った。

「あなたのように絶望的になっていては何もできません。このスラムからも自立している人は大勢います。音楽家や大学の先生や事業家になっている人もいます。諦めてはいけません。子供のときの教育が大事なんです。アランヤーをセンターに通わせて下さい」

ナパポーンがどんなに説得してもナワミンは聞く耳を持たなかった。ナワミンの妻はわれ関せずであった。母親に甘えてじゃれつき、母乳を求めてくる二歳の男の子に母乳の出ない乳首を吸わせていた。

「放っといてくれ、わしらのことは」

ナワミンは三人を追い出すように手を払った。

仕方なく三人はナワミンの家をあとにした。

路地の中にひときわ明るい家がある。白い壁にしゃれたガラス張りのドアと大きな窓から部屋の中がまる見えだった。昼でも蛍光灯が点いていて、三、四人の女性たちが談笑していた。この界隈で唯一の美容院であった。パーマネント機を頭からかぶって雑誌を見ている光景は世界のどこにでも見受けられる日常のひとコマである。この美容院に近所の女性たちが集い、井戸端会議に余念がないのだ。

「どんな女性でもおしゃれをしたいと思ってるのよ」

楽しそうに談笑している女性たちを眺めながらナパポーンは言った。

「アランヤーは売られたんでしょうか」

美容院を通り過ぎると音羽恵子が性急な口調で訊いた。

「さあ、どうかしら。両親の様子からすると売られたかもしれない」

ナパポーンは溜息をついた。

「どこへ売られたんでしょう」

音羽恵子が社会福祉センターで働くようになって三年の間に行方不明になったり売られたりした子供は百人を超しているが、いまだに行方を突き止められずにいる。親の口が固いこともあるが、突き止めたとしても調べることができないのだ。そのうち子供たちはどこかへ連れて行かれ、まったくの消息不明になってしまうのである。売られた子供は社会的に抹殺され、この世に存在しないも同然であった。この世に存在しないも同然の子供を探すのは不可能に近かった。

路地から大通りに出た音羽恵子は深呼吸をしてほっとひと息ついた。こんなことではいけないと思いながらも、音羽恵子はスラムの中へ入るとき足がすくみ、悪臭に耐えられないのだった。

スラムに暮らしている多くの住民は善良で弱い存在だったが、中には麻薬に溺れ、暴力的になる者もいる。特に若者は鬱屈した憤懣を爆発させて突然、暴走することがある。ほんのちょっとした取るに足りないことで暴力沙汰になるのだ。ソムサクもそうした一人だった。ほんの賭けごとで、わずか二百バーツのやりとりが元でソムサクは自動車修理工場の工員を殺害してしまったのである。ソムサクは事件から二時間後に家にいるところを逮捕されたが、夕方、マフィアが保釈金を出したので釈放された。

クロントイ・スラムを巡回してセンターに帰ると、釈放されたソムサクの話題でもちきりだった。

「逮捕されたその日のうちに釈放されるなんて信じられない」

事務員のションプーは怒りとおぞましさで顔をこわばらせ、

「ソムサクはまた人を殺すかもしれない」

と恐怖をつのらせた。

「警察とマフィアは同じ穴のムジナだ。金さえ出せば殺人犯だろうと無罪放免さ」

巡回から帰ってきたソーパーは苦々しく言った。

「明日わたしたちは児童擁護連絡会議をG会館で開きます。今日中に資料を点検してそろえて下さい。カンボジア、ミャンマー、ラオス国境沿いで幼児の人身売買や幼児売買春を監視しているボランティア団体の人たちと会議を開いたあと警察と政府に抗議文を手渡します。そして来年の九月、カナダで開催される児童虐待阻止のための国際会議にタイを代表して五人が派遣される決議文が採択されます。その原案を作成して下さい」

ソムサクが釈放されたニュースにいらだっているみんなを厳しく注意し、ナパポーンは児童擁護連絡会議に提出するいくつかの問題を整理すべく机に向かった。

長年、市民やボランティア団体、有識者、良心的な議員、女性団体などの活動で推進してきた「売買春禁止法」が一九九六年にようやく施行された。その内容はつぎのようなものである。

「本人または第三者の欲望を満足させる目的で、売買春場所にて十五〜十八歳の者と売買春行為をした場合、売春者の意志にかかわりなく、買春者に一〜三年の懲役刑か二万〜六万バーツの罰金、またはその両方を科す。この不正行為が十五歳未満の者に対してなされた場合、一〜三年の懲役刑および四万〜十二万バーツの罰金を科す。ただし不正行為の相手が結婚相手であって、本人または第三者の欲望を満足させる目的でない場合は、不正行為とならない」

「一、売春をする者の意志にかかわりなく、人を売春するように勧誘したり騙したり、または提供した者には、国内外にかかわらず有罪となり、一〜十年程度の懲役刑、および二万〜十万バーツ程度の罰金を科す。
二、一の不正行為を、十五歳以上十八歳以下の者たちに対して行った場合は、その不正行為を行った者は五〜十五年程度の懲役刑、および十万〜三十万バーツ程度の罰金を科す。
三、一の不正行為を、十五歳以下の少年、少女に対して行った場合、その不正行為を行った者は十〜二十年程度の懲役刑、および二十万〜四十万バーツ程度の罰金を科す。
四、一、二、三の不正行為を、騙すこと、脅迫、力で加害、不正に権力を用いて強制、またはいろいろな方法で強要した場合、その不正行為を行った者はその場合により、一、二、三のいずれかの罪によりさらに重い罰を受ける。
五、売春事業を営む者は、一、二、三または四により、連れてこられた者がある場合に、騙されてきた者と知っているにもかかわらず、その者が売春するように導いたり、勧誘したり、またはその行為を助けたりした者は有罪であり、その状況に応じて、一、二、三または四によって罰を受ける」
かなり厳しい刑罰だが、「売買春禁止法」が施行されて実際に刑罰を受けた者は、いまのところいない。「売買春禁止法」は国連における人権規約や世界の世論に押されて対外的な政府の面子《メンツ》を保つためにつくられた法律であり、内実は最初から有名無実化していたのである。

3

翌日、社会福祉センター所長のナパポーンをはじめ、音羽恵子、ソーパー、その他、二人が児童擁護連絡会議に出席した。

チャオプラヤー河沿いに建っているG会館の五階の会議室には、六十人ほどの連絡会の委員と児童虐待阻止のための国際会議のメンバー三人も出席していた。

タイとカンボジアの国境でボランティア活動をしている五十二歳のアチャーと久しぶりに会ったナパポーンは、

「半年ぶりかしら。お元気でなによりだわ」

と抱き合って挨拶した。

「本当にお久しぶり。前に会ったときより痩せたのかしら」

抱き合って挨拶したアチャーは少し距離をとってナパポーンを見た。

「太ったのよ。気苦労が多いのに、どうして太るのかしら。歳なんだわ、きっと」

ナパポーンは自嘲気味に言ってほほえんだ。

「そうね。お互いに歳だけど、子供たちのために頑張らなくちゃ」

二人は励まし合って席に着いた。

グリーンの布を敷いた長方形のテーブルの中央に児童虐待阻止のための国際会議のメンバー三人が座り、会議は始まった。最初にアチャーが国境沿いで起こっている状況を報告した。

「わたしたちは去年の三月からタイとカンボジアの国境で十人のメンバーを動員して幼児売買、幼児売買春の監視を続けてきました。十五、六歳の男の子と、どう見ても十三、四歳にしか見えない女の子の二人連れを問い質してみますと、二人は結婚していると言います。結婚適齢期とは思えませんので年齢を聞きますと、男の子は十八歳と言い、女の子は十六歳と言いました。あきらかに年齢を誤魔化しているのですが、確かめようがないので、二人を別々の部屋に入れて女の子を集中的に調べてみました。するとやはり女の子は十三歳でF山岳地の出身でした。大人に国境付近まで連れてこられ、少年と結婚したことにして通過するように言われたそうです。わたしは女の子を説得して保護しました。しかし、いつまでも保護することはできません。施設がないからです。そこでボランティアの一人をつきそわせて少女を故郷の村まで送り届けたのです。ところが送り届けると、すぐにまた別の方法で越境しようとします。少女を連れた女が、叔母を装ったり、母親を装ったりして越境しようとします。近所の親しい女に誘われて売られる女の子もいます。村へ送り返しても、親は子供を保護しようとはしません。むしろ迷惑がるのです。子供が親孝行するのをどうして邪魔するのかと言われます。

特に憂慮すべきことは、難民キャンプにいる子供たちです。難民キャンプを監視し、守るために派遣されているはずの兵士や、国連難民弁務官事務所から派遣されているはずのボランティアや職員の間で、子供たちをレイプしたり、親から買ったり、業者に売ったりが行われていることです。わたしたちには、彼らを監視し、取締まる力はありません。なぜなら、彼らはわたしたちの目をいくらでも誤魔化すことができるし、場合によっては銃を構えて暴力に訴えることもできるからです。二カ月前、ボランティアの一人が何者かに撃たれて死亡しました。しかし、いまだに犯人はわかりません。警察は軍を怖がって調べようとしないし、軍からは、そんな奴は軍にはいないと言われて門前払いされました。

この一年間で難民キャンプから姿を消した子供は男女合わせて五百人を超すと推定されます。この数字は、今後、増えることはあっても減ることはないでしょう」

参加者の間に重苦しい空気が流れた。

いつもそうだが、報告は深刻であり、解決の方法は見つからない。いたちごっこである。村へ送り返したはずの子供が、チェンマイやバンコクにいたりする。

報告はつぎつぎに行われ、タイ、カンボジア、ラオス、その他の地域の実情があきらかにされる一方で、先の見えない現状にいらだちを覚える参加者もいた。

音羽恵子は報告を聞きながら、窓の外の風景をぼんやり眺めていた。対岸には高層ビルが立ち、人家の間に黄金色に輝く寺院が見える。燦然と輝く黄金色の寺院を見ていると、いま報告されている内容が嘘のように思えてくるのだった。敬虔な仏教徒の国で幼児売買や幼児売春が行われているとは信じ難い。バンコクの重要な交通手段である水上バスに大勢の客が乗っていて、他の水上バスとすれちがうと横波に揺れ、バランスを崩して横転しそうになる。それでも水上バスは巧みに操縦されて走っていた。

音羽恵子はいつになく緊張していた。報告の番が回ってきたからだ。いつもはナパポーンが報告していたのだが、今回は社会福祉センターにきて三年になる音羽恵子に報告させることにしたのだ。

音羽恵子は三日前から情報を整理し、文章をまとめて会議にそなえていたが、いざ報告するとなると何から切り出していいのかわからず言葉を詰まらせた。

隣の席にいるナパポーンが音羽恵子の手をそっと握って勇気づけた。

「バンコクには幼児売買春をしている店が、わかっているだけでも十軒はあります。これらの店はホテルであったり、飲食店であったり、普通の家屋であったりします。パッポン通りとスリウォン通りの交差する北側の道路を入って行きますと古い小さなホテルがあります。

このホテルには主に欧米人が宿泊していてタイ人やアジア人は警戒して入れてくれません。わたしたちも何度か行きましたが、入れてもらえませんでした。このホテルの地下室には十二、三人の子供が監禁されていると思われますが調べることができません。

　またタニヤ通りの一角に日本人専用の幼児売春をしている飲食店がありますが、この店も日本人以外は入れてくれません。それもその店の常連客の紹介がなければ入れないのです。ラマ四世通りの西側やシーロム通りの南側にも幼児売春をしている店が三、四軒あります。しかしどの店も用心棒がいて店に近づくことすら危険なのです。こういう店の経営者は警察や軍との関係が深く、月々一定の上納金を支払って店を守ってもらっています。二カ月前、スリウォン通りの裏道で、売春させられている子供を店から連れ出そうとしたボランティアの男性が何者かに射殺されました。

　問題は幼児売春を行っている店が治外法権のようになっていることです。店に出入りしている客はほとんどが外国人ですので、警察は証拠もなく外国人を調べたり逮捕すると外交問題になると言って、わたしたちの意見を取りあってくれません。

　この一年、わたしたちはさまざまな角度から調査し、検討してきましたが、残念ながらこうした建物の中で何が行われているのか明確な実態を把握するには至っていません。警察や軍や、そして国という大きな厚い壁にはばまれて子供たちを救うことができないのです。現在、社会福祉センターの運営は国内の良心的な人びとや海外からの援助で支えられていますが、年々厳しくなっています。幼児売買や幼児売買春が増え続けているため、いまの予算では追いつかないのです。今日は児童虐待阻止のための国際会議の方が参加してくださっていますので、この機会にぜひ、政府や警察に実状を訴え、調査できるように進言してほしいと思います」

舌っ足らずだと思った。レポートにはもっと多くの問題を記してあった。日本の旅行会社の中にはひそかに幼児買春を売りものにしているところもある。そして幼児買春が目的できている旅行者もかなりいる。幼児を買いにくる旅行者には欧米人が多いのだが、日本人も多いのである。そのことを言いそびれてしまった。

「わたし、日本人旅行者のことを言いそびれてしまいました」

ばつの悪そうな声で言うと、ナパポーンは、

「でも、はじめての報告にしてはよかったわ」

と音羽恵子を励ました。

会議の最後に、児童虐待阻止のための国際会議の一人であるアメリカ女性のメアリー・クリストが会議を総括した。百八十センチはあるかと思える堂々とした体格のメアリー・クリストは男のような声で事態の深刻さを受け止めるように言った。

「一九九六年現在の国連調査の統計によりますと、世界で十五歳未満の子供が売春させられている数は二百五十万人に達しているとのことです。さらにストリート・チルドレンの数は二千万人とも三千万人とも言われています。これらの数字が根拠のあるものかどうかは議論の余地があるとしても、タイにおける幼児売春の数は一万人足らずであると主張する政府の報告には怒りを覚えます。責任回避のためとはいえ、あまりにも現実を無視した報告です。そして各国の政府と民間調査との数字の大きな隔たりは、この問題の本質が国によって隠蔽されていることを物語っています。

幼児売春の値段は都市と地方とではちがいますが、チェンマイから百キロ四方の売春宿では一回につき三十バーツ以下です。中にはトイレの使用料と同じ料金であったり、コカコーラ一缶の値段にも足りないこともあるのです。科学技術の進歩によって、やがて人類は火星まで探検しようとしている時代に、幼児売春を強いられている実態は古代の奴隷制社会よりもひどい状態なのです。まさに幼児売春は性奴隷以外の何ものでもありません。

文化と科学の進歩とはうらはらに、政治と社会の腐敗と頽廃は悪化の一途をたどっています。いったい何のための文化なのか、何のための科学なのか、そして政治は何のためにあるのか、という根源的な問いが欠落しているのです。世界のあらゆる問題と矛盾は結局のところ弱者である女性と子供に集約的に現れています。暴力と性的虐待がもたらす子供たちへの人格破壊の影響は計りしれないものがあります。たとえ運よく、一人の子供が売春宿から救出されたとしても、その子は生涯にわたって性的虐待の記憶から逃れることはできないのです。

こうした深刻な状況は、わたしたちが会議を開いている間にも進行しています。わたしたちにできることは各国の政府に対して強い意志表示をすること、さらに多くの人びとに実状を訴えることです。これは戦争よりも悪質です。なぜなら、戦争は敵対している相手が明確ですが、幼児売買や幼児売買春は姿なき敵であり、その戦場は全世界に拡大しつつあるからです」

メアリー・クリストの話は少し大袈裟すぎるとも思ったが、しかし現状を振り返ってみると、深刻さにおいて戦争に匹敵すると音羽恵子は思った。

四時間におよぶ会議が終って、午後は内務省と警察庁へ抗議行動することになっていた。内務省と警察庁には事前に抗議行動の予定を通告していて、内務省大臣と警察庁長官と面談し、会議の議事録と採択された抗議文を手渡すことになっている。

参加者たちは遅い昼食をとって、一時間ほど休憩したあと街頭デモに出発した。参加者は「『幼児売買』『幼児売買春』は許せない！　政府と警察は厳重な取り締りをせよ！」と書かれたプラカードをかかげて行進した。ラマ四世通りからアッサダン通りに出て内務省に到着すると、会議の代表者六名が官庁の建物に入り、内務省大臣と面談した。

大臣室には入れず、玄関先で内務省大臣を前にメアリー・クリストが会議の採択文を読み上げた。太った二重顎の大臣は神妙な顔でメアリー・クリストが読み上げる抗議文を聞きながら、しきりにマスコミやカメラを気にしていた。

そして、メアリー・クリストから抗議文を受け取り、

「あなたがたの活躍に敬意を表します。政府もできる限りの協力を惜しむものではありません」

とひとこと述べ、記者たちの質問には答えず、さっさと建物の中へ消えて行った。

「何よ、あの態度。聴く耳を持たないんだから」

いつものことだが、何ごとも、その場限りでことをすませようとする為政者の態度にナパポーンは憤懣をつのらせて大臣の衣服からはみ出しそうなぶよぶよの後ろ姿を睨みつけた。

それから一行は警察庁に赴いた。十数人の警官が行進してきた参加者たちの前に立ちふさがった。その中から警察庁長官が、まるで愛嬌でも振りまくように笑顔で進み出て、抗議文を持ったナパポーンに握手を求めた。握手を交わしたナパポーンは抗議文を読み上げると、警察庁長官は何度も頷き、

「これから視察に行きましょう。手配してあります」

と意表を突くように言って歩き出し、用意してあった車に乗った。そして参加者をしりめにパトロールカー二台に護衛されて繁華街をめざした。

「わたしたちを出し抜く気だわ。視察したことを理由に、わたしたちを牽制するつもりなのよ」

ナパポーンはメアリー・クリストに言った。

「あわてることはありません。わたしたちはわたしたちで行動しましょう」

昼の繁華街はまるで廃屋のようだった。ゴミが散乱し、埃にまみれた建物がくすんでいる。しかし夜とともに、これらの建物はネオンに輝き、色鮮かな色彩に縁どられて人びとの欲望を惹起させるのだ。

先にきていた警察庁長官は、二十分ほど遅れてきた参加者たちを迎えるように両手をひろげ、

「街の代表者に集まってもらって話を訊いているところだが、何か訊きたいことがあれば遠慮せずに訊いて下さい」

とメアリー・クリストとナパポーンに言った。

「幼児売春をしている店を調べたいのですが……」

ナパポーンは集まっている街の代表者の表情を見ながら警察庁長官に言った。

「あなたがくる前に、われわれは徹底的に調べたが、それらしい店や証拠はなかった」

指揮棒を持った警察庁長官は、その指揮棒を何度も振り回しながら徹底的に調べたことを強調した。

「でも、わたしたちにも調べさせて下さい。長官の立ち合いがあればできるのではないでしょうか」

長官よりも背の高いメアリー・クリストは児童虐待阻止のための国際会議の一人として調査権を認めるよう迫った。

しかし長官は、

「それはできない。民間人に調査権はないのです。それとも、われわれ警察が信用できないとおっしゃるのですか？」

と開き直るのだった。

「もちろん、わたしたちに立ち入り調査権はありません。ですが、長官が立ち合ってくだされば調査できるのではないでしょうか」

メアリー・クリストは喰い下がった。

「われわれは調べたのです。われわれの権限で！」

長官は指揮棒を下ろして車に乗ると振り返りもせずに、その場を立ち去った。

「あくまでも幼児売買春は存在しないってことね。それを証明するために、わざわざわたしたちより先にきて、わたしたちがくるのを待ってたのよ。わたしたちが調べたところで鼠一匹出てきやしない。子供たちはみんなどこかへ隠されてしまったんだわ」

歯がゆい思いのナパポーンは唇を嚙んだ。

そういえば普段ならストリート・チルドレンがいるはずなのに一人も見かけないのはおかしいと音羽恵子は思った。ストリート・チルドレンは児童虐待阻止のための国際会議のメンバーがくる前にどこかへ閉じこめられて隠されたにちがいない。警察庁長官が去ったあと参加者たちは繁華街の経営者やマフィアのような人間や警官に囲繞《いにょう》されて圧力を感じた。

「残念ですが、今日はこれで解散します。今日の会議は今後の活動にとって有意義だったと思います。この国の政府や警察は、幼児売買や幼児売買春について本気で取り組もうとしていません。未来を担うのは子供たちですが、その子供たちの置かれた惨憺たる状況を放置しているのです。それはこの国の未来に対する無責任きわまりない怠慢であり、犯罪です。また西側諸国の責任も重大です。なぜなら、富める国から貧しい国へやってきて、金の力で子供たちを犯しているからです。児童虐待阻止のための国際会議は、ただちに会議を開き、子どもの権利条約を批准している国に対して国内法の整備と実行を義務づけるよう国連事務総長に提言します」

ＮＧＯのメンバーや集まっていた人びとの間から拍手が起こった。

メアリー・クリストの力強い言葉に音羽恵子は勇気づけられて胸が熱くなった。ＮＧＯ活動に参加して三年の間に、ストリート・チルドレンの数は増えることはあっても減ることはなかった。

「わたしたちがいつも監視しているってことを知らせるだけでも意味があるのよ。政府や警察やマフィアはわたしたちを監視してるけど、わたしたちもあなたたちを監視してるってことを認識させて、世界の世論はわたしたちの味方だってことを、この機会にアピールできたのはよかったと思う。明日になればまた同じことが続くけど、わたしは子供たちを見放すことはできない。一人でも多くの子供を助けなきゃ……」

自分に言い聞かせるようにナパポーンは周囲の圧力をはね返そうとした。

参加者たちはいったんＧ会館に戻って児童虐待阻止のための国際会議のメンバーと打ち合わせをしたあと、小さなパーティーを開いた。

「長い一日だったわ。このつぎは一年後にカナダの会議で会いましょう」

メアリー・クリストはナパポーンや音羽恵子やアチャーや、その他のメンバーと抱き合って別れを惜しんだ。

「カナダの会議には、ぼくも必ず行きます」

ボランティア活動に参加してまだ日の浅いソーパーは若者らしい溌剌とした表情でメアリー・クリストに別れの挨拶をした。

「あなたのような若い男性に期待しているわ。この運動には男性が少ないのよ」

冗談めかしてメアリー・クリストはほほえんだ。

「若い男性がいるってことは心強いわ。本当よ、ソーパー。だって女は男の暴力に太刀打ちできないもの」

ナパポーンが言うと、

「ぼくは用心棒ってわけですか」

とソーパーは肩をすくめた。

「そうよ。女性をガードできる男性って魅力的じゃない」

女子事務員のションプーは流し目でソーパーを見て、意味あり気に微笑した。

からかわれていると思ったソーパーは、

「いいでしょう。ぼくは女性の味方です。なんなりとおおせつけ下さい」

とおどけてみせた。

パーティーは七時に散会した。

ビールを二、三杯飲んだ音羽恵子の顔がほてっている。会議場を出るとむし暑い外気に音羽恵子は少しのぼせた。疲れが溜まっているのだと思いながら、売られたかもしれないナワミンの長女のアランヤーのことが脳裏をかすめた。

その日の夜、ホテルから別の場所へ移動させていた子供たちをチューンとバーイが二台の車で連れ戻してきた。両脚を鎖でつながれた子供たちは、何があったのかわからず、言われるがままに車から降ろされてぞろぞろと羊のようにホテルの地下室に入った。

児童虐待阻止のための国際会議と社会福祉センターのメンバーがまさか繁華街で抗議集会を開くとは考えていなかったチューンは内心驚いていた。

ボスのソムキャットは苦々しい顔で葉巻を吸いながら電話を掛けている。

「あんな連中にこの界隈をうろつかれたんでは商売ができない。なんとかしろ！」

と電話の相手に怒鳴っていた。

噂には聞いていたが、カンボジア、フィリピン、マレーシアのNGO団体や国際会議のメンバーまでが集まって、この街に押しかけてくるとは、かつてないことであった。

ソムキャットはダーラニーの差し出した灰皿に葉巻の灰を落とし、電話の相手にさんざん悪態をついて電話を切った。

「そう焦るな。ボランティアの連中に何ができる。何もでききゃあせんよ。一人か二人の子供を助けるという名目で騒いでいるが、われわれのような組織の勢力争い、宗教戦争、資源の争奪、国益などの問題を解決しない限り、この問題は解決できやしない。連中はそのことをわかっていない。カンボジアとタイの国境には五十万人の難民がいる。メアリー・クリストとかいうアメリカ女が言っていたが、世界には二千万人いるとも三千万人いるとも言われているストリート・チルドレンを誰が助けられる。誰も助けることはできない。連中はわしらを非難しているが、わしらがやらなければ誰かがやっているだけの話だ。みんな生きるためにやっている。そこには善も悪もない」

タナコーンは訳知り顔で言った。タナコーンはK地域のボスである。ネクタイを締めた紺のスーツ姿は、いかにも紳士然としていて、白髪の下の短い額に刻まれている深い皺が、あたかも苦悩をたたえている神父のようだった。

「しかし、連中をのさばらせておくわけにはいかない」

ソムキャットは奥歯で何かを噛み砕くように言った。

「兄弟、あとは軍と警察にまかせておけばいいんだ。そのためにわしらは高い金を払っているんだ」

ソムキャットより二、三歳年上と思われるタナコーンはダーラニーから注がれたビールを飲みながら言った。

「いつだったか、社会福祉センターの所長だかなんだか知らない女が、澄ました顔で日本人の若い女を連れてこのホテルをのぞきにきたことがあったわ。汚らわしいものでも見るようにわたしを見て、子供を返して下さい、だって。だからわたしは言ってやったわ。あんたの子供かい、それとも誰の子供なんだねって。そしたら、みんなの子供ですって。馬鹿じゃないの、あの女は。そこでわたしは子供一人につき百万バーツ持ってきなって言ってやったら、女は黙って帰ったわ」

ダーラニーは敵愾心《てきがいしん》を燃やして憎にくしげに言った。

「そうカリカリするな。連中に何ができる。何もできやせんよ」

タナコーンはダーラニーをなだめるのだった。そしてタナコーンは腰を上げ、皺になっているズボンの筋目を直し、ゆるんでいるネクタイの結び目を締めると、

「それじゃ、わしはこれで失礼する。あまり酒を飲まないように」

と会釈して部屋を出た。

「気取りやがって」

タナコーンとは対照的にランニングにパンツ一枚の姿のソムキャットは、椅子にあずけた肥満の体をだらしなく投げ出して葉巻を嚙むように吸っている。ときどき咳をしては喉の奥から痰を壺に吐き出していた。

「子供たちはどうした」

喘息気味のソムキャットは少し苦しそうな息づかいで言った。興奮すると喘息が出てくるのだ。

「地下にいます」

側にひかえていたチューンが答えた。

「ボランティアの連中は客を装ってくるかもしれない。事前に予約を取って必ず調べるんだ」

ソムキャットの指示に、

「わかってます。事前に必ず調べています」

チューンは客のリストを記入したノートをソムキャットに提示した。

そのリストをソムキャットは注意深く読み込み、一人でも不審な人物がいないかどうかを確認した。この五年の間に、客は十倍近く増え、年間で二百人を超えている。客の一人ひとりの顔写真と略歴が記入されている。これらの資料は店の者が、主にバーイが隠し撮りしたものだが詳細な記録は警察から入手したものである。不審な客は店にとっても厄介だが、警察にとっても厄介な人物なのだ。世界各地に存在している、ペドファイル（幼児性愛者）は互いに連絡を取り合い、情報を交換し、ボランティア団体の動きや好みのタイプの幼児や秘密の場所をインターネットを使って確認し合っている。そしていまではかなり大きな秘密組織ができあがっているのだ。

欧米諸国には幼児売買春や幼児虐待に対する厳しい法律がある。だが、タイやカンボジアやフィリピン、インドなどの当事国が摘発し、告発しない限りペドファイルを罰することはできない。当事国が摘発しても、たいがいは金を握らされて不問にされるのである。警察はときどき業者やペドファイルを摘発することがあるが、それは世論に対するパフォーマンスにすぎないのだ。

太陽が沈み、街に夜が訪れるとタニヤ通りやパッポン通りはいっせいにネオンに輝き、開放されたゴーゴーバーの中から流れ出す強烈なロックミュージックが通り全体をおおい、ビキニ姿で踊っている若いダンサーたちの肢態に目を奪われる。

フランス人のシャルルは、ありとあらゆるブランド品のまがいものを売っている露店を楽しそうに見て歩き、途中、一軒のゴーゴーバーに入ってカウンターの上で踊っているビキニ姿のダンサーを見ながらビールを一杯注文した。ビールを持ってきた十八歳くらいの女の子が媚を売り、シャルルをしきりに誘うのだった。

シャルルは女の子の腰を抱き寄せ、

「六百バーツだって？　高い！」

「六百バーツ」

と聞いた。

「いくらだ」


実際は女の子を買うつもりのないシャルルはビールを飲み干して店を出た。

十年以上前から年に四、五回きて一週間ほど滞在しているシャルルはバンコクを知りつくしていた。この十年間にスリウォン通りとシーロム通りの間にゴーゴーバーをはじめレストラン、中華飯店、ラウンジ、日本人専用のバーなどが増え続けているが、スリウォン通りから北へ行った一角にある薄暗いホテル・プチ・ガトーの周辺は人通りもなく静かだった。

口髭をたくわえた細身のシャルルが歩いて行くと、建物の陰に立っていた二人の男がゆっくりと近づいてきてシャルルの顔を黙って確認してすれちがった。一人はベルトに拳銃を差し込み、いま一人は自動小銃を持っていた。ホテル・プチ・ガトーをガードしている顔見知りの私服警官だったが、言葉を交すことはなかった。ホテル・プチ・ガトーは玄関に灯りが一つ点いているだけでネオンの看板はない。玄関のドアを開けて入ったシャルルは受付にいるダーラニーに四十バーツのチップを手渡した。それから煙草に火を点けて、

「新しい子はいるか」

と訊いた。

「五人います。男の子が一人、女の子が四人」

「じゃあ、さっそく見せてもらおう」

ダーラニーがカウンターの下のボタンを押すとチューンがやってきた。三カ月ぶりに訪れたシャルルにチューンは愛想笑いを浮かべて、

「どうぞこちらへ」

と地下室へ案内した。

天井から裸電球がぶらさがっている薄汚い地下室は湿った異臭を漂わせている。子供たちの排泄物を溝から流しているので、その糞尿の匂いが風通しの悪い地下室に溜まっているのだ。

チューンは一つの部屋の扉を開けた。八畳ほどの板の間に座っていた十一人の子供たちがいっせいにこちらを見て脅えた。体をこごめ、不安と恐怖でいまにも泣き出しそうな虚ろな目でチューンとシャルルを見つめた。シャルルが男の子四人、女の子七人の顔を一人ひとり観察した。シャルルに見つめられて子供たちは目を伏せた。チューンがD村とカンボジア国境から買ってきた子供たちを紹介して、まだ手つかずであることを強調した。そしてD村とカンボジア国境からバンコクへ連れてくるまでの苦労を並べたて、相応の付加価値を要求し

た。

「そんなことはわたしに関係ない。おまえたちは商売をしてるんだから、いくらかと聞いてるんだ」

チューンはもみ手をしながら、シャルルの機嫌をうかがい、

「千二百バーツ」

と言った。

「千二百バーツ！　ふっかけるのもいい加減にしろ。他に店はいくらでもあるんだ」

背の高いシャルルはチューンを見下ろし、高圧的に怒鳴った。

「ですが、まだ手つかずですので、お安いと思いますが……」

チューンは首をすぼめて上目でシャルルを見上げて顔色をうかがった。

「千バーツだ」

とシャルルが言った。

「千百バーツ」

チューンはますますへりくだりながらも強気の交渉をしている。

「欲の深い奴！」

センラーが気に入っているらしく、シャルルは千百バーツで妥協し、同時に男の子のタノ

ムも指名した。

指名されたタノムはシャルルに庇護を求めるように引きつった顔に微笑をつくって媚びるのだった。センラーにははじめての客であった。何がなんだかよくわからないセンラーは、しかしこれから白人の大男の命令に従わなければひどい目にあわされるにちがいないという漠然とした恐怖感にとらわれて体が震えだした。

シャルルから金を受け取ったチューンは、

「おまえたち二人は、このお客さまの言う通りに従うんだ。どんなことをされても逆らうような真似をすると許さない。わかったな」

とセンラーとタノムを睨みつけて念を押した。

細身だが百八十五、六センチはあるかと思えるシャルルは、八歳のセンラーと十一歳のタノムを両手につないで二階の部屋に上がって行った。

部屋に入るとシャルルは二人の子供をリラックスさせるためにまずシャワーを浴びさせた。自分も一緒にシャワーを浴び、二人の子供たちの体を洗いながら愛撫するのだった。石鹸の泡をたて、二人の子供の性器を念入りに洗ったあと、立ったままセンラーとタノムに自分のペニスを口に含ませた。だが、シャルルのペニスはあまりに大きすぎて二人の子供の口に入らなかった。

「もっと大きく口を開けろ」

シャルルはセンラーの頭を押さえつけてペニスを無理矢理口の中へ入れようとした。センラーは顎がはずれるのではないかと思われるほど口を大きく開けてシャルルのペニスの先を少し含んだ。

「その調子だ。その調子でもっと口を開けろ」

シャルルは大きなペニスをセンラーの小さな口の中へゆっくり押し込んでゆく。そしてペニスが三分の一ほど押し込まれたとき、息を詰まらせたセンラーは苦しそうに真っ赤な顔をしてペニスを口からはき出し、吐瀉物を噴き出した。

シャルルはげらげら笑いながら吐瀉物にまみれているセンラーの体をシャワーで洗い流し、二人と手をつないでベッドへ連れてきた。それからシャルルは二人にセックスをさせた。子供たちのセックスを観察しているシャルルの目の色が欲情していた。

シャルルはタノムにペニスを含ませた。センラーより三歳年上のタノムはシャルルの大きなペニスを半分ほど飲み込み、口を蠕動運動させていたが、顎が疲れていったん小休止して、またペニスを含んで蠕動運動をくり返した。その間、シャルルはセンラーの性器に舌を這わせ唾液をたっぷり含ませた膣の中に指を一本挿入して内部の様子を探るようにゆっくりかき回し、今度はゼリー状の粘液を塗って二本の指を挿入した。膣の中に指が入ってくるたびにセンラーは息を止めた。

「息を止めるな。息を吸うんだ。息を吸って穴をふくらませるんだ」

シャルルはカタコトのタイ語で注意した。

つぎに何が起こるのか、センラーにはわかっていた。チューンに連れてこられて地下室でみんなと一緒に行われた恐ろしい行為を、いままたやらされようとしているのだ。けれども、どうしてこんなことをされるのかがセンラーには理解できなかった。シャルルの大きなペニスが入ってきて体をばらばらにされるのではないかと恐れた。

ペニスを口に含んでいたタノムは顎が疲れてとうとう中止して苦笑いを浮かべた。

シャルルはカバンからウイスキーを取り出してラッパ飲みしながら、今度は拳銃を出して一発の弾を取り出すとナイフで薬莢の底を開けて火薬を紙の上にこぼし、ペニスにつけてタノムとセンラーに舐めさせた。苦い味に二人は顔をしかめた。

シャルルはウイスキーを飲みながら、陰険な目でしばらくの間、二人の子供の様子を観察していたが、

「どうだ、いい気持ちになってきただろう」

とほくそ笑んだ。

火薬には麻薬と同じような感覚を麻痺させる効果があるのだ。毒性が強いので、ほんの少

量舐めただけで子供にはてきめんの効果を発揮する。タノムとセンラーは興奮してきたのか唇を震わせ、まばたきをくり返し、喉が渇いているらしく舌でしきりに唇を舐めていた。

「水を下さい」

とタノムが言った。

「我慢するんだ。水を飲むと下痢をする。あとでたっぷり飲ませてやる。さあ、こっちへこい」

シャルルはタノムの肛門とセンラーの膣に火薬を指先につけて塗った。するとタノムとセンラーはみるみる興奮しだした。シャルルは唾液をたっぷり含ませた二本の指でセンラーの膣をまさぐり、筋肉をひろげて大きなペニスを挿入しようとしたが、まだ無理だった。そこでシャルルは陰部をもみほぐしながら今度は三本の指で筋肉をひろげてペニスを押し込んだ。太い黒い金属のようなペニスがセンラーの肉を引き裂いていく。火薬の毒に侵されて感覚が麻痺しているセンラーは、水に溺れてあがいている人間のようであった。シャルルはセンラーを軽々と抱きかかえて胡座《あぐら》を組み、まるでピストンのようにセンラーを上下に激しく動かした。自分の身に何が起こっているのかわからないセンラーの膣から血が流れていた。強い摩擦で襞《ひだ》に傷がついたのだろう。だが、麻痺しているセンラーは痛みを訴えなかった。

シャルルはタノムの腰に手をかけて小さなペニスを口に含むと吸い始めた。興奮しているタノムはセンラーにキスしながら乳房をもむのだった。どうすれば客が喜ぶのか、タノムはすでに心得ていたのである。

「そうだ、その調子だ」

シャルルはタノムの積極的な態度に喜んで今度はタノムの背後から迫った。シャルルの大きなペニスを受け入れたタノムはさすがに苦痛で顔を歪めていたが、ここで痛みを訴えると殴打されるのはわかっていたので我慢した。意識が朦朧としている。体内に進入してくる異物が喉まで突き抜けそうだった。センラーの膣から流れてくる血でシーツは真っ赤に染まっている。意識が朦朧としているセンラーは起き上がる気力を失っていた。起き上がろうとするのだが、体のバランスを崩して倒れるのである。タノムの肛門からも疣痔《いぼじ》のように血が流れている。そのぬるぬるした血の感触がたまらないらしくシャルルはわけのわからぬうわごとを口走って果てた。タノムの肛門から溢れ出たシャルルの大量の白い精液と血にまみれて、タノムはうずくまった。火薬を舐めさせられたタノムとセンラーは地面に叩きつけられた蛙のようにのびていた。

シャルルの胸毛が汗で光っている。血に染まったベッドにのびている二人を見下ろし、シャワーを浴びて出てくると服を着て部屋を出た。

「旦那」

二階から降りてきたシャルルにダーラニーが声を掛け、

「シーツ代を……」

と手を差し出した。

子供とのセックスをしたあと、シーツは血で染まっていることが多い。

その手にシャルルは二百バーツを載せた。

金を受け取ったダーラニーは二階の部屋に上がって血に染まっているベッドに倒れている二人を見て顔をしかめた。

「まったく、これじゃ二、三日使いものになりゃしない。シーツも洗ったって落ちないよ」

ダーラニーは独りごちてベッドに倒れている二人を起こした。

「いつまで寝てるんだね。早くシャワーを浴びて体をきれいにしとくんだ。つぎの客が待ってるんだから」

怒鳴りつけて二人を起こしにかかったが、二人はぐったりしていた。

部屋の様子を見にきたチューンに、

「あいつは火薬を使ったんだよ。今度きたら注意しなきゃ、商品が台無しになる」

とダーラニーは言った。

「白人はおれたちを人間と思ってないから、どんなことだって平気でやるんだ」

むろんチューンもダーラニーも子供たちを人間あつかいしていなかったが、白人は自分たちをも含めて人間あつかいしていないと思っているのだ。

興奮しているため目だけが異様に輝いているタノムとセンラーは、ようやく体を起こしてシャワーを浴びた。チューンがタノムとセンラーの傷の具合を調べ、地下室から薬を取ってきて治療をほどこした。

「今日一日は駄目だ。使いものにならない」

チューンは舌打ちして二人を地下室に戻し、他の子供たちと隔離した。タノムとセンラーの傷を見ると他の子供たちが怯えるからであった。

ホテル・プチ・ガトーの外で見張りに立っているバーイに一台のパトロールカーが近づいてきた。バーイはパトロールカーを運転している警官に軽く片手を上げて挨拶し、ポケットから何枚かの紙幣を出して手渡した。それから警官の煙草にライターで火を点けた。

煙草を一服ふかした警官が、

「何か変ったことはないか」

とバーイに訊いた。

「いまのところは。それよりB地域ではマフィア同士が縄張り争いをしてるそうだが、こっちは大丈夫か」

四、五日前からB地域の不穏な噂を耳にしているバーイは逆に尋ねた。
「縄張り争いをしている一方のマフィアが警察の力を借りようとしたので、もう一方のマフィアは軍の力を借りようとしたんだ。軍が相手では警察も手が出ない。結局、警察と軍が仲介に入って丸くおさまった。おれたちがついてる限り心配はない」

煙草をふかしながら警官は鷹揚に答えた。

「それならいいんだが。最近、社会福祉センターの女どもが、ちょくちょくこのあたりをうろつくんで目ざわりでしょうがねえんだ」

「放っとけばいいさ。奴らには何もできない。今度奴らがきたら、目の前で子供同士のセックスをやらせて見せてやるんだ。奴らがどんな顔をするか。ハハハハ……」

警官がふざけた笑い声をたてるとバーイも喉の奥で笑った。

そこへ一人の客がやってきた。三十五、六になる日本人だった。警官はバーイとの会話を打ち切って車窓を閉め、ゆっくりと発進させた。

二年ほど前から年に四、五回訪れる矢田という客である。紺のスーツにネクタイを締め、髪を七・三に分けた色白の生真面目そうな男だった。矢田は周囲に目を配り、さっとホテル・プチ・ガトーの中へ入った。受付にいたダーラニーがカウンターの下のボタンを押すと地下室からチューンが上がってきた。

チューンを見るなり矢田は、

「男の子二人、女の子三人用意してくれ」

　と言って大枚のチップをはずんだ。チップはあとでチューン、ダーラニー、バーイが配分することになっている。欧米人に比べて気前のいい日本人客をチューンは歓迎した。矢田の嗜好を知っているチューンはすぐに注文通りの子供五人を二階の部屋へ連れて行った。子供を見たとたん矢田は相好《そうごう》を崩して子供たちに与える食事を注文した。客には二つのタイプがある。ご馳走してくれる客とご馳走してくれない客、虐待しない客と虐待する客である。矢田はご馳走してくれるうえに虐待しない客だった。その方が子供も積極的に奉仕してくれるのである。
　二、三十分後に矢田が注文した料理が運ばれてきた。ごく普通の料理だったが、子供たちにとって日頃めったに口にできないご馳走であった。子供たちは車座になって料理を囲み、箸やスプーンを使うのももどかしく、素手で料理を摑んで口いっぱいにほおばり、われ先にと食べる。口に入れすぎて咀嚼できずに、いったん吐きだしてまた食べる子供もいる。その光景を矢田はベッドの上で煙草をふかしながら愉快そうに眺めていた。
　たらふく食べた子供たちは満足そうだった。そして矢田が服を脱いで裸になると五人の子供たちもいっせいに服を脱いで裸になり、ベッドに上がった。矢田は大の字になって子供たちを両腕にかかえ、一人ひとりに頬ずりした。痩せているが子供たちの肌はすべすべしている。何かを求めて狂おしいまでに従順で純粋な愛くるしい瞳と、つねに空腹を訴えている小さな口は、まるでペットのように可愛かった。

五人の子供たちは矢田から命令される前に、どういうことをすれば喜ばれるのか知っていた。男の子と女の子がセックスを始めると、二人の女の子が矢田のペニスを代わる代わる口にくわえ、もう一人の男の子は自分のペニスを矢田の口にあてがった。そのようにしてしばらく楽しんだあと、矢田はベッドから降りてカバンからビデオカメラを取り出した。そしてセックスしている子供たちの姿態をビデオカメラで撮影した。男の子同士、女の子同士、その他、あらゆる姿態を演じさせ、ときには椅子の上にカバンを置き、その上にビデオカメラを固定して矢田自身が五人の子供たちと代わる代わるセックスしている場面を撮るのだった。

五人の子供の中で矢田のお気に入りはノパマートだった。ビー玉のような黒い瞳、小さな鼻、細面のどこか日本人の女の子に似ているノパマートに親近感をいだいていた。矢田はノパマートの性器に唇を這わせ、少しふくらみかけている乳房を愛撫しながら、しだいに股を開かせ、ビデオカメラで撮影した。まだ十二歳だが、四年もの間、大人のペニスを受け入れている骨盤と性器の筋肉は発達していた。他の女の子に比べるとノパマートの性器の色は黒く濁っている。それだけ酷使していることを物語っているのだ。

矢田がビデオカメラを近づけるとノパマートは恥ずかしそうに股を閉ざした。

「駄目、駄目、股を閉じたら駄目だ。もっと大きく開くんだ」

矢田は閉ざそうとする股を力ずくで押し開いてビデオカメラを近づける。ノパマートの顔に屈辱と羞恥と嫌悪がひろがり、いまにも泣きだしそうになっていた。だが、矢田はおかまいなしに唾で濡らした中指をノパマートの中へ入れたり出したりしながら、それをビデオカメラにおさめていた。執拗なまでに性器を撮り続けるのでノパマートは片手で性器をふさいで抵抗した。

「こら、手をどけるんだ！」

矢田はいきなり口にくわえていた煙草の火で性器をふさいでいるノパマートの手を焼いた。ノパマートは「キャッ！」と小さな悲鳴を上げて手をすぼめた。煙草の火で焼かれた手の甲が赤くふくれた。

「おまえたちを伊達に買ってるんじゃゃねえ。これがおれの商売なんだ。商売の邪魔をする奴は許さねえ！」

ビー玉のようなノパマートの瞳から大粒の涙がこぼれた。

「泣くんじゃねえ。おまえは何年この商売をやってるんだ」

矢田はノパマートの頬を平手打ちした。

ノパマートはたまらずベッドから転げ落ち、床にもんどり打って倒れた。鼻血を流している。矢田の突然の暴力に、他の子供たちはおじけづいて沈黙の殻にこもった。部屋全体が恐怖に凍りついた。

見せしめだった。これ以上泣くと煙草の火で焼かれるだけではすまないだろう。チューンに報告されて地下の独房に閉じ込められるだろう。足に鎖をつながれて二、三日食事を与えられず、自分の糞尿にまみれて過ごすことになるのだ。四年の間にノパマートは二度経験している。そんな経験は金輪際したくなかった。独房に入れられ、鎖で足をつながれ数日間放置されて死んだ子供もいる。焼かれた手の甲がひりひりし、殴られた頰が腫れて熱をおび、頭の芯を貫く痛みに耐えてノパマートは涙をこらえた。

「おまえがベッドに上がれ」

矢田はアランヤーを指名した。

クロントイ・スラムに住んでいるナワミンの娘である。ナパポーンたちが心配していた通り、アランヤーは幼児売春業者に売られていたのだ。

アランヤーはおどおどしながら矢田に言われる通りベッドに上がって横臥し、股を大きく開いた。ホテル・プチ・ガトーに売られてまだ日の浅いアランヤーの性器はノパマートのように黒ずんではいなかった。けれどもそこは痛々しい傷のようにぱっくりと口を開けていた。

矢田はその傷口のような性器を親指と人差し指で押し開けてビデオカメラを近づけた。内部の赤い肉が露呈した。矢田はアランヤーを膝に乗せてペニスを挿入してから仰向けにさせるとまったく不自然な体位でビデオカメラの撮影をした。無理な姿勢のアランヤーは苦しそうに体をよじ曲げて撮影が終るまで我慢していた。

子供たちはおじけづいた表情で見守っている。五分ほど撮影した矢田は今度はカバンからチューブを取り出し、その先をアランヤーの性器に入れて水で溶いた片栗粉を注入した。注入された液体は膣の中から溢れてアランヤーの股の線にそって流れた。射精した精液が膣から溢れているかのように見せるための捏造だった。

矢田は五人の子供たちをベッドに並べ、男の児は肛門に、女の児は膣に水で溶いた片栗粉を注入して撮影した。そして撮影したビデオを鑑賞しながら、その嗜虐的な映像に満足していた。あとは小包にして航空便で東京の私書箱宛に郵送するだけである。万が一発覚しても本人の住所を調べるのは困難であった。矢田はこれまで一度も発覚したことがなかった。

4

崩れかかった市壁と堀に囲まれたチェンマイ旧市街の西の門、スアンドーク（花園門）から西へ十キロほど行ったA地域に小さな町がある。ステープ山の麓《ふもと》のA地域の市場では周辺の農村で採れた新鮮な野菜や河で漁れた魚や、古着、道具類、民芸品、籠、陶器類などの日用雑貨品が売られていて、賑わっていた。その一画に二十数軒の売春宿が軒をつらねている。一軒の売春宿には三畳ほどの部屋が五つ六つあり、それらの部屋は通路で隣の部屋につながっていて、全体としては大きな巣窟のような建物になっていた。迷路のような内部はいったん足を踏み入れると入口と出口がわからなくなる。この売春街に二十キロほど離れた鉱山で働く労働者たちが半日をかけて徒歩でやってくる。三十分につき五バーツから八バーツが相場だった。

二年前、北部山岳地帯のD村のワンパオからチューンが買い取ったセンラーの姉のヤイルーンが半年前からここの売春宿で働かされていた。

チューンはワンパオから買い取ったヤイルーンをバンコクへ連れてきたのだが、一年後にエイズに感染しているのがわかり、このA地域の町に転売したのである。もちろんエイズに感染しているのを隠蔽して転売されたのだが、最近はエイズ特有の斑点が顔や体に現れ、客が取れなくなっていた。急激に痩せ衰え、首や腋の下や鼠蹊部あたりのリンパ腺が三カ月以上腫れていた。微熱が出たり、寝汗をかいたり、極度の疲労で起きることもできず、何日も下痢が続くのだった。ヤイルーンの体が異常なのは誰の目にもあきらかであった。

「あの野郎にまんまと騙された。安い買い物だと思ったが、とんでもない厄病神を摑まされた。おかげで商売あがったりだ」

売春宿の経営者は誰かれなしに当たりちらし、地団駄を踏んで怒り心頭に発していた。食事をやらないわけにもいかず、魚と野菜が申し訳程度に入った汁をご飯に混ぜて与えていたが、下働きの女は食器に触るのも恐れてゴム手袋をはめていた。

この地域の売春宿は幼さを売りものにしていて、ほとんどが十歳から十五、六歳までの女の子だった。けれどもエイズ感染者がいるという噂がひろがると客足が遠のくおそれがある。経営者はむろんのこと、ここで働いている女の子も客足が遠のけば死活問題である。経営者が箝口令を敷くまでもなく女の子自身口を固く閉ざしていた。

ヤイルーンは自分がどういう病気にかかっているのか知らなかった。「エイズ」という病名など聞いたこともないのだった。微熱が出たり、疲労で体を動かすのもままならなかったり、首や腋の下や鼠蹊部あたりが腫れたりしているので風邪をこじらせているのかもしれないと思った。しかし顔や体のあちこちに薄い斑点が現れ、食欲がなくなり、急に痩せ始めたので風邪にしてはひどすぎると悩まされていた。医者に診てもらいたかったが、お金がなかった。

売春宿の経営者からは、

「おまえのために大損をした」

とののしられた。

誰も話しかけてこなかった。親しかった友達でさえ汚らしいものでも見るように忌避して遠ざかり、まったくの一人ぽっちであった。

八歳のときに売られてバンコクに連れて行かれ、その日にチューンとバーイに犯され、さまざまなことを教えられた。それからというもの、大勢の大人たちにありとあらゆることをさせられ、体がばらばらになるのではないかと思えるほど責められた。なぜこんなことをされるのか、まったく理解できなかった。苦痛と忍耐と絶望的な日々を一年ほど過ごしたある日、突然、チェンマイのA地域の町の売春宿に転売された。いまでは自分が大人たちの性の相手をさせられているというのが少しわかってきた。体調を崩したのは、この町にやってきて半年ほどたってからである。体の不調を訴えたが売春宿の経営者はまったく受け付けようとせず、それどころか夜遅くまで働かされた。一日に十人以上の客を取らされて出血したこともあるが、休ませてくれなかった。体の内部が溶けだし、腐っていくような気がした。逃げることもできず、助けを求めることもできず、仕事が終ったあと、毎日泣いていた。しかし、いまでは泣き疲れて涙も出なかった。そしてある日を境に奥まった暗い地下室に監禁され、三回の食事が二回になり、一回になった。

昼なのか夜なのかわからなかった。窓のない地下室に監禁されているヤイルーンは時間の観念を失っていた。耳を澄まして外部の音を聞き、それで時間を推測しようとしたが地下室は無音に近い状態だった。一日に一回、五十過ぎの下働きの女が食事を運んでくるとき、階段の灯りを点けて降りてくるほんの一分ほどの間だけヤイルーンは外部との接触をして夢うつつの状態になるのだった。下働きの女は鼻と口に手をあてがい、悪臭を放っている地下室へアルミ容器の食べ物を置くと素早く逃げ去るように階段を上がって行くのだった。ヤイルーンは一日に何回も下痢に見舞われ、地下室の隅の小さな穴から排泄していた。地下室に監禁されてから一度もシャワーを浴びていない。毛布にくるまって部屋の片隅に縮こまっているヤイルーンは黒い塊に凝固していくのだった。

ある日の早朝、売春宿の経営者と一人の男があわただしく階段を降りてきた。

経営者が、

「早いとこ頼む」

と男に言って地下室の鍵を開けると、男は黒いビニール袋の中にヤイルーンを入れて紐で結び閉じた。そしてヤイルーンの入っている黒いビニール袋を軽々とかかえて外に出た。エンジンを掛けたままの清掃車（普通の四トン貨物車）が停まっている。その清掃車のゴミの中へヤイルーンの入っている黒いビニール袋を投げ込むとすぐに発進した。

ヤイルーンは黒いビニール袋の中でもがいていた。窒息しそうなほど苦しかったが、それよりも恐怖で体の震えが止まらなかった。でこぼこ道を猛スピードで疾走して行く車の振動でヤイルーンは体の安定が保てず横になったり逆さまになったりして転げ回っていた。

ヤイルーンは爪を立てビニール袋を引っ掻いた。ビニール袋が破れて穴ができ、ようやく呼吸を整えた。破れたビニール袋の穴から光が射し込み、ヤイルーンは久しぶりに太陽の光を見た。東の空から昇ってくる太陽は眩しかった。水田がひろがり、遠くに山が見える。車は砂塵を巻き上げて西へ向かって走っていた。車と大きな籠を下げた女がすれちがったとき、ヤイルーンは思わず助けを求めようと声を上げようとしたが声は出なかった。声を出す気力がなかったのだ。今度はどこへ運ばれて行くのだろう……。ヤイルーンは不安で胸が押し潰されそうだった。

一時間ほど走った清掃車はやがて大きなゴミ処分場に着いた。バックさせた清掃車のエンジン音がひときわ高い唸りを上げて荷台を油圧で高々と押し上げ、満載していたゴミの山を滑り落とすと、しばらくそのまま走った。ヤイルーンの入っている黒いビニール袋も滑り落ちてゴミの中に埋没した。ゴミを漁っていたカラスの群れが舞い上がった。ヤイルーンは必死にビニール袋を破って這い出した。生ゴミの腐った匂いや化学物質の硝煙のような強い匂いが充満していて喉に痛みを覚えた。ゴミを払ってよろよろと立ち上がったヤイルーンの目の前にゴミの山がひろがっている。どっちを向いても見渡す限りゴミの広野である。ところどころに煙が立ち昇り、積み上げられたゴミが化学反応を起こして発火し、くすぶっているのだ。

上空に舞い上がったカラスがふたたび降りてきて生ゴミを漁り始めたので、ヤイルーンも本能的に捨てられた生ゴミから食べられそうな物を漁ってほおばった。口の中にいっぱい詰め込み、顎が痛くなるほど咀嚼した。垢と埃にまみれてかさかさになっている髪の毛が風に逆らっている。ヤイルーンは生ゴミを漁るとビニール袋に入れ、窪んだ大きな眼窩で空を見上げて茫漠としたゴミの広野の遥か彼方に聳えている山を眺めて歩きだした。腐った生ゴミだが、腹いっぱい食べたためか、体力が蘇ってきた。

ヤイルーンは足を引きずり、よろめきながら歩いた。太陽が昇るにしたがって温度が上がり、焼け焦げた赤い大地は燃えさかる炎のようだった。長い間、地下室に閉じ込められていたヤイルーンの足の裏はやけどを負ったようにふくれて皮がめくれ血を流していた。けれどもヤイルーンは歩き続けた。水がほしかった。渇いた喉がひりひりして唾を飲み込むのも困難だった。あの山の向こうに生まれ故郷の村があるはずだと信じて歩いた。故郷の山あいを流れている河は、この乾いた赤い大地のどこかを流れているはずだった。河を探し、その河をさかのぼって行けば故郷へたどり着けるにちがいない。自分がいまどこにいるのか判然としないヤイルーンだったが、ひたすらそう信じて歩いた。

照りつける強烈な太陽の熱でヤイルーンは燃えつきてしまうのではないかと思われた。やっと大きな道に出たヤイルーンは水田や畑を見て近くに村があると思った。村に行って水と食べ物をめぐんでもらおうと急いだ。

やがて村人たちと出会ったが、村人たちは恐ろしいものでも見るような目付きでヤイルーンを避け、中には逃げる者もいた。声を掛けようとしても相手にされず、同じ年頃の子供たちから石を投げつけられ、犬に吠えたてられるのだった。

「水と食べ物をめぐんで下さい」

切実な声で訴えるヤイルーンを見かねたのか、一人の女が籠の中のマンゴーを二つ投げ与えてくれた。ヤイルーンはその場でそのマンゴーにかじりついた。マンゴーの甘い水分が渇いていた熱い喉を潤した。マンゴーにかじりついているヤイルーンの目からとめどなく涙が溢れてきた。

「それを食べたら村を出て行くんだ」

マンゴーを投げ与えてくれた女が追い払うように言った。

「河はどこにありますか」

ヤイルーンは女に尋ねた。

「村の向こうに流れてる」

ヤイルーンは女の指差す方向に歩きだした。道端に落ちていた大きな蓮の葉っぱを陽傘代わりにさして歩いた。河に行って顔と体を洗いたい。体や顔に噴きだしている汚穢のような腫れ物を洗いたいと思った。

村人や子供たちが遠巻きにとり巻き、二匹の犬が匂いを嗅いでいる。すれちがった村人たちは一様に驚いて顔をしかめた。疲れて木陰で休んでいると中年の男がやってきて口汚くののしり、いますぐ村から出て行け！　と怒鳴るのだった。休むことすら許されず、ヤイルーンは体を引きずって歩いた。そして二キロほど歩いたところに河が流れていた。

大きな河ではないが水量の豊かな河だった。河原で女たちは洗濯をし、子供たちは木の上から河に飛び込んで泳いでいた。河の中ほどで五、六隻の小舟が網漁をしている。山岳地帯の故郷では見たことのない光景であった。

ヤイルーンは村人から追い払われるのを避けて人のいない河上へ行き、誰もいないのを確かめてから裸になり、顔と体と服を洗い、草むらに隠れ、服が乾くまで休んだ。そしてヤイルーンはいつしか眠ってしまった。

目を醒ますと夜だった。灼熱地獄の昼とは反対に夜は肌寒かった。ヤイルーンは月明りを頼りに河上へと向かった。途中、畑で野菜や果物を盗んだ。樹木が鬱蒼と茂る道なき道を進んで河沿いを歩いていたが、複雑な地形をやみくもに進むことはできなかった。ヤイルーンは迂回をよぎなくされて森の中で迷い、河を見失いかけたりした。起伏の激しい河沿いの段丘地形は突然、滝になっていたりして前進できなかった。ヤイルーンは涯をよじ登り、滝の上に出た。生きるために信じられない力がヤイルーンを動かしていた。木の枝や草の強い葉ですり切れたヤイルーンの体は傷だらけになっている。蟻や蜘蛛やゴキブリ類の昆虫を食べながら飢えをしのぎ、ときには木の皮をかじった。

いくつかの村を通り過ぎるたびにみんなから厄病神あつかいされ恐れられて追い払われた。ゴミ処分場に捨てられてからすでに十日が過ぎようとしている。ヤイルーンは精根つき果てていた。目の前に一番高い山が聳えている。村にいた頃、自分たちは一番高い山に住んでいるのだと父親から聞かされたことがある。その言葉だけを頼りにヤイルーンは一番高い山をめざしてきたのだ。その一番高い山が目の前に聳えていた。

ヤイルーンは最後の力をふりしぼって立ち上がり歩きだした。太陽が真上に輝いているのに真っ暗闇を歩いているようだった。狭い山道を歩いていたヤイルーンは立って歩くことができず、とうとう四つん這いになって進んだ。まるで大きな黒い芋虫が這っているようだった。

けものの唸る声がする。うーっと唸っていた茶色の雑種犬が、そのうち近づいてきて鼻をくんくん鳴らしてヤイルーンを舐め回した。ヤイルーンが家にいた頃から飼っている犬だった。見覚えのある家が建っていた。地面に這いつくばっているヤイルーンの目線の先に野菜の葉をむしっている女の姿が見えた。

「お母ちゃん……」

ヤイルーンは弱々しく呼んだが声は届かなかった。ヤイルーンがもう一度、お母ちゃんと呼ぶと、犬が合図でもするように吠えた。吠える犬に気付いて女はゆっくりと地面を這っているヤイルーンを振り返った。黒い異様な塊が動いている。女は驚いてたじろぎ、人を呼びに行った。

間もなく二人の男がやってきた。一人は棍棒を、いま一人は山刀を手にしていた。そして地面を這っている異様な黒い塊をじっと見つめて様子をうかがっていた。

「人間か？」

と棍棒を持った男が言った。

「いや、ちがう」

山刀を持った男は身構えて切りつけようとしている。そのうち何人かの村人が集まってきた。

「ちょっと待て、人間かもしれない」

棍棒を持った男はおそるおそる近づいてしゃがみ込み、地面に這っているヤイルーンをのぞいた。

「お父ちゃん……」

かすれた低い弱々しい声でヤイルーンは呼んだ。

父親のワンパオだった。

黒い異様な生き物に、お父ちゃんと呼ばれてワンパオは仰天した。

沼から這い出してきたような泥にまみれた奇怪《きっかい》な生き物が口をきくだけでも驚きなのに、ワンパオのことを「お父ちゃん」と呼んだので集まっていた村人たちも一様に驚いた。

「こいつ、口をきいたぞ」

山刀を構えていた男がしりぞいた。

「誰だ、おまえは」

ワンパオはおそるおそる声を掛けた。

「ヤイルーンです……」

自分の名前を言ってヤイルーンは気を失った。

側にいた母親のムオイは信じられない顔で、

「なんだって、ヤイルーン……。そんな馬鹿な。ヤイルーンはバンコクにいるはずだよ」

と半信半疑でヤイルーンに近づき顔をのぞき込んだ。

「とにかく体を洗ってやりなさい。そうすれば誰だかはっきりわかる」

村の長老が助言した。

ワンパオは長老の言葉に従ってヤイルーンを庭の隅にかかえて行き、ムオイが服を脱がせて体を洗った。埃と泥にまみれた髪が強い陽射しで乾燥し、棘のようになっている。その硬くなった髪をムオイは何度も洗い、水に濡らした布で顔を洗っていくとヤイルーンの顔が現れた。

頰がこけ、皮膚がぼろぼろに剝げ落ち、あちこちに黒い斑点ができているので一見ヤイルーンには見えなかったが、鼻の特徴や、四年前、家の庭の木から落ちてけがをした額の傷が何よりの証拠だった。

あまりに変りはてた娘の姿にムオイは涙ぐんで、

「ヤイルーン……どうしてこんな姿になってしまったの」

と抱きしめた。

食うや食わずで百キロちかくも炎天下を歩いて生まれ故郷に帰ってきたけなげなヤイルーンに村人たちは同情し称讃した。しかし、ヤイルーンの体全体にひろがっている黒い斑点に疑いの目を持つ村人がいた。

「ヤイルーンの体や顔にひろがってる斑点をおれは見たことがある」

一年の大半を出稼ぎに出ている三十過ぎのプラーはみんなの関心を引くように言った。

「どこで見たんだ」

ワンパオが敏感に反応して訊き返した。

「チェンマイでも見たし、バンコクでも見た。そのほかの売春宿でよく見かけた」

村の子供たちが売られているのはみんなの知るところであった。仕事をするために売られているのだが、その仕事が売春であることもうすうす知っている。いわば村人の間では暗黙の了解であった。そしていったん売られた子供が村へ帰ってきたためしはなかった。

なぜヤイルーンは村へ帰ってきたのか。父親のワンパオにしてみれば恥を晒しているようなものだった。

「売春宿でよく見かけたというのか。つまりおまえは売春宿によく出入りしてたってわけか」

　ワンパオのいや味にプラーは自嘲的な笑いを浮かべた。

「おれは独り者だから、たまには女を欲しくなる」

　村の女たちの中にはくすくす笑う者もいれば憮然としている者もいる。

「なるほど、それでおまえは売春宿でよく見かけたと言うんだな。病気にかかっていると言いたいのか」

　ワンパオはプラーを追及した。

「そうだ」

　とプラーはきっぱり言った。

「どんな病気だ」

「おれは医者じゃないからはっきりしたことは言えないが、たぶん、エイズだと思う」

「エイズ」という言葉を聞いたとたん村人たちは表情をこわばらせ、後ずさりしてたじろいだ。

　ワンパオも驚いて二、三歩後ずさりした。

　ヤイルーンを抱いて体を拭いていた母親のムオイもヤイルーンから離れようとした。が、そのとき意識の戻ったヤイルーンが「お母ちゃん……」とうわごとのように呼びながら母親の胸にしがみついてきた。

恐怖で顔をひきつらせた母親のムオイは胸にしがみついてくるヤイルーンを引き離そうとしたが、親ザルにしがみつく子ザルのようにヤイルーンは衣服を握って離そうとしなかった。

「離してちょうだい。この手を離してちょうだい！」

母親のムオイは力ずくで娘のヤイルーンの手を離そうとしたが離せなかった。

「この子をなんとかして！」

とムオイは夫に向かって叫んだ。

「離すんだ、ヤイルーン。母さんから離れるんだ、ヤイルーン！」

頑として母親から離れようとしないヤイルーンを父親のワンパオが両脇をかかえて引きずった。

骨と皮だけの手が爪を立て、ムオイの衣服が破れた。だが、衣服の破れるのもかまわず引きずって、ワンパオはヤイルーンを母親から二、三メートル離した。土埃にまみれてうずくまっているヤイルーンは黒いゴミの塊のようだった。

「助けて……お父ちゃん、お母ちゃん、助けて……痛いよう……体が痛いよう……」

泣く力もないヤイルーンは弱々しいかすれた声で両親に助けを求めるのだった。

「どうする？」

とプラーは迷惑顔で言った。顔や腕や体や脚に発疹している黒い腫瘍が潰れて血が流れていた。

「あの血に触ってはいけない。あの血は呪われている。あの血に触るとエイズになる」

六十過ぎの村の長老がみんなの前に出て注意をうながした。占師でもある長老は病気の治療も手がけているので村人からの信頼は厚かった。

「どうしたらいいんでしょうか」

突然、エイズにかかった娘のヤイルーンが出現したのでワンパオは動転して頭が混乱していた。

母親のムオイもヤイルーンを娘というよりは何か得体の知れない厄病神に思えるのだった。

「なぜ帰ってきた。なぜいまごろ村に帰ってきただ！」

乳飲み子をかかえた村の女の一人がヤイルーンを激しく非難した。

なついていたはずの犬も村人たちの異様な雰囲気におじけづいてヤイルーンに近づこうとしなかった。

「檻をつくって閉じ込めるのだ。庭の隅に檻をつくって、おまえたち夫婦が監視するんじゃ。ヤイルーンはおまえたち夫婦の子供じゃから」

長老の提案に村人たちは納得し、ワンパオ夫婦も受け入れるしかなかった。

さっそく村人たちは木の枝を集めて小さな檻をつくり、その小さな檻を地面に倒れているヤイルーンの上からかぶせて庭の隅に移した。そして檻の周りに杭を打ち込み、檻を二重にした。

ゴミ処分場に捨てられ、腐ったゴミを食べ、飢えに耐え、人から石を投げつけられ、山を越え谷を越え、死の淵を彷徨しながら故郷へ帰ってきたというのに、両親や村人たちから、なぜこんなひどい仕打ちを受けるのかヤイルーンには理解できなかった。両親は自分を忘れてしまったのだろうか？　自分は別の村にきてしまったのだろうか？　そんなはずはない。生まれてから八歳までを暮らした村なのだ。庭の大きなタマリンドの木は昔から同じ姿で立っているし、犬も自分を覚えていて吠えずになついてきた。山の形も空の色も大気の匂いも昔と変っていない。

ヤイルーンは妹のセンラーがいないのに気付き、檻の中からセンラーの姿を探したが見当たらなかった。四歳になる弟のパットは母親の後ろに隠れて檻の中のヤイルーンをおそるおそる見ている。村にいた頃、ヤイルーンは弟を背負って子守していたのだ。その弟のパットが脅えていた。弟のパットはヤイルーンの顔をすっかり忘れているようだった。親でさえ恐れているのだから、パットが脅えるのも無理はなかった。

母親のムオイが食べ物の入った食器と水の入った容器を檻の中に入れた。それから複雑な表情で何度も溜息をついて涙を浮かべていた。

　ヤイルーンを檻の中に監禁したものの、この先、どうあつかえばいいのかを村人たちは議論していた。プラーは町の病院に通報すべきだと主張した。それに対して何人かの村人は反対した。なぜなら病院に通報すると子供を売ったことが発覚し、官憲の手入れを受けるおそれがあるというのだった。子供を売ったのはワンパオ一人ではなく、村の何人かの親は子供を売っていたのである。

「そんなこと言うけど、もしエイズが村にひろがったらどうする。そうなる前にヤイルーンを病院か政府の施設に引き渡すのが賢明だ」

　村人の多数はプラーの意見に賛成だった。問題はヤイルーンのエイズを口実に村人たちが立ちのきを迫られるかもしれないのだ。

「政府はわしらをこの地域から追い出そうとするにちがいない。以前から政府はわしらを追い出したがっていた」

　長老のひとことにプラーは黙った。

　山岳地帯は反政府軍の秘密の拠点として利用されやすく、また反政府軍のゲリラ兵には山岳地帯出身者が多いのである。したがって政府は山岳地帯の村人に神経をとがらせ、住民票や通行証を発行せず、山から町へ降りてくるのを禁止しているのだった。

「とにかく当分、この状態でヤイルーンを監視する。誰にも言ってはならない」

長老は村人たちに箝口令を敷いた。

夜は寒くなるので母親のムオイはヤイルーンに毛布を一枚与えた。その毛布を地面に敷いてヤイルーンは横になった。痩せた小さな体は枯れ枝のようだった。変り果てた娘の姿にムオイは言葉を失っていた。

「やっかいなことになった」

ワンパオは部屋でやけ酒を飲みながらテレビを見ていた。電波の届きにくいテレビの画像は見慣れていない者には何が映っているのかわかりにくいが、見慣れているワンパオにはわかるのだった。いつもなら笑い転げているお笑い番組だったが、今日のワンパオは笑えなかった。

「こんなときにテレビなんか見て、面白いんですか。少しは娘のことも考えて下さい。ぼろぼろになって帰ってきた娘を檻の中に入れるなんて……」

ムオイは泣きだした。

「わしにどうしろと言うんだ。わしに何ができる。いっそひと思いに、ヤイルーンをあの世へ送ってやり、楽にしてやりたい気持ちだ」

「むごいことを言って！　それでも父親ですか！」

ムオイはかな切り声を上げて喰ってかかり、テレビを持ち上げ、

「こんなもの、いらない！」

と床に投げつけようとした。

「何をする！　馬鹿もん！」

ワンパオはテレビを取り上げ、ムオイを足蹴《あしげ》にした。

ヤイルーンを売った金でテレビと冷蔵庫を買い、センラーを売った金で日本製の五〇ＣＣの中古単車を買った。テレビや冷蔵庫や単車は村の者から羨望の的だった。そしてワンパオは単車で隣村の女のところへ足しげく通っていた。

「せめて娘を部屋の中で介抱したい。あれでは虫けら以下だ。ひどすぎる……」

ムオイは泣き崩れながら言った。

「そんなことしたら、家族がみんな死んでしまう。それでもいいのか！」

ワンパオはテレビを持ったまま部屋の中をうろうろしていたが、

「えーい！　くそったれ！」

と叫んでテレビを窓から外へ放り投げた。それから今度は冷蔵庫も外へ放り投げようとしたので、今度はムオイが制止して、

「この冷蔵庫はヤイルーンの物だ」

と言った。

その言葉にワンパオは腰がくだけて、その場にへなへなと座ってしまった。

翌日から村の者は誰もワンパオの家に寄りつこうとしなくなった。畑仕事に出ても村の者はワンパオとムオイを避けて挨拶もしなかった。市場へ行く道に出るにはワンパオの家の庭を通るのが近道だったので、村の者はワンパオの庭を通るとき、立ち話をしたり、食べ物を分けてくれたりしたが、この日からわざわざ迂回してワンパオの家を避けて市場へ行くのだった。誰も口をきいてくれないし挨拶もしてくれない。そればかりかパットが水浴びをしようと河へ行くと、子供たちからいじめられ仲間はずれにされて追い返されるのだった。そして単車の荷台に野菜を積んで市場へ売りに行っても、しめし合わせたように誰も買ってくれなかった。気晴しにワンパオは隣村の女の家へ行った。けれども女は表戸に鍵を掛けてワンパオを入れようとしないのである。

「お願い、帰ってちょうだい。二度とこないで」

いつもやさしく迎えてくれた女の言葉とは思えない冷たい態度で門前払いされた。

『あんな女、こっちから願い下げだ！』

ワンパオは市場で買った地酒をラッパ飲みしながら帰ってきた。

「みんなわしらを厄病神あつかいしてる。わしらが何をしたっていうんだ」

事態は考えていた以上に深刻であった。

檻の中で息も絶え絶えに瀕死の状態で横臥している娘のヤイルーンを見るのは耐え難い苦痛だった。早く死んでくれればいいと思った。だが、ヤイルーンが死んだからといって問題は解決するのか。いったん村八分にされた家族がこの村で生きていくのは至難である。もしかしてセンラーも帰ってくるのではないかとワンパオは悪夢にうなされた。

ヤイルーンは自分で起きる力さえなかった。食事も自分で食べられず、母親のムオイが檻の外からスプーンで食べさせていた。しかし、食べた物をすぐに戻すのだった。日に日に痩せ衰え、人間はこんなにまで痩せ細るのかと思えるほど痩せていた。死が間近に迫っているのはあきらかだった。ヤイルーンは生きたまま腐っていく。垂れ流した汚物にまみれて死臭が漂っている。窪んだほら穴のような眼窩の奥に死神の目が光っているようだった。黒い瞳が灰色に変っていた。命の光が少しずつ消えようとしているのだ。檻に入れられて二週間もした頃、ヤイルーンは内臓が破裂したかのように大量の血を吐いた。血だらけになって痙攣しているヤイルーンの様子が恐ろしくてムオイは介抱できずにただ茫然としていた。

翌日、檻の中を見ると、ヤイルーンの体に蟻の大群がたかり、一羽の小鳥がヤイルーンの瞳をついばんでいた。だが、ヤイルーンはまだ生きていた。ときどき遠い空を眺めている瞳がまばたきしている。ムオイは棒で小鳥を追い払い、箒で蟻の大群を追い払おうとしたが、つぎからつぎへと群がってくる蟻の大群は、ヤイルーンの口や鼻腔や耳から体の中へ侵入していくのだった。

「あんた！　あんた！　ヤイルーンが蟻に食べられる！」

悲痛な叫びを上げてムオイは夫のワンパオを呼んだ。

自暴自棄になって畑仕事を休んで酒を飲んでいたワンパオがムオイの悲鳴を聞いて檻の前に駆けつけてみると、ヤイルーンの体は群がっている蟻の大群で真っ黒になっていた。ワンパオは物置小屋に走って行き、ポリタンクに入っているガソリンをまき、吸っていた煙草を投げた。煙草の火で引火したガソリンは瞬時に火柱を上げ、黒煙とともに燃えひろがった。

炎に包まれて燃えているヤイルーンの手足が悶えるように動くのを見てムオイは、

「アーッ！」

と発狂したように叫び炎の中へ飛び込もうとした。そのムオイを羽交い締めにしてワンパオは必死に止めた。

黒煙は狼煙《のろし》のように空へ立ち昇り、畑仕事をしていた村人たちに目撃された。そして何が起こったのかと村人たちはワンパオの家に集まってきた。炎と煙に包まれて黒焦げになっている火山灰のようなヤイルーンの焼死体が異臭を放っていた。村人たちはみな驚愕して立ちすくんだ。

「蟻の大群がヤイルーンを食べていたんだ。だから燃やした。これでヤイルーンも神様のところへ行ける」

茫然自失しているワンパオが天を仰いで言った。

「ワンパオの言う通りじゃ。ヤイルーンは神様のところへ行った」

長老がワンパオをかばうように、やはり天を仰いだ。

そのあとヤイルーンの焼死体は山の奥深い場所に埋められた。


白髪の混じった頭髪をかき上げ、眉間に皺を寄せてナパポーンは一通の手紙を何度も読み返していた。そして顔を上げると窓の外を眺めて溜息をついた。

『本当だろうか……』

あらゆる可能性――人間が人間に加えてきた残虐な行為には想像を絶するものがある。戦争における残虐行為は、その典型的なものだが、日常の中で、エイズにかかった子供をゴミ処分場に投げ捨ててしまうとは考えられないことだった。そうだ、これはある種の戦争状態なのだ、とナパポーンは自分に言い聞かせた。非日常的で異常な状態だけが戦争ではない。日常の中で日々失われている幼い命の犠牲のうえに成り立っているこの社会そのものが異常でなくて何であろうか。それを当然のように見過ごしている人間の感覚は、戦争状態における非人間的な感覚となんら変るところはないのだ。

社会福祉センターの一階の広間から子供たちの遊ぶ声が聞こえてくる。二階の事務所の窓から眺めるとクロントイ・スラムのトタン屋根がどこまでもひろがっていた。一万七千所帯ともいわれるクロントイ・スラムの住民名簿はいまだに作成されていない。地方から流れてきた籍のない家族が大勢いるからだった。三年をかけて調査した名簿も、その半数近くが入れ替わり、家族構成もわからなくなるのである。子供を売ったり、置き去りにしてしまう親が多く、その実態はいまだに把握できていない。一階の広間で遊んでいる子供たちも、いつ行方不明になるか予断を許さない状況である。ナワミンの娘のアランヤーはどこにいるのか、父親のナワミンが固く口を閉ざしている限り探すのは不可能に近かった。

住所も差出人の名前もない、たどたどしい文字で書かれた一通の手紙を何度も読み返しながら、ナパポーンはさまざまに思いをはせた。

大学を出て間もないソーパーは、

「こんなことは許されないです。警察に訴えましょう」

と若者らしい正義感に顔を上気させた。

「警察に訴えても無駄よ。警察は知ってるのよ。知らないはずがないわ。知っていながら知らないふりをしてるのよ」

警察を正義の味方だと思っているソーパーをたしなめるようにションプーは言った。

「こういうことは前から行われていたと思う」

そう言って音羽恵子は手紙の内容が事実かどうかを確かめる必要があると主張した。

「どうやって確かめるんです？」

とソーパーが言った。

「警察に訴えるためには証拠が必要だわ。証拠もなしに訴えたところで門前払いされるだけよ」

事務仕事をしていたションプーが音羽恵子に代わって言った。

「仮に証拠があっても警察は認めようとしないでしょう。でも、証拠を摑むのは大事なことです」

ナパポーンが決意するように言った。

「明日にでもゴミ処分場に行ってみましょう。そのあと清掃会社に行って聞き取り調査をしましょう」

ナパポーンの補佐役をしている五十歳になるレックが顔を曇らせて、

「マフィアの連中はわれわれを警戒してるから気を付けないと危険だ。一年前にナパポーンとわたしは襲われたことがあるし、ボランティアが一人何者かに殺害されている。いざとなると連中は手段を選ばない」

と注意を喚起した。

「だからといって、このまま見過ごすわけにはいかないわ。売春を強要されてエイズにかかった十歳の子供が清掃車でゴミ処分場に捨てられ、死ぬ思いで帰った村で焼かれたのよ。こんなむごいことが日常的にまかり通っているのよ。金持ちの犬や猫は葬式をしてもらい、お墓までつくってもらっているのに、貧乏な人間の子供はゴミ処分場に捨てられ生きながら腐っていくのよ。こんなことが許されていいはずがない。わたしはこの歳まで生きているのが恥ずかしい。あまりにも無力だから。奴らの手にかかって殺された方がましよ」

無力感と怒りが涙となってナパポーンの頰を伝わった。

「わかってるよ。わたしはただ注意しただけだ」

長年一緒に闘ってきたレックにはナパポーンの無念さがわかるのだった。

「この手紙はチェンマイから出しています。わたしの村やわたしの名前は言えません。なぜなら、この手紙の内容は口外することを固く禁じられているからです。でも、わたしの村で起こった出来事を黙っていることができず、誰かに訴えたいと考えていました。そして偶然、一緒に働いている友達の話で、社会福祉センターのことを知り、手紙を書く決心をしたのです。

　わたしがチェンマイへ働きにくる一カ月ほど前のことです。焼けつくような地面をはって一人の女の子が村にやってきました。女の子を見たとき、わたしは恐ろしいけものがはっているのだと思いました。村の人たちも人間の子供とは思いませんでした。泥や埃にまみれた服はぼろぼろで、ほとんど裸に近い状態でしたが、真っ黒になっている顔や腕や脚や体全体に吹出物ができ、腐った匂いがしていました。村の人たちはいったい何だろうと様子をうかがっていたのですが、はっていた女の子が村の人たちの中から自分の両親を見つけて、お父ちゃん、お母ちゃんと呼んだのです。呼ばれた両親は驚き、おそるおそる黒い塊の生きものを見て、それが二年前、バンコクからきた人買いの男に売った娘であることがわかったのです。その娘が、いまごろどうして村へ帰ってきたのか戸惑い、いまごろなぜ村に帰ってきた！　と父親はしかりつけました。みんなの手前、面子もあったと思います。でも母親は娘のあまりの変りように驚き涙しながら、急いで溜水で体を洗い、抱きしめてやりました。そのとき一人の男が娘はエイズに侵されていると言ったのです。それで村は大騒動になりました。娘を抱いていた母親はしがみついてくる娘を引き離しました。エイズがどういう病気なのかよくわかりませんが、とにかく恐ろしい不治の伝染病であると思い込んでいる村の人たちは檻をつくって、その中に娘を閉じ込めたのです。それ以後、村の人たちはその家にまったく近づかなくなりました。

母親が娘から訊きだした話によりますと、売春宿で働かされていた娘はエイズに侵され、手に負えなくなった経営者が清掃車に頼んでゴミ処分場に捨てたそうです。そのあと娘は十日以上かけて村に帰ってきたのですが檻に閉じ込められ、ある日、蟻の大群に襲われていた娘を父親がガソリンをかけて焼いてしまったのです。娘の焼死体は山の奥深い場所に埋められ、その場所は村の三、四人しか知りません。

わたしはいまチェンマイ近郊のある売春宿で働いています。じつはエイズに侵され、ゴミ処分場に捨てられた娘も同じ区域の売春宿で働かされていたのを知ったのです。それからというもの、わたしもエイズに侵され、ゴミ処分場に捨てられるのではないかと不安な日々を送っています。噂によりますと、エイズに侵された子供たちはゴミ処分場に捨てられるそうです。宿から一歩も出られないわたしには、その事実を調べる方法がありません。どうかゴミ処分場を調べて、わたしたちを助けて下さい。お願いします」

たどたどしい文字で書かれた手紙は、ナパポーンをはじめ社会福祉センターのメンバーに衝撃をもたらした。

以前からエイズに侵された子供がゴミ処分場に捨てられているという噂は耳にしていた。しかし子供をゴミ処分場に捨てるという行為はあまりにも非人間的すぎて、まさかそんなことはありえないだろうと楽観していたのだった。考えてみれば年端もいかない八歳や十歳の子供を性の道具にしていること自体、非人間的なことであって、エイズを発症して用済みにされた子供をゴミ処分場に捨てる行為をあまりにも非人間的すぎてありえないことと見過ごしてきたのは甘かったのである。幼児売春をさせられている子供たちは物以外の何ものでもないということをあらためて認識させられたのだった。

レックがチェンマイ近郊の詳細な地図を取り出し、売春宿のある区域をチェックした。チェンマイ市内にある売春宿は主に中国系タイ人による経営者が多く、チェンマイ近郊の売春宿の経営者には地元の有力者が多い。一つの建物には八ないし十二の部屋があり、娼婦たちにはそれぞれ三畳ほどの部屋が与えられている。小さな鏡、洗面器、食器類、折りたたみ式のテーブル、そして薄っぺらな寝具がある。そこが娼婦たちの日常生活を営む空間であり仕事場でもあった。

いくつかの資料を調べた結果、ナパポーンは手紙の差出人はA町かB町のいずれかの売春宿で働いていると判断した。というのもA町とB町の中間あたりに大きなゴミ処分場があるからだ。

「明日にでも行きましょう」

ナパポーンの表情にはなみなみならぬ決意がみなぎっていた。

「行ってどうするんですか」

　とソーパーは訊いた。

「ゴミ処分場を調べます。それから手紙の差出人を探して連れ出します」

「誰だかわからないのに連れ出せるんですか。無理です」

　ゴミ処分場を調べるだけならまだしも、誰かもわからない差出人の女の子を売春宿から連れ出すのは無謀だとソーパーは思った。

「差出人の女の子はおおよそ見当がついている。これは幼児売買、幼児売春を監視しているアチャーのボランティア団体とわれわれが協力して調査した書類だが、北部山岳地帯のD村出身の幼児の名前が十八名記入されている。村で焼かれた女の子の名前はヤイルーン。二年前、スリウォン通り近くのホテルで売春させられていたが、一年後にどこかへ売られたのだ。手紙の差出人はヤイルーンと同じところで働かされていると書いている。つまりヤイルーンはチェンマイ近郊のA町かB町で働かされたあげくゴミ処分場に捨てられたと思われる。しかも同じ村の出身だ。

　北部山岳地帯のD村出身の子供が一カ所に何人もいるとは思えない。だからA町かB町でD村出身の子供を探せば、その子がたぶん手紙の差出人にちがいない。もちろん確認するのは難しいが、誰かが客を装って本人と接触するしかない」

レックの炯々な目が事務所にいるみんなを見回し、ソーパーの前で止まった。

ソーパーは驚いて、

「まさかぼくが客になるんじゃないでしょうね」

と牽制した。

「君以外に誰がいる。君は若くて好奇心に満ちている。少しインテリくさいが、服装を変えて顔を汚せば誰も疑わんだろう。A町とB町には鉱山労働者が売春宿にやってくる。その中の一人になるんだ」

太いだみ声でレックはソーパーににじり寄った。

センターで働く六人の中で男は三人だった。レックは五十歳を過ぎているし、三十七歳になる副主任のシーラットは一週間前からニューヨークの児童虐待阻止のための国際会議に出張している。仮に出張していなくても若いソーパーが指名されるだろう。ソーパーは諦めて覚悟を決めた。

「ションプー、明日のなるべく早い時間の航空券を四枚予約してちょうだい。わたしとレックと恵子とソーパーの四人で行くわ。それからチェンマイのスリチャイに連絡して車で空港まで迎えにくるよう伝えて。スリチャイはパヤオ出身だから、あのあたりに詳しいはずよ」

スリチャイはチェンマイの郊外で農業を営んでいる三十二歳になる男だが、ボランティアで社会福祉センターを手伝っている。表だった活動はしないが、情報の収集や必要な連絡に協力していた。

事務所は急にあわただしくなった。レックは資料をカバンに詰め、ソーパーは労働者風の服装を探しに街へ出た。

旅行会社に電話を入れていたションプーが、

「午前七時の便が空いているそうです」

とナパポーンに伝えた。

「その便を予約してちょうだい。八時すぎにはチェンマイに着くわね。いい時間だわ。スリチャイにも連絡して発着時間を知らせておいてね」

ナパポーンは預金残高を調べながら、

「レック、もし子供を買い戻すとしたら、いくらいるかしら」

と訊いた。

「子供を買い戻すって？　手紙の子供を買い戻すのかい？」

「そうよ。万が一のときは買い戻すしかないと思うの」

「それはまずい。手紙の子供を買い戻したとして、他の子供はどうするんだ？」

「できれば二、三人買い戻したいの。買い戻して故郷へ帰してあげたいのよ」

手紙を読んだときの興奮と憤怒がまだおさまっていないらしく、ナパポーンは全部の子供を買い戻したいと言いかねない様子だった。

「気持ちはわかるが、そんなことをすればボランティアの意味がなくなる。アフリカのウガンダで、いま何が起こっているのか知ってるはずだ。強い部族が弱い部族を奴隷狩りして他の部族やアラブ諸国に売ってる。それらの奴隷をあるボランティア活動家がアメリカやヨーロッパの企業や慈善団体から募金をつのって買い取っている。一度の取引に百人とか二百人買い取っている。だが、奴隷狩りはいっこうに減らない。それどころか奴隷狩りはいい商売になると思って、つぎつぎに村が襲われている。中には何度も奴隷になっている女性や子供もいるそうだが、それらの女性や子供は奴隷商人から金を受け取っているとのことだ。いったい何人の奴隷を買い取れば解決するのか。買い取れば買い取るほど奴隷商人を増長させるだけで、何の解決策にもならないという意見が出ている。わたしもそう思う。問題は買い取るのではなく奴隷商人をなくすことだ。そういう輩をのさばらせないことだ」

「あなたの意見は正しいと思うわ。でも、この国では、マフィアの背後に警察や軍や政府高官がついてるのよ。金のためならどんなことでもやる連中よ。一度握った権力をどんなことがあっても手放そうとしない亡者たちよ。権力や富を保持するためなら何万、何十万人の人間を平気で殺戮する残忍な連中よ。人買いに売られて売春を強要され、エイズを発症して用済みにされた十歳の子供がゴミ処分場に捨てられて焼き殺される。わたしは思った。世界は一人の子供を救うことすらできないのか？　って」

思い詰めているナパポーンの唇が無念さで震えていた。

「とにかく子供を買い取るのはやめよう。危険すぎる。それに彼らはわれわれに子供を売ったりはしない。そんなことをすれば幼児売春や幼児売買を認めるようなものだ。彼らには掟がある。子供を闇から闇へ売るのが彼らの掟なんだ」

レックは説得するように言って肩を落としているナパポーンを優しく抱きしめた。レックの腕の中でナパポーンは崩れそうになった。いつまでもレックに抱きしめてほしいと思った。レックとはいつも口論しているが、それはある種の甘えのようなものだった。七年前、夫が亡くなったあとレックが何かと支えてくれたのは確かだった。そしていつしか二人は結ばれたのだが、そのことが亡くなった夫に対して後ろめたさとなり、それ以来ナパポーンはかたくなにレックを拒んでいた。けれどもナパポーンはレックを愛している自分に気付いていた。またレックとナパポーンが互いに愛し合っているのを周囲の者もわかっていた。

5

翌朝の午前五時にナパポーンたちはいったん社会福祉センターの事務所に集合し、ションプーの運転する車でドンムアン空港まで送ってもらった。

早朝だったので国内線の乗客は少なかった。機内に入って席に着いた四人はチェンマイに着くまでの一時間ほど睡眠不足をおぎなうために仮眠した。若いソーパーは鼾をかいて眠っていた。

「ソーパー、着いたぞ」

隣の席に座っていたレックはソーパーの鼾で仮眠がとれず迷惑顔で、

「よく眠る奴だ」

と不機嫌そうに言った。

レックに揺り起こされたソーパーは、

「もう着いたんですか」

と寝ぼけまなこであたりをきょろきょろしていた。

「おまえの鼾のおかげで、おれは眠れなかった」

頭上のストアレージから荷物を取りながらレックが言うと、

「わたしも眠れなかったわ」

と後ろの席にいた音羽恵子も不満を述べた。

乗客は待っていたバスに乗って空港の建物まで運ばれた。

出口には何人もの人が待っている。その中にスリチャイの陽焼けした顔があった。

「ご苦労さんです」

スリチャイは構内から出てきた四人と握手を交わし、ワゴン車の停めてあるところまで先に立って案内した。強い陽射しを照り返している道路は陽炎が立ち昇り、あたりの風景がゆらゆらと揺れている。

みんながワゴン車に乗ると、

「とりあえず何か食べよう。軽く食事のできる店に案内してくれないか」

とレックが言った。

朝食を取っていないみんなは賛成した。腹が減っては戦さはできぬというわけだ。

スリチャイは車を十五分ほど走らせ、五差路の角に建っている店の前で車を停めた。両脇の表戸は開放されていて風通しのいい店だったが、麵類専門店であった。店先には麵と具と熱い湯と熱い汁をワンセットに組み合わせた厨房がある。その厨房の中に上半身裸の男が立っていた。

みんなは汁なし麵を食べたいと思っていたが、スリチャイはカオ・ソーイを注文した。

「このくそ暑いときに熱い麵を食べるのかね」

レックはうんざりした表情で言った。

「ここのカオ・ソーイは最高にうまいんです。チェンマイ名物なんですよ」

スリチャイにすすめられるがままにみんなはカオ・ソーイを食べることにした。

チェンマイ・ヌードルとも呼ばれるカオ・ソーイは、中華麵の上に薬味をのせ、カレーをかけてさらにカリカリに揚げた麵を上にのせたものだ。一口食べたレックは、

「うむ、なかなかうまい」

と舌鼓を打った。二種類の麵の食感がおいしかった。

みるみるみんなの顔や首筋や背中に汗がにじんできた。

「熱いけど、おいしい」

音羽恵子はハンカチで汗を拭きながら食べている。

みんなが一杯食べている間に二杯たいらげて満足そうにしているソーパーを二人の女子店員が笑顔で頼もしそうに見ていた。

麺を食べ終ったレックは噴き出している汗をハンカチでぬぐいながら、

「さて、まずゴミ処分場へ行くか」

と言った。

「そうね。ゴミ処分場がどういうところなのか、この眼で確かめ、写真に撮っておくことね。恵子、写真をしっかり撮ってね」

ナパポーンもハンカチで汗を拭きながら言った。

「ゴミ処分場はここから二十キロほど先です。ゴミ処分場の中を歩くときは気を付けて下さい。陥没しているところがありますから」

この地域に詳しいスリチャイが注意した。

暑いさ中に熱い麺を食べたみんなは汗をかきながらワゴン車に乗ってゴミ処分場に向かった。三、四十分走ったあたりから、周辺の風景が黒っぽく変り始めた。もともと赤茶色い土だが、それが黒く変色してきたのである。同時になんともいえない悪臭が鼻を突いてきた。

「何の匂いかしら」

少し開いていた車窓を音羽恵子が閉めると、

「ゴミの匂いですよ」

と運転しているスリチャイが言った。

そして助手席で前方を見ていたソーパーが「おお！」と叫んだ。まだNGO活動を始めて間もないソーパーは、このようなゴミ処分場を見るのははじめてだった。

後部座席にいた音羽恵子は体をのりだし、フロントガラスから前方を見て、やはりソーパーと同じように「おお！」と叫んだ。見渡す限りゴミがひろがり、前方に煙をなびかせている黒い山が見えた。みんなは言葉もなく黒いゴミの山を眺めた。峰をつらねた黒いゴミの山はゆうに二、三十メートルはあるのではないかと思われるほどの高さだった。あのような高さにまでどのようにしてゴミを積み重ねていったのか。

広大なゴミ処分場のあちこちで二、三日前に捨てられた大量の生ゴミに数百人の大人、子供、老若男女が群がり、血眼になって必死に何かを漁っていた。ゴミの中から、まだ使えそうなプラスチック用品やガラス容器、陶器、そして食糧を探しているのだった。プラスチック用品やガラス容器、陶器は売れば小銭になるのである。ゴミを口一杯にほおばった十歳くらいの子供が痩せた体をねじ曲げて車の中のみんなに一瞥をくれてまたゴミを漁っている。破れた片方の靴をぶらさげている老人は埃にまみれた竹細工のような髪を掻きむしってにたにた笑っていた。みんなの眼前で凄まじい光景が展開していた。清掃車がひっきりなしにゴミを捨てていく。そのたびにあたり一面に砂塵が舞い上がって、すべてのものが黒ずんでいくのである。そして車が前進するにしたがってゴミ処分場の全貌が眼底に浮かび上がってきた。峰にそって数百軒のバラック小屋がもたれ合い、折り重なり、腫瘍のようにへばりつき、ゴミの山と見分け難く一体になっている。みんなは何か名状し難い畏怖の念にとらわれずにはいられなかった。ゴミ処分場に暮らしている者は、ここで生まれ、ここで死ぬ運命にある。生と死の境界線など何もない。茫漠とした天と地の果てしない相克があるだけだ。絶対の貧困があるだけだった。想像を絶する光景に、みんなは言葉を失っていた。

音羽恵子は車の中から、これらの光景をカメラにおさめていた。いたたまれなくなったナパポーンは、

「車を停めて！」

と声を上げ、車から降りてゴミを漁っている人たちの中へ向かった。危険だった。彼らは外部の人間に対して警戒心が強いので拒絶反応から暴力沙汰になることも十分考えられた。ナパポーンの後をレックが追った。

ゴミを漁っていた中年女が二人を見とがめて、

「なんだね、あんたたちは！」

と喰ってかかるように言った。

「わたしたちはバンコクの社会福祉センターの者です」

ナパポーンは敵意をむき出しにしている女にできるだけ冷静になってやさしく言葉を掛け

た。

　息ができないほどの腐臭が充満していたが、ナパポーンはハンカチを口にあてず、ゴミを漁っている女の汚れた黒い手をそっと握った。握られた手の感触に女の警戒心が溶け、女の顔からとげとげしい表情が消えた。

「わたしたちはあることを調査するためにここへきました。これは聞きにくいことですし、答えにくいことかもしれませんが、このゴミ処分場に幼児売春でエイズにかかった子供が捨てられているそうですが、あなたはそういう子供を見たことがありますか」

　女の顔色が変った。

　女は二十メートルほど離れたところにいる夫とおぼしき男を呼んだ。呼ばれた男は険悪な表情でやってきて、

「どうしたんだ？」

　とナパポーンとレックを睨みつけた。

「バンコクの社会福祉センターの人たちだって。幼児売春でエイズにかかった子供が、このゴミ処分場に捨てられていないかって聞くんだよ」

　女はナパポーンとレックの身元と意図を告げた。

「そんなことは知らん！　帰れ！　ここはおまえたちがくるような所じゃない。帰れ！」

男はまったく受けつけようとせず、手を振ってナパポーンとレックを追い返そうとするのだった。

「聴いてちょうだい。年端もいかない幼い子供が売春でエイズに侵されたあげく、ゴミ処分場に捨てられてるのよ。それも生きたまま」

ナパポーンは喰い下がった。

「そんな話は聞いたことがねえ」

「聞いたことはなくても、見たことはあるでしょ」

ナパポーンは一歩も譲ろうとせず、男に迫ったが、男はそっぽを向いて聞く耳を持たなかった。

ゴミを漁っていた何人かが集まってきてナパポーンとレックを囲繞した。危険を感じたレックは車に引き返そうとうながしたが、ナパポーンは動かなかった。

「何を怖がってるの。あなたたちに怖いものはないはずだわ」

ナパポーンの言葉に一人の老人が、

「わしらには何も捨てるものがないと言いたいのか。だが、わしらには命がある。家族がいる。わしらもあんたたちと同じ人間だ」

と胸を張って見せた。

「ごめんなさい。そういう意味で言ったわけじゃないの。もちろんみんな同じ人間です。だから怖がる必要はないと思うの。売春をさせられてエイズになった子供がゴミ処分場に捨てられてるんです。A町のある子供から一通の手紙をもらいました。その子供は自分も売春をやらされているのでいつかエイズになってゴミ処分場に捨てられるのではないかと脅えています。こうした子供を救いたいのです。子供をゴミ処分場に捨てるなんて、人間のやることじゃない」

そう言ってナパポーンは声を詰まらせた。

すると老人が言った。

「わしは一度、子供の骨を見たことがある。それがエイズになって捨てられた子供のものなのかどうかはわからない。一つ言っておくが、わしらもゴミ処分場に捨てられたようなものだ。仮にエイズになった子供が捨てられていたとしても、ゴミに埋もれて探すことはできない。永久にな……」

老人が立ち去ると、集まっていた数人の男女も自分の持ち場に戻ってまたゴミを漁りだした。

「あの老人の言うように、ゴミ処分場に捨てられた子供を見つけるのは不可能だよ」

レックは落胆しているナパポーンの肩を軽く叩いて車に戻るよううながした。

灼熱の太陽の下でゴミは分解され発酵し、息もできないほどの強烈な腐臭を放っている。その広大なゴミの山の前でナパポーンは立ちつくしていた。世界が腐っているように思えた。

車に戻ってきたナパポーンは、

「A町に行きましょ。ソーパー、あなたの出番よ」

と気をとり直すようにソーパーに言った。

ソーパーは汚れたズボンとシャツに着替え、緊張した面持ちで、

「どうすればいいんですか」

と不安そうに訊いた。

「三百バーツ渡しておく。たぶん四十バーツもしないと思うが、それらしく振る舞ってゆっくり歩きながら郭の中の様子を見るんだ」

昨日説明したばかりだったが、ソーパーはすっかり緊張して自分のとるべき行動を忘れていた。

「それらしく振る舞うって、どういうことですか」

「客らしく振る舞うってことだ。あそこへ行く男はみんな買春が目的だ。郭の中をゆっくり巡回して様子を確かめてから、適当な店に入るんだ。十四、五歳の子を指名してお金とチップを払い、手紙を書いてきた子の情報を聞き出すんだ」

ソーパーは真剣に聴いていたが、

「情報を教えてくれるかな」

と心許ない表情をした。

「情報をうまく聞き出すのが君の腕の見せどころだ。必ず情報を摑んでこい」

茶目っ気で気のよさそうなソーパーをレックは車から追い出した。

「ここで一時間待ってる。一時間待って戻ってこないときは、われわれが車で郭に行く」

町のはずれで車から降ろされたソーパーは足どりも重く郭に向かって歩きだした。

「大丈夫かしら」

思いなしか肩の力を落として歩いて行くソーパーの後ろ姿を見送りながらナパポーンは心配そうに言った。

「大丈夫だよ。ソーパーも大人だから」

と答えたもののレックも心配だった。

「わたしがあとをついて行きます。わたしはこのあたりに詳しいですから」

運転していたスリチャイが言った。

「そうしてくれると安心だわ」

ナパポーンの目には大学を出て間もないソーパーがまだ子供のように映るのだった。

スリチャイはレックと運転席を交替して車から降りるとソーパーの後をつかず離れず、周囲の者から怪しまれないようについていった。

やがてソーパーは郭のある場所にきた。果物や野菜や穀物類、鶏、蛇、カエルなどを売っている露店市場は買い物客で賑わっていた。そんな雑踏の中に客引きをしている中年の男女が何人もいた。

「あんたはどんな女の子が好みだね。うちには八歳から十八歳までの女の子が揃ってる。十バーツから二十バーツでよりどりみどりだよ」

中年の女衒《ぜげん》がソーパーにまとわりついて離れようとしない。二、三人の子供が片手を出し小銭をねだってくる。ソーパーは混乱して、ややもすると執拗な女衒に勧誘されそうになるのだった。その様子を距離を置いてスリチャイが観察していた。

ソーパーはようやく女衒を振り切って郭の中に入った。だが、郭の中はつぎはぎだらけの屋根や壁に仕切られた無数の通路の奥にさらに無数の通路があり、方角を見失って、どこが入口で出口なのか自分のいる場所がわからなくなり、同じ回廊をぐるぐる回っているようであった。数人の男が女を物色している。ソーパーも女を物色しているように装いながら迷路のようなバラック小屋の間を徘徊したが、どの女の子を指名すればいいのか迷っていた。そしてソーパーは目線の合った十三、四歳の女の子の部屋に入った。二畳ほどの部屋には板のベッドと小さな整理タンスがあるだけだった。ソーパーよりはるかに年下の子供だが、しかし物腰や笑みをたたえて媚を売る表情に大人の色香を匂わせていた。

腰が引けているぎこちないソーパーに、

「ここははじめてですか」

と少女は訊いた。

「いや、一年ほど前に一度きたことがある」

ソーパーは足元を見られないように言った。

「すみませんが、三十バーツ下さい」

少女は最初に金を要求した。

このあたりの相場は二十バーツくらいだと聞かされていたので、三十バーツは高いと思ったがソーパーは三十バーツを手渡した。手渡された三十バーツを少女は小物入れの袋にしまうと後ろにまとめていた髪を解き、服を脱ごうとする。

ソーパーはあわてて、

「いや、服は脱がなくていい」

と制止した。

「どうして？」

少女は怪訝な顔をしてソーパーを見た。

ソーパーの様子は男がはじめて女を経験するときの落着きのない態度に似ていた。

ソーパーは五バーツのチップを渡し、

「ぼくは君と話したいだけなんだ」

と言った。

「話したいだけ？　どんな話をするんですか？」

少女はますます怪訝な表情をした。

何から話せばいいのか、間がもたないソーパーは、

「君は何歳になるんだ」

と訊いた。

不意に歳を聞かれて少女はためらいがちに、

「十三歳」

と答えた。

だが、身のこなしや声の質感や接客態度はソーパーより大人に見えた。

「この商売をして何年になるんだい」

ソーパーのくだらない質問に少女はうんざりしながらもチップをもらっている手前、

「五年」

とそっけなく答えた。

五年といえば八歳のときからこの世界で働いていたことになる。ソーパーはあらためて少女の身体に刻まれた苛酷な歳月を思わずにはいられなかった。

「じつは……」

不審そうにしている少女にソーパーは切りだした。

「この郭には君と同い歳くらいの女の子が何人もいると思うんだけど、最近、社会福祉センターに手紙を出した女の子を知らないかな。ぼくはバンコクの社会福祉センターの者で、手紙を出した女の子を探しにきたんだ」

ソーパーの話に少女は顔を曇らせ、何かに怯えるように後ずさりして受け取った金を返した。

「君に迷惑はかけない。誰にも言わないから、そっと教えてほしいんだ」

怯えながら後ずさりしている少女の気持ちをなだめようとソーパーは小声で言ったが、少女はかぶりを振って口を開こうとしなかった。

「手紙をくれた女の子は助けてほしいと言ってる。君もここから出たいだろう……？　教えてくれないか、女の子のいるところを」

少女はいまにも声を張り上げそうだった。

焦ってきたソーパーは少女の両肩を摑まえて、まるで自白でもさせようとするかのようにゆすった。すると少女の目から涙がこぼれた。

「帰って、お願い、帰って。こんなことがボスにわかったらわたしは殺される。お願いだから帰って。そんな女の子は知らない」

嗚咽《おえつ》しながら少女はソーパーに哀願した。

怯えながら嗚咽している少女をこれ以上問い詰めることもできず、ソーパーは諦めざるをえなかった。目に見えない厚い壁に立ちふさがれて少女のいる世界へ一歩も踏み込めなかった。ソーパー自身、ひしひしと重圧を感じるのだった。誰からも見られていないはずなのにどこかから誰かに見られているような気がした。迷宮のような郭全体に張りめぐらされている目と耳。腐ったはらわたから立ちこめる瘴気《しょうき》。部屋の入口に男がぬっと入ってきた。音もなく入ってきた若い屈強な男は右手に山刀を持っている。ソーパーを見下ろし、いまにも斬りつけてきそうな構えをしていた。ソーパーの背筋に戦慄が走った。涙を浮かべていた少女はとっさに涙の跡を隠すために側にあった洗面器の水で顔を洗った。洗面器の水は性交のあと陰部を洗浄するための水である。

「用が済んだら、さっさと帰れ」

山刀を持った男が意外と穏やかな口調で言った。

ソーパーは少女から返金された三十バーツを床に置くと逃れるように外へ出た。心臓が高鳴っている。少女との会話を聞かれただろうか？　聞かれたとしたら少女はいったいどうなるのか。制裁を受けるのか。自分の未熟な対応が少女にどういう結果をもたらすのか胸の締めつけられる思いでソーパーは車の待ってる場所へ戻ろうと足早に歩いたが、迷路から抜けられなかった。そこへスリチャイが現れ、

「こちらです」

とソーパーを誘導して車の待っている場所に戻ることができた。

ソーパーは青ざめていた。ソーパーの顔色をひと目見てレックは、

「自分を責めるな。はじめは誰だってうまくいかないものだ」

と慰めた。

「すみません。ドジを踏んで。あの子はどうなるんでしょう」

制裁を受けるかもしれない少女が心配でソーパーは深刻な表情になった。

「制裁を受けたりはしないと思う。大事な商品だからな。それよりこれからどうするかだ」

だが、このあとどうすればいいのかとっさには思いつかなかった。

いきなりみんなで郭へ乗り込んでいくのは混乱を招くだけだし、かといってこのまま引き

下がるのも能がなさすぎるのだった。

「スリチャイ、君はこの界隈に詳しい。郭のボスに会える方法はないかね」

レックは指先まで吸った煙草を灰皿に押し込んでスリチャイに訊いた。

「そうですね。ボスに直接会うのは難しいと思います。幹部の一人くらいになら会えるかもしれません」

「幹部でもいいわ。会って率直に話してエイズにかかっている子供を買いたいの」

「買ってどうするんですか」

とスリチャイは訊いた。

「病院で治療を受けさせるの。こんな場所に置いとけば死ぬのを待つだけだわ。死ぬのを待つというより殺されるの待っているようなものよ」

ナパポーンの感情がこみ上げてきたのでスリチャイは、

「わかりました。とにかく幹部の一人と話してみます。少し時間がかかりますので、この近くのホテルで部屋を取って待っていて下さい」

と言った。

クーラーは効いているが、炎天下の車の中で待つより、いったんホテルに部屋を取って少しくつろいだ方がいいだろうというスリチャイの意見に従って、みんなはホテルに向かった。

古い木造二階建てのホテルにはクーラーの設備がない。しかし、ホテルは樹木に囲まれていて部屋は風通しがよく涼しかった。五人は一部屋を取って荷物を下ろし、一階の食堂に集まって冷たいものを注文した。それからスリチャイは一人で郭に向かった。

樹木の陰で犬が寝そべっている。

「子供を買い取って病院で治療を受けさせると言うが、いま以上に何人もの子供の面倒を見られるのかね」

子供の買い取りに反対しているレックは疑問を呈した。

「政府と交渉するつもり。エイズに感染している子供は証人でもあるのよ。政府も拒否できないと思う」

「いままでだって何度も政府と交渉してきたが、政府は予算がないの一点張りで受けつけようとしなかった。子供が証人だからといって政府が交渉に応じるとはとても思えない」

「じゃあ、どうすればいいの。わたしたちはただビラをまいて見ているだけ？　もうそんな時期は過ぎたのよ。この国が直面している現実を徹底的に示すべきよ。政府の中にも見識と良心を持った人間がいるはずだわ」

「政府の中に見識と良心を持った人間がいないとは言わない。だが、そういう人間はたいがい影響力がない。二年前、社会民主党のスッシイ議員が何者かに暗殺された。全身に十八発の銃弾を浴び、脳味噌は吹っ飛んでいた。彼は確かに見識と良心を持っていたし、影響力もあった。だから暗殺されたんだ。政府に期待するのは馬鹿げている。政府や軍や警察には人を殺したくてうずうずしている連中がごまんといる。そういう連中の前に子供を晒していいのかね」

ナパポーンとレックの議論は一時間以上続けられたが、結局二人とも疲れて黙ってしまった。その間、音羽恵子とソーパーは口を挟むことができなかった。

二時間もしたころ、スリチャイは一人の男をともなって帰ってきた。郭の幹部はさぞやパリッとした服装をしていると思いきや、アロハシャツと半ズボン姿でゴム製のビーチサンダルをはき、サングラスを掛けていた。三十代前半のその男は円形のテーブルを囲んで座っている四人を見て唇を歪めた。音羽恵子とソーパーが席を立った。その空いた席に座って男は脚を組み、アロハシャツの胸ポケットから煙草を出して火を点けた。

「何の用だ」

男は煙草の煙をくゆらせて言った。

「率直にお話しします。わたしたちのことはスリチャイからお聞きになったと思いますが、郭の中でエイズに感染している子供を引き取りたいのです」

ナパポーンは強い意志を込めて言った。

「馬鹿なことを言うんじゃない。うちにはエイズにかかっている女なんて一人もいない。おれたちは女の健康を一番気づかってるんだ。当然だろう。商品だからな。商品がエイズにかかっちゃあ元も子もなくなる。損をするのはおれたちだ。社会福祉センターだか、児童虐待阻止だかなんだか知らないけど、たいそうな肩書きでおれたちを脅そうとしたって、そうはいかねえ。おまえたちにとやかく言われる筋合いはねえんだ。おれたちはおれたちの領分で商売をやってんだ。生活に困って行き場のない食えない女たちを食わせてるんだ。そのどこが悪い？　いますぐ、さっさとバンコクへ帰るんだな。ここはバンコクじゃねえんだよ。よそ者は誰も歓迎しない。おれは親切心でおまえたちに忠告してるんだ。会わずにおまえたちを追っ払うこともできたが、一応おれは紳士なんだ。おれは筋を通してるんだ。だからおまえたちもさっさと帰りな。それがお互いのためだ。そうだろう」

よく喋る男である。郭を仕切っている幹部だけのことはあるとナパポーンは思った。しかし、ここで引き下がるわけにはいかなかった。ナパポーンはバッグから現金を取り出し、テーブルの上に置いた。五千バーツ以上ある。

「ただで引き取りたいと言ってるんじゃないんです。五千二百バーツあります。このお金でエイズに侵されている子供を三人引き取りたいのです」

テーブルに大金を積まれて男は肩をすくめ、

「凄い！」

とおどけてみせた。

「そんな大金を持ち歩いてると、いろんな連中から狙われるぜ。この町じゃ百バーツで人の命が売り買いされてる。つい先日も五百バーツで人が殺された。おまえたちは何もわかっちゃいねえな」

男はせせら笑い、そしてテーブルに積まれた大金を強奪しそうな目付きになって立ち上がった。

「言っておくが金は誰にも見せるんじゃねえ。いますぐこの町から出るんだ。さもないと一時間後には丸裸にされるか、おまえたちの死体がゴミ処分場に捨てられてるか、どちらかになる」

男は陰にこもった声で忠告して去った。

男の言葉にみんなは動揺した。

「バンコクへ帰ろう。あの男の忠告を無視して郭へ行けば、何が起こるかわからない」

とレックが怯えるように言った。

「いったんバンコクへ帰って下さい。わたしが様子を見て、逐一バンコクに情報を知らせます。ここでは警察も軍も信用できないですから」

この地域をよく知っているスリチャイはナパポーンを説得した。

ナパポーンは考え込んだ。何人かの子供がエイズに蝕まれて地下牢のような場所に監禁されているのはわかっている。手紙をくれた少女もすでに監禁されているかもしれない。それをみすみす看過してバンコクへ帰るのは敗北ではないのか。マフィアたちを増長させ、今後ますます調査が困難になるのではないか。せめて手紙をくれた少女だけでも救いたいと思った。だが、男の忠告を無視することもできなかった。無視すれば、それ相応の報復をされるだろう。みんなは怯えていたが、ナパポーンも怯えていた。暴力は突然、死をもたらすからだ。煮えたぎる憎悪が問答無用の暴力となって人びとを恐怖の坩堝《るつぼ》に叩き込み、死をもたらすのだ。八年前の凄惨な虐殺の光景がナパポーンの脳裏をよぎった。

それはカンボジアとタイ国境沿いの小さな村で起こった事件だった。長年続いていた少数民族間の抗争が小さな村々を襲っていた。そのどさくさにまぎれて子供たちが連れ去られ売られていたのである。その調査のためナパポーンは児童虐待阻止のための国際会議から派遣されてある村に行ってみると、村はすでに地獄絵図と化していた。道のあちこちや建物の中や林の中に数百人の虐殺された遺体がちらばっていた。

斧や山刀や鉄棒を持った数十人の男たちが逃げまどう女や子供を追い、片っぱしから殴打し、斬殺したのだ。山刀で斬られて倒れ、助けを求めて泣き叫んでいる女の頭を、今度は斧で何度も何度も頭蓋骨が粉々になるまでめった打ちにした。返り血を浴び、血塗られた凶器を持って、死体を点検しながら、まだ少しでも息のある者がいると、その者の頭を斧で容赦なく叩き割ったのだった。むごたらしい死体が道端や広場や山林にそのまま放置され、死臭が漂い、夜になると野良犬の餌にされていた。警察や軍は見て見ぬふりをしてまったく介入しようとしなかった。そのときの虐殺に加担した人間の中に現在も人身売買や幼児売春や麻薬取引をしているマフィアのボスたちが何人かいる。その手下たちも虐殺に手を貸した連中である。それは過去の話ではなく、いまもどこかでつながっているおぞましい未来進行形なのである。

ナパポーンは溜息をつき、脳裏によぎった恐ろしい光景を払拭《ふっしょく》するように首を振って、

「このままバンコクへ帰れば、子供たちはもっと虐待されるわ。わたしたちの弱腰につけ込まれて、今後、調査が難しくなると思う。子供たちを買い戻せなくても、子供たちに味方がいるってことを知らせる必要があります。本当はわたしも怖いの。でも、ここでひるんでは駄目。社会福祉センターはいつも監視してるってことをマフィアたちに見せつけ、存在感をアピールしないと、ここへは二度とこれなくなる。必要とあれば、わたしたちはいつでもここへこれるということを思い知らせるのよ」

とみんなを鼓舞した。

ナパポーンの訴えに若いソーパーは武者ぶるいでもするように奮い立ち、音羽恵子も頷いた。

苦りきった表情で腕組みをしていたレックは、

「君がそこまで言うのなら、今度はわたしがスリチャイと一緒に行ってボスと会って話をつけてくる」

と言った。

「いいえ、みんなで一緒に行きましょ。これはわたしたち自身の問題ですから。恵子もソーパーも現場を経験することが大事なの」

頑固で意地っ張りなナパポーンはレックが一人で行くのを反対した。この際、若い恵子とソーパーに経験を積んでもらいたいと思ったのだ。

レックもナパポーンの主張に折れて、みんなは車に乗ってふたたび先ほどの郭に向かった。いまにも雨が降りそうな空模様だが、この三カ月間、一滴の雨も降っていない。乾燥した大気は砂埃にまみれ、沿道の草花は大地に深く根を張ってしがみついている。

町の中心部には小さな市場があり、そこだけが食糧や衣類や陶器類を売買している人びとで賑わっていた。そして市場から数百メートル離れたところに数十軒の売春宿の建物がひと塊になって大地にへばりついていた。郭の路地は縦横無尽に錯綜していて、車は途中立ち往生した。ナパポーンらは運転しているスリチャイを残して歩くことにした。車から降りると娼婦らしき中年女が自分たちとは様子がちがう四人を好奇の目で見つめ、中には口汚くののしる者もいた。

「何しにきたんだ、帰れ！」

「おまえたちのくるところじゃないよ！」

「よそ者は帰れ！」

にたにた笑っているポン引きの目の奥に殺意のようなものが閃《ひらめ》いた。

窓から顔をのぞかせていた女の子が雨戸を閉めて隠れてしまった。

ナパポーンが一軒の店に入ろうとすると中年女に遮られ、表戸と雨戸を閉められた。どの店も同じだった。表戸と雨戸を閉められ、まるで廃屋のように通りは深閑とした。

「誰かいないの？　訊きたいことがあるの。話をしたいだけ。誰でもいいからわたしの話を聞いてちょうだい」

だが、ナパポーンの声は深閑とした郭の中に空しく木霊《こだま》した。不気味な静けさにおおわれ、不意に何者かに襲われそうな気配だった。

一頭の黒い犬が四人の前進をはばむように牙をむいて吠えたてる。地面に前脚の爪を立て、獰猛な赤い目が四人の隙を狙っていまにも飛びかかってきそうであった。そしていつしか四人は数頭の犬に囲繞されていた。ウー！　と喉の奥で唸り声を上げ、牙をむいて四人の行動を見計らっている。四人は身動きとれない状態に陥った。うかつに動くと数頭の犬がいっせいに襲ってきそうだった。

「ピッ！」

と空気を裂くような笛が鳴って二人の警官が現れた。その笛の音に牙をむいていた数頭の犬が地面に伏せの姿勢になって待機した。折り目正しい制服に身を包んだ二人の警官が厳しい表情で四人に近づいてきて、

「こんなところで何をしてる」

と職務質問をした。

「わたしたちはバンコクにある社会福祉センターの者です」

数頭の犬に襲われそうになっていた四人は二人の警官の出現に安堵して、ナパポーンはバッグから身分証明書を取り出し警官に提示した。その身分証明書の写真とナパポーンを見比べた警官が、

「許可なく、この郭に立ち入ることはできない」

と身分証明書を返しながら言った。

「許可がなければ、この郭に出入りできないのですか。じゃあ、客は誰かの許可を得て出入

りしているのですか?」

おかしな話であるとナパポーンは思った。

「そうだ。この郭には許可がないと出入りできないきまりになってる。客はあそこにいる男の諒承を得て出入りしている」

警官が指差した方向を見ると黒いシャツに黒いズボンをはき、黒いサングラスを掛けた角刈りの男が腕組みをして立っていた。笛を鳴らして数頭の犬を自在に操っていたのはこの男だった。サングラスの中の目の動きがわからない。だが、その無表情さには冷酷で残忍な陰が宿っていた。ナパポーンは危険だと思い足がすくんだが、男に近づいて行った。ナパポーンが近づくにつれて無表情だった男の表情に怒気が瘴気のように立ちこめた。伏せの姿勢で待機している数頭の犬が牙をむいて低い唸り声でナパポーンを警戒した。

「あなたにお願いがあります。エイズに侵されている子供に会わせて下さい」

つぎの瞬間、男の厚い手がナパポーンの頬を打擲していた。頬に平手打ちされたナパポーンはたまらず地面に倒れた。

レックとソーパーが、

「何をする!」

と異口同音に言ってナパポーンに駆け寄ろうとすると数頭の犬がいっせいに吠え、襲いかかろうとするのでレックとソーパーは駆け寄ることができなかった。

「ここをどこだと思ってる。さっさと帰りやがれ！　二度とくるんじゃねえ。今度きたときは命がないものと思え」

どすのきいた低い声で言うと男は笛を吹いて合図をして数頭の犬と一緒に引き揚げた。鼻血を手でぬぐいながら立ち上がったナパポーンは目眩《めまい》がしてよろめいた。よろめいたナパポーンを音羽恵子が駆け寄って支え、

「あなたたちは警官でしょ。女性が殴打されているのに、ただ見ているだけなんですか」

と珍しく激昂して二人の警官に喰ってかかった。

「おまえたちがこの郭のきまりを犯したんだ」

一人の警官が言った。

「国の法律より、この郭のきまりの方が優先されるんですか」

音羽恵子は怒りと悔しさを込めて言った。

「いいの、恵子。どうせ警察も同じ穴のムジナなのよ。ここでは法律は通用しない。自分たちが法律だと思ってるんだから」

音羽恵子がバッグからハンカチを取り出してナパポーンに渡すと、そのハンカチで鼻血を拭いて、ナパポーンは遠くを見つめ、

「帰りましょ」

と言った。

目の前で殴られたナパポーンを助けることができなかったふがいなさをレックとソーパーは唇を噛みしめて悔やんでいた。女であろうと容赦しない無差別の凶悪な暴力の前でレックとソーパーは無力だった。それを思い知らされる場面だった。

「知事に会って訴えよう」

とレックが言った。

「無駄よ。世論に訴えて、一歩一歩やるしかないんだわ。国内と国外のＮＧＯの人たちと話し合って、この国の経済を支援している国に圧力をかけるのよ」

「圧力って？」

ソーパーが訊いた。

「経済援助の一〇パーセントから二〇パーセントを政府や軍や警察の高官たちが懐にしているのは誰もが知ってます。ただ、その裏の実情が摑めないし、摑んだところで公表できないので、あらかじめ支援国に情報を公開してもらうのよ」

「そんなことができるのですか」

音羽恵子が驚いたように訊いた。

「やってみなければわからないけど、援助する側にとっても重要なことだと思うわ。社会福祉関係にどれだけの予算を使っているのか、それを援助国から確認してもらって、もし正確な数字が提出されないときは援助を減額するとかの方法をとらせる。つまりわたしたちの意見を聞き入れてもらえないときは減額してもらうよう援助国に圧力をかけるのよ。そうすれば政府もわたしたちの意見に少しは耳を傾けるようになるかもしれない」

もちろんナパポーンの話は自分たちだけで解決できる問題ではなかった。全国のボランティア団体や各国のＮＧＯや児童虐待阻止のための国際会議や、その他、国際的な影響力を持っている人物の協力が必要だった。気の遠くなるような話だが、やってみる価値はある。

車に乗ったナパポーンは鼻血を止めるためティッシュを鼻孔に詰め、シートに背をあずけて瞼を閉じた。いきなり男に頬を打擲され脳震盪《のうしんとう》を起こして倒れたときの屈辱が蘇った。あの男の眼は人間を平然と殺害できる殺人者の眼だ。何の警戒心も持たず男に近づいて行った自分が軽率だったとナパポーンは反省した。あれほど身辺を警戒していた国会議員のスッシイが自宅前で車から降りるとき、何者かに自動小銃で殺害されたではないか。彼らがその気になれば、たちどころに殺害されるだろう、とナパポーンは思った。殺害されないためには何もしないことだが、何もしないことは現状を、彼らの行為を黙認することである。そんなことが許されるだろうか。死を恐れてはならない。いままで何度か死ぬ思いをしたことがある。そしてこれからも死に立ち向かっていかねばならないだろう。しかしナパポーンは男の眼を思い出すと背筋がぞっとした。

みんなはいったんホテルに戻ってそれぞれの荷物をまとめ、チェンマイ国際空港に向かった。手紙をくれた少女を見つけることはできなかったが、郭の実態やゴミ処分場の凄惨な光景を見ることができたのは、それなりに収穫だったと評価し、バンコクに帰ってからの課題とした。

「今後、状況はますます厳しくなると思う。君も不用意に行動しないことだ。あの黒い服を着ていた男の眼を見ただろう。あの眼は何人もの人間を殺害している眼だ。人を殺すことなど何とも思っていない。ああいう連中が、われわれの周辺にはごろごろいる。慎重に行動しないと、いつ殺《や》られるかわからない」

出発時間までの間、空港の喫茶室でコーヒーを飲みながらレックは落ち込んでいるナパポーンに言った。

「じゃ、どうすればいいの。黙ってるわけ？　何があろうと、ただ見ているだけなの」

「そんなことは言ってない。慎重に行動しないとスッシイ国会議員の二の舞になると言ってるんだ」

「あなたはすぐヒヨるんだから。そんなこと、あなたに言われなくてもわかってます。あの黒い服を着た男のサングラス越しの眼を思い出すと背筋がぞっとするわ。でも、わたしは睨み返してやる。エイズに侵された子供をゴミ処分場に平気で捨てるような奴は人間じゃない。人間の仮面をかぶった鬼よ！」

まるでレックが人間の仮面をかぶった鬼であるかのようにナパポーンは睨みつけた。

「これだもんな。何かというと日和見主義だと決めつけてくる。少しは人の意見を聞いたらどうだ」

レックはヒステリーにはお手上げだと両手を上げた。

バンコクのセンターに帰ったナパポーンはあわただしくあちこちに電話を掛けた。カンボジアとタイの国境でボランティア活動をしているアチャーに電話を入れて、チェンマイのゴミ処分場の光景や、そこで暮らしている人たちの状況や、A町の郭で数頭の犬に囲繞され、黒い服を着た男に殴打されたが、立ち会っていた二人の警官は何もしなかったことなどを長々と話し、外国からの借款や支援をチェックする必要があると説いた。特に日本からのODAの内容を情報公開してもらうよう日本政府に働きかけると同時に国際的なネットワークを強調した。アチャーもナパポーンの意見に同調している様子だった。

「アチャーもわかってくれたわ。恵子、あなたは二、三日中に日本へ行って、アジア人権センターの鍋島さんたちと一緒に外務省の役人に会って直談判してちょうだい。難しいと思うけど、児童虐待阻止のための国際会議のメッセージも提出して、なんとか言質《げんち》を取ってほしいの」

「わかりました。すぐ手配します」

ナパポーンのあわただしい動きに煽られて音羽恵子も鍋島に電話を入れ、日本での日程などの調整に追われた。

「レック、あなたはニューヨークに行って、シーラットと会ってちょうだい。シーラットと会って状況を説明し、できれば国連事務総長と面談できれば最高だわ」

とナパポーンは言った。

「国連事務総長との面談は無理だよ。みんな一カ月、二カ月前から予約してるんだ」

とレックは無理難題を押しつけられて困惑しながら、ナパポーンからまたヒヨッてると言われはしまいかと思い、

「わかったよ。できるだけ努力してみる」

と答えた。

ナパポーンは事務と経理を担当しているションプーに、

「お金が足りないわ。誰かお金を援助してくれる人、いないかしら」

と切実な声で言った。

「この国では無理です。お金持ちはわたしたちの運動に反対してますから。みんながチェンマイに行っている間、銀行から借り入れ金の返済を迫られました。何とか一カ月待ってもらいましたが、一カ月後に返済できるめどはありません」

少し肥満気味のションプーは磊落そうな表情を曇らせて、逆に経理の苦境をナパポーンに訴えるのだった。

「そうね。お金持ちは自分のこと以外にお金を使おうとしないわね。政府からお金を引き出す方法はないかしら」

考えあぐねてナパポーンは椅子から立ち上がり、窓の外を見た。

広場で遊んでいる子供たちの姿が遠い存在に感じられた。あの子供たちも、ある日、突然、どこかへ消えてしまうのだ、と思うといても立ってもいられないのだった。

6

ホテル・プチ・ガトーの受付に座って往来を見ているダーラニーの目が眠そうにしている。十分ほど前、ホテルの前にまいた水が乾いて陽炎がゆらゆらと立ち昇っていた。建物全体にこもっている熱でダーラニーの肥満の体が溶けていくようだった。体内からにじんでくる汗をタオルで拭きながら、大きな欠伸《あくび》をしてけだるそうに椅子にあずけている体をだらりと垂らして眠りかけたとき、入口に大きな影が立ちふさがった。ダーラニーは夢から醒めたようにホテルに入ってきた人影を見ると、大きな旅行鞄を下げた男とショルダーバッグを肩に掛けた女が立っていた。毎年、夏の休暇を利用して訪ねてくる四十代のドイツ人夫婦だった。

「いらっしゃい。お待ちしておりました」

ダーラニーは唇の端に垂れている涎《よだれ》を素早く手でぬぐい、椅子にだらしなく座って投げ出していた足をバネのように引き戻して立った。

「部屋は空いてるかね」

少し頭の禿げている夫は英語で言った。

「もちろん空いてますとも。さあ、どうぞこちらへ」

無愛想なダーラニーがいつになく愛想をふりまいて二人を二階の一番広い部屋に案内した。裏庭に面した部屋にはキングサイズのベッドとダブルベッドが置いてある。夫のクラウスは旅行鞄を部屋の隅に置き、

「何か冷たいものをくれないか」

と五十バーツをダーラニーに渡した。

「わかりました。すぐに用意します。他にご用は……」

忠実な召使いのようにダーラニーはかしこまった口調で訊いた。

「食事のあと子供たちを連れてきてくれ」

クラウスは麻のジャケットを脱いで椅子にかけ、妻のザビーネもショルダーバッグをダブルベッドの上に投げだし、キングサイズのベッドに体を横たえた。

部屋を出たダーラニーは地下室へ行き、チューンにドイツ人夫婦の来訪を告げた。

「そろそろくる時期だと思ってたが、今年は少し早いな」

とチューンは言った。

「待ちきれないんだよ、子供たちの味が。ドイツじゃ食べられないからね」

ダーラニーは冷蔵庫からドイツ製のビールを二本取り出し、クラッカーとチーズとソーセ

ージを用意してトレーにのせ、

「ホルモン剤はあるのかい」

とチューンに訊いた。

「品切れだ。ひとっ走り病院へ行って買ってくる」

ホルモン剤を使用する客はあまりいなかったが、この二、三年増えていた。いうまでもなくホルモン剤を使用するのは女性客である。つまり女性客の相手をする十歳前後の男の子の性器にホルモン剤を注射し、性行為を楽しむのである。だが、子供にホルモン剤を続けて三、四回使用すると心臓発作や内臓疾患の副作用を起こして死亡することがあり、きわめて危険だった。それでもペドファイル（幼児性愛者）の間でホルモン剤を使用する女性が増えている。

ダーラニーがビールを運んで行くと、

「タノムはまだいるのか」

とクラウスが訊いた。

「はい、います。あの子は本当に素直な子ですから」

ダーラニーはクラウスの機嫌をとるように言ってつり銭を渡そうとした。

「つり銭はとっておきなさい。チップよ」

裏庭に面した窓を開けて風を受けながらスリップ姿のザビーネは気前よくさらに百バーツ

ものチップをダーラニーにくれてやり、

「あとで、あなたのボスに相談があるの」

と意味ありげに言った。

「相談と言いますと……」

ダーラニーは探るように訊き返した。

「あとでボスに話す。ボスはいるかね」

百八十五、六センチはあるかと思えるぜい肉のたっぷりついたクラウスはビールをラッパ飲みしながらボスの在宅を確かめた。

「ボスは三階の部屋におります。最近は脚が痛いそうで、あまり外出しません」

「そうか。じゃあ、あとでボスの部屋に行くとしよう。それからタノムの他に女の子を一人よこしてくれ」

クラウスの要望に、

「いい子がおります。ここへきて、まだ日の浅い子です」

とダーラニーは答えて部屋を出た。

間もなくクラウス夫婦は食事をしに外出し、日が暮れて九時頃に子供たちに与える食べ物や土産物を買って戻ってきた。そしてクラウス夫婦が部屋に入るとチューンがやってきて、ホルモン剤の入った注射器をテーブルの上に置いた。

「気がきくわね」

ザビーネは上機嫌でチューンに五十バーツのチップをはずんだ。

「ありがとうございます。子供たちにはよく言い聞かせてありますので、ご心配なく……」

卑下するように低姿勢になって、受け取った五十バーツをポケットに入れるとチューンは部屋の外に待たせていたタノムとセンラーを部屋に入れた。

まだ十一歳だが、一年前に比べるとタノムは体格も顔付も大人びた感じだった。チューンから因果を含まれているタノムはクラウス夫婦の機嫌をそこねまいと媚を売るように引きつった顔につくり笑いを浮かべていたが、センラーは脅えておろおろしていた。

「さあ、こっちへいらっしゃい。いい物をあげるから」

ザビーネは二人にお菓子と安っぽい人形を渡した。タノムとセンラーはクッキーを食べ人形を抱きしめてありがとうと言うようにほほえんだ。

「こっちへくるんだ」

キングサイズのベッドに腰をおろしていたクラウスに呼ばれてセンラーはこわばった。

何をすればいいのか、何をされるのかわかっていたが、センラーは一瞬しりごみした。クラウスがおもむろに裸になると妻のザビーネも裸になってベッドに仰向けになり、

「タノムはこっちへいらっしゃい」

と股を開いた。

何もかも心得ているタノムは抱いていた人形を床の上に置き、裸になってベッドに上がり、ザビーネの股間に頭を突っ込んだ。それから舌を這わせた。

「おお……」

とザビーネは呻き声を上げた。

それを見ていたセンラーも裸になってクラウスのペニスを口にくわえた。だが、大きすぎて口には入らなかった。それでも日頃からチューンに教えられている通り、舐めたり吸ったりしながら、しだいに太いペニスを口一杯にほおばるのだった。口が裂けそうになり、ペニスが喉に詰まって呼吸ができなくなって吐き気がした。いったん止めると、今度はクラウスがセンラーを軽々と抱き上げてベッドに寝かせ、隣のベッドでタノムの舌技に悶えている妻の姿態に刺激されながら、センラーを愛撫した。

センラーは栄養不足で痩せてはいるが、本来持っている子供のきめ細かい肌はすべすべしていた。センラーの全身に舌を這わせているクラウスのぬめぬめとした唾液が、まるで産卵のとき泡を吹きだす蟹のようだった。

「この子ったら、本当に上手だわ」

陰部から乳房へと舌を這わせていくタノムの愛技にザビーネは感嘆の声を上げた。

「こいつらは生まれたときからセックスマシーンなんだ」

センラーの膣に太い指を挿入してまさぐっていたクラウスが言った。

興奮してきたクラウスの白い肌が赤味をおびている。ソバカスだらけのザビーネの肌も赤味をおびていた。

クラウスはセンラーの膣にゼラチンを塗りたくり、太いペニスをゆっくりと押し込んだ。

センラーは口を大きく開けて声にならない叫びを上げた。

「ああ、わたし、もう我慢できない」

タノムの巧みな愛技に耐えきれなくなったザビーネはテーブルの上の注射器を取り、

「痛いけど、我慢するのよ」

と言ってタノムの性器にホルモン剤を注射した。タノムは歯を喰いしばって激痛に耐えた。するとニ分もしないうちにタノムのペニスがみるみる膨張し、大人のペニスのように大きくなったのである。

「さあ、きて！」

ザビーネは激痛に顔を歪めているタノムの膨張したペニスを摑んで自分の中へ挿入した。そして腰をゆっくり蠕動運動させながらしだいに昇りつめていった。

恍惚となって昇りつめていく妻の様子を見ていたクラウスはたまりかねてセンラーから離れ、妻と性交しているタノムの背後からタノムの肛門にペニスを押し込んだ。

クラウス夫婦のセックスは数時間にもおよんだ。いったん休憩したあと、今度はタノムとセンラーの性交を見ながら自分たちもセックスを楽しんだ。

タノムの膨張したペニスは長く持たなかった。そこでザビーネはふたたびタノムのペニスにホルモン剤を注射した。大量に注入された強いホルモン剤の影響でタノムの顔は副作用によって風船のように丸くふくらんでいた。目が充血し、体がぶるぶる震えている。それでもザビーネはおかまいなしにタノムの上にまたがって喘ぐのだった。四人は入れ替わり立ち替わり、ありとあらゆる姿態で性交をくり返し、とうとうタノムは肛門から、センラーは膣から出血するにおよんで性の狂宴は幕を閉じた。

タノムとセンラーは涙を浮かべていた。涙を浮かべながらタノムは小銭ほしさに媚を売るのである。

クラウスはタノムとセンラーに十バーツずつチップをあげた。チップを受け取った二人はシャワーを浴びて部屋を出た。

翌日の昼過ぎ、クラウス夫婦はボスのいる三階の部屋を訪ねた。ソファに座っていたボスのソムキャットは葉巻をふかしながら昨夜、二人の幼児とセックスを堪能したクラウス夫婦の満足そうな表情を確かめ、頭の中で値ぶみをしていた。

「どうでしたか。満足しましたか」

と訊いた。

夫のクラウスに劣らず大柄な肉づきのよいザビーネが淫蕩そうな顔に笑みを浮かべた。

「ええ、満足したわ」

「それはよかった」

とダーラニーが運んできたお茶をすすめながら、

「それで、わたしに相談があると聞きましたが……」

とクラウス夫婦の顔色をうかがった。

「じつは、タノムをわたしたちの養子にもらいたいのだ」

クラウスは周囲をはばかるように声を落として言った。

「ほうー、養子ですか」

意外な相談にソムキャットは戸惑った。

政府は養子縁組を推奨しているので書類審査はそれほど面倒ではない。担当者に百バーツも握らせれば書類は無条件でパスするだろう。貧しい国の子供を養子縁組で引き取るのはドイツ政府も認めており、合法的なのである。タノムを養子にもらいたいというクラウス夫婦の意図は性の道具として合法的にドイツへ連れ帰りたいためであるのは明白だった。

「金はそれなりにはずむ」

ためらっているソムキャットにクラウスは言った。

「タノムは客に人気のある子ですからね。そう言われても困りましたな」

吸っていた葉巻の火が消えたのでソムキャットはライターで葉巻に火を点けながら額に皺を寄せた。

「二千ドル出す」

とクラウスは言った。

「お客さん、タノムは一カ月で三千ドル稼ぐんですよ。一カ月で三千ドル稼ぐタノムを二千ドルで手放す馬鹿がいますか。それに養子縁組の書類の手続きや審査にも、それなりの金が必要です。お客さんの気持ちもわかります。しかしわれわれも商売ですから、人気のある子を簡単に手放すわけにはいかんのです。来週、あるフランス人がタノムを一週間プーケット島へ連れて行きたいと言ってます。一週間で千ドルです。考えてみて下さい。二千ドルでタノムを手放せると思いますか。タノムの後釜を見つけるのも大変です。タノムの後釜を見つけるのに千ドル以上の経費がかかります」

二人は腹の探り合いをしながら貪欲なまでに十一歳のタノムをむさぼろうとしている。

「他の店なら五百ドルで買える。わたしたちはタノムが気に入ってるから二千ドル出そうと言ってるんだ」

「じゃあ、他の店の子を五百ドルで買えばいいでしょ。どうせ病気持ちか、ひょっとするとエイズに感染してるかもしれない。ろくなもんじゃないですよ」

ソムキャットはクラウスを突き離すように言った。

「わかった。三千ドル出そう」

苦渋の選択でもするようにクラウスは妻の表情をちらと見た。

妻のザビーネは涼しい顔で二人のやりとりを黙って聞いていた。

「駄目です。その値段ではタノムは手放せない」

ソムキャットはあくまで強気だった。

足元を見られていると思ったクラウスは少し腹立たしげに、

「いくらなら手放すんだ」

と痺れを切らせて声を荒だてた。

「五千ドル」

ソムキャットは平然と答えた。

「五千ドルだって！　足元を見るのにもほどがある。タイじゃ家一軒建てられる値段じゃないか。あきれてものが言えん。帰る！」

クラウスは怒り心頭に発して席を蹴って立とうとしたとき、

「四千ドル、これ以上は無理よ。四千ドルなら文句ないはずだわ」

とザビーネが穏やかな口調でソムキャットに言った。

確かに四千ドルは破格の値といえる。吸っていた葉巻を灰皿に消し、手をさしのべたソムキャットの顔に思わず笑みがこぼれた。

妻のザビーネが決めた手前、クラウスはしぶしぶソムキャットと握手した。

「それでは手付け金として千ドル渡すわ。わたしたちは十日間タイに滞在してますから、その間に養子縁組の書類を整えてちょうだい。完璧な書類よ。ドイツの入管でも文句なしに通用する書類よ。わかったわね」

財布から百ドル紙幣を十枚出して、ザビーネは命令するように言った。

「わかってます。まかせて下さい」

百ドル紙幣を見たソムキャットはへりくだった。

交渉をすませたクラウス夫婦は、幼児売春を業にしている薄汚ないアジア人のマフィアのボスに軽蔑するような眼差しをくれて部屋を出た。

「白豚め！」

部屋を出て行ったドイツ人夫婦にソムキャットは唾を吐いた。

交渉の一部始終を見ていたチューンがドイツ人夫婦をホテルの玄関まで送って戻ってきた。

「タノムはエイズに感染してないだろうな」

部屋に戻ってきたチューンにソムキャットが訊いた。

「いまのところ大丈夫です」

「予約は入ってるのか」

「明日、アメリカ女二人の予約があります」

「フランス人はいつからだ」

「明後日からプーケット島へ一週間の予定で行きます」

「ぎりぎりだな。十日後にはドイツ人夫婦が戻ってくる。予定が狂わないようにしろ」

「わかりました」

「タノムの代わりをすぐに探すんだ。そのへんの路上にいくらでもいるだろう」

「二、三、目をつけてあります」

エイズに侵されたり、病弱で使いものにならなくなったりして子供の数がたえず不足がちになるので、チューンは目ぼしいストリート・チルドレンにそれとなく小遣いや食べ物を与えて、こういうときにいつでも使えるようにはしてあった。

チューンは地下室に降りて、檻の中にいるタノムとセンラーからチップの十バーツを取り上げた。

「客からもらったチップを隠し持ったりして。おまえは金を隠し持って逃げるつもりなのか」

タノムとセンラーは首を横に振って、そんな意思はまったくないことを告げようとして目に涙を浮かべて訴えたが、チューンは二人を立たせて脚のふくらはぎを鞭のような細い竹で何度も叩いた。そのたびに二人はヒーッと悲鳴を上げていた。何度も叩かれた脚のふくらはぎが腫れて水ぶくれのようになっている。その光景を見ていた他の子供たちは視線をそむけて恐怖に顔をひきつらせていた。タノムとセンラーにはチップを誤魔化そうという気などなく、ただ言いそびれただけだった。

ホルモン剤を二本も打たれたタノムは青ざめた顔をしていた。額から冷汗を流し、喘息病みのように呼吸困難に陥り、嘔吐して、その場に倒れると体を引きつらせて痙攣した。

驚いたチューンはすぐにタノムの腕にアンフェタミンを注射すると、白目をむいていたタノムはみるみる意識をとり戻して、今度は少し興奮した面持ちで急激に変化する体をもてあまし、部屋中をぐるぐる歩き回るのだった。

それを見ていたダーラニーが、

「明日、タノムにホルモン剤を打つのは無理だね」

と言った。

「そんなこと言ったたって客に何日も待ってもらうわけにはいかないだろう。予定はぎっしり詰まってるんだ」

興奮して部屋をぐるぐる回っている異常な様子のタノムを見ながらチューンの表情に一抹の不安がよぎった。

翌日の午後三時頃、三十代と四十代のアメリカ人女性の二人連れがホテル・プチ・ガトーにやってきた。いずれも中肉中背でジーパンにスニーカーをはき、リュックを背負っていて、アメリカという遠い国からはるばるやってきたとは思えない軽装だった。

受付のカウンターの中にいたダーラニーに、

「ハーイ」

と気軽に挨拶し、予約していることを確認した。

普段は仏頂面しているダーラニーも陽気なアメリカ人女性につい相好を崩して「ハーイ」と応え、二階の部屋に案内してクーラーのスイッチを入れた。十年以上も前の古いクーラーは大きな音を響かせて、それでも蒸し暑い部屋の空気を冷やしていった。二人のアメリカ人女性は去年もこの部屋に二日宿泊している。スーザンという女性がベランダの窓を開けて黴《かび》臭い空気を入れ替えようとしたが窓枠が錆びていて開かなかった。いま一人のメアリーは肩からリュックを降ろし、ベッドに横になってくつろぎ、

「タノムは元気……」

とダーラニーに訊いた。

「ええ、元気です」

昨日は体調に異変が起こり、一時はどうなるかと心配していたが、子供の回復力は早く、今朝のタノムは顔色こそまだ青黒かったが、様子は普段と変らないように見えた。

「タノムは素直でいい子だから、わたしたちは気に入ってるの」

錆びていて開かない窓際から離れてリュックを降ろしたスーザンが椅子に腰掛けて煙草に火を点けながら言った。

「タノムを連れてきましょうか」

とダーラニーは訊いた。

「食事のあとでいいわ。わたしたちはこれから街に出て七時頃に帰ってくるから」

スーザンはダーラニーに五十バーツを渡して、

「これでタノムに食事をあげてちょうだい。おつりはあなたのチップよ」

とほほえんだ。

「ありがとうございます」

ダーラニーは五十バーツを受け取って礼を述べた。

「それから例のものを用意してちょうだい。三本はいるわね」

スーザンは貪欲で冷酷な顔になって、しかし当然の商取引の条件を言い渡すように平然としていた。

「三本ですか……」

昨日のこともあり、タノムの体調を心配してダーラニーは難色を示したが、

「わたしたちは二人なのよ。去年も三本使ったでしょ」

とスーザンは有無を言わせぬ態度で要求をつきつけた。

「わかりました。三本用意しておきます」

中肉中背だが、アジア人のダーラニーに比べると十センチ以上は背が高いスーザンから見下ろされて、ダーラニーはその迫力に屈して諒承した。

二人のアメリカ人女性が出掛けると、ダーラニーは地下室に行ってチューンにホルモン剤を三本頼んだ。

「三本も使うのか。タノムが持つかな」

チューンもタノムの体調を懸念した。

「欲求不満の雌豚どもが、とことんやりたいんだよ」

ダーラニーは白人女性の傲慢な態度が腹に据えかねるらしく罵倒した。

この二、三年、タイやフィリピンに十歳から十二、三歳の少年を買いにくる欧米人の女性が増えている。オールドミスのOLや夫と離婚したり死別した三十代、四十代、中には五十代、六十代の白人女性が年に一、二度休暇をとってやってくるのである。そして二、三日、少年たちとセックスを楽しみ、帰って行くのだ。スーザンとメアリーも二年前からタイやフィリピンへ足しげく通い、少年たちを漁っていた。誰にも知られず、すべてを金で解決できてあとくされのない少年たちとの禁断のセックスは、日頃の欲求不満を解消するのにもっとも効果的だった。

チューンは三本のホルモン剤を用意してタノムを呼びつけ、客の注文通りに応じるよう因果を含めた。体調を持ち直したとはいえ、タノムはまだ青黒い顔をしていた。うなだれてチューンの話を聞いていたタノムは、ときどき上目を使って哀願するようにチューンを見た。

「何だその目は。いやなのか」

チューンはふかしていた煙草の火をタノムの腕に押しつけた。「ヒーッ」とタノムは悲鳴を上げて体を震わせた。煙草の火を押しつけられたタノムの腕に小さな赤い斑点ができ、ふくらみ黒ずんだ。苦痛と恐怖がタノムの顔の中心に凝縮して歪んでいた。タノムはいまにも泣き出しそうになって唾を飲み込み頷いた。

夕方、スーザンとメアリーはレストランで食べ残した料理を包んでもらってホテルに帰ってきた。受付にいるダーラニーに飲み物を注文し、大股で二階の部屋に上がって行った。クーラーをつけたままだったので部屋の中は涼しかった。二人は衣服を脱ぎ、シャワー室に入ってシャワーを浴びながら互いの体を愛撫し唇を奪い合い、これから始まるセックスの前戯にふけった。そしてシャワー室を出た二人はベッドに横たわり、タノムがくるのを待った。

やがてダーラニーが飲み物と一緒にタノムを連れて部屋に入ってきた。スーザンとメアリーが全裸でベッドに横たわっていたので、ダーラニーは目のやり場に困って飲み物をテーブルの上に置くとタノムを残して部屋をあとにした。タノムは伏し目がちに、それでも媚を売るように口元に笑みを浮かべていた。

「カモン、ベイビー！」

右肘を立てて顎を支えているスーザンが左手でタノムを招いた。

タノムはおどおどしながらベッドに上がると、メアリーがタノムのパンツを脱がせ、タノムの小さなペニスを握りしめ、

「こんなに可愛いペニスをしてる」

と言って口に含んだ。

それからスーザンと代わる代わるタノムのペニスを口に含んだり、お互いの乳房に舌を這わせたりキスをしたりしている間、要領を心得ているタノムは二人の性器に舌を這わせ、指先で膣をまさぐるのだった。しだいに欲情してきたスーザンが呼吸をあらげ、性器に舌を這わせているタノムの頭を押さえつけて喘ぎ、

「注射器を取って！」

とメアリーに言った。

メアリーはテーブルの上に用意してあった注射器でタノムのペニスにホルモン剤を注入した。タノムは思わず体をねじ曲げて苦痛に耐えながらスーザンの性器に舌を這わせていた。去年、苦痛で中断したとき頬をぶたれたのでタノムは我慢して愛撫を続けるのだった。ホルモン剤を注入したメアリーはタノムのペニスを吸い始めた。するとタノムの小さなペニスがみるみる膨張し、メアリーの口からはみだしたのである。

「おお！」

と驚きの声を上げてメアリーはタノムをスーザンから引き離して仰向けにさせ、膨張したペニスを自分の膣の中に挿入させて狂ったように腰を動かした。

「ああ、たまんない。この子を食べてしまいたい！」

とメアリーがうわずった声で言うと、

「今度はわたしの番よ」

とスーザンがタノムを自分の上に乗せてかかえ込んだが、タノムのペニスは萎縮していた。スーザンが二本目のホルモン剤をタノムに打った。そしてふたたび膨張してくるタノムのペニスを飲み込んだ。

タノムは二人のなすがままにされていた。胸がむかつき、吐き気がした。筋肉が痛み、骨が軋んでいるようだった。しだいに意識が朦朧としてきて何をされているのかわからなくなっていた。二人の女が入れ替わり立ち替わり襲ってくる。巨大な肉の塊に押し潰されそうになってタノムは呼吸が困難になりだしたが、それでも二人の女はタノムをむさぼっていた。そして三本目のホルモン剤が注入された。もう痛みは感じなかった。タノムの体はコンクリートのように硬くなって感覚を失っていたが、急に喉の奥に何かがこみ上げてきた。心臓の鼓動が激しくなり、血液が全身の毛穴から噴き出すのではないかと思われた。タノムは口と鼻腔から血を噴き出した。充血した顔がふくれあがり、目玉が充血し、手の先から足の爪先まで張りつめて全身を痙攣させた。

タノムが口と鼻腔から血を噴き出したのでスーザンとメアリーはその血に染まり、仰天してベッドから転げ落ちた。タノムは赤黒く腫れた全身をぶるぶると震わせ、喉に溜まった血で窒息しそうになっている。スーザンとメアリーはどうしていいのかわからず、バスタオル

で体についた血をぬぐい、服を着てドアを開けると、

「早くきて！　誰か早くきて！」

と階下に向かって叫んだ。

その叫び声に階段を駆け上がってきたチューンとダーラニーは、ベッドの上で赤黒くなって硬直しているタノムを見て驚愕した。チューンは急いで地下室からアンフェタミンを持ってきてタノムに注射したが、タノムはまったく反応を示さなかった。タノムはまだ息をしていたが口から血を湧き水のように垂らしていて手のほどこしようがなかった。

「早く医者を呼んで何とかしなさい！」

スーザンがヒステリックに言った。

「もう手遅れです」

チューンは床に落ちている三本の注射器を拾いながら答えた。

動転しているメアリーはこわばった表情でスーザンに寄りそい、なぜこんなことになったのか理解できないらしく、おろおろしていた。だが、スーザンは強気だった。

「こんな病気の子をわたしたちに押しつけて、あんたたちの責任よ」

とチューンとダーラニーに責任転嫁するのだった。

「ホルモン注射は二本までにすればよかったんです。わたしは忠告したはずです」

責任転嫁するスーザンにチューンは反論した。

「去年は三本使っても大丈夫だったのに、今年はどうしてこうなるの。わたしたち以外にホルモン剤を使ったんでしょ」

スーザンは鋭く追及した。

「あなたたち以外にホルモン剤は使ってません」

チューンはあくまでスーザンとメアリー以外にホルモン剤は使用していないと主張した。

チューンとスーザンが口論している間にタノムは息を引き取った。

「タノムが死んだ。警察に知らせなきゃ」

肥満の体をゆすって受付の電話へ行こうとするダーラニーをスーザンが呼び止めた。

「待って。警察には電話しないで。オーナーと話し合いたいわ」

ことの重大さに気付いたスーザンは問題を表沙汰にせず、隠密に処理したいと考えた。もともとこのホテル・プチ・ガトーは幼児を外国人に提供しているホテルであり、すべてが秘密のベールに包まれているホテルなのだ。一人の幼児が死んだからといって、それを表沙汰にしてホテルの実体を世間に晒すはずはないのだ。スーザンは問題の解決に金が必要であると覚悟を決めた。その金がいくらかかるのか、それをオーナーと話し合いたいと思った。

「ちょっと待って下さい」

チューンは二人を待たせて三階のボスの部屋に行き、五分ほどで戻ってきて、

「ボスが会うそうです」

と二人に告げた。

ボスのソムキャットは革製の大きな一人掛け椅子に座って葉巻をふかし、ドアから入ってきた二人のアメリカ人女性を煙の陰から睨むように見つめた。だが、二人の女性に脅えている様子はなかった。むしろこれから重要な商談を交渉しようとしている態度に似ていた。

スーザンとメアリーはソムキャットの前のソファに腰をおろすと長い脚を組み、スーザンはバッグから煙草を出して口にくわえた。ソムキャットがライターの火を差し出した。スーザンは黙って煙草に火を点け、一服吸うと、

「事情は聞かれたと思います。わたしたちはどうすればいいのですか」

と言った。

「難問ですな。なにしろ子供が一人死んだのですから」

穏やかだが威圧的な声だった。

だが、ものおじしないスーザンは、

「あの子を買うわ。そしてお葬式代も払います」

と平然と言うのだった。

「なるほど、タノムを買うのですか。いくらで買います」

ソムキャットはアメリカ人女性の割り切った交渉に興味を示した。

「この国では子供一人、五百ドル前後で取引してると聞いてるわ。だからお葬式代も含めて八百ドルでどうかしら」

ソムキャットがげらげら笑い出した。げらげら笑い出したソムキャットの大きな腹が波打ち、いまにも破裂しそうだった。

「何がおかしいの？」

最高の額を提示したつもりのスーザンはソムキャットに笑われて侮辱されたと思い、むっとした。

「いや、失礼。あなたの提案は実に素晴らしい。あなたのような考えが世の中に通れば、悩みも苦しみもなくなるでしょうな。ひとつ聞きますが、民主主義の国では、こういう場合、どうなりますかな」

「あなたもわたしたちも刑務所行きだわ」

「でしょうな。あなたは民主主義の国の人です。そのあなたが子供一人を死なせて八百ドルでことをすませようとしている」

「わたしたちが死なせたんじゃないわ。わたしたちの前に、あなたたちがホルモン剤を使っていたからこういうことになったのよ。それに……この国は民主主義じゃないわ」

今度はソムキャットがむっとして真顔になった。

「われわれはあなたたちの前にホルモン剤を使っていない。そういうことを言うなら警察にきてもらって調べてもいい。この国はあなたの言う通り民主主義の国じゃない。しかし、われわれにも法律があるし、掟がある」

ソムキャットの言葉にスーザンの顔がこわばった。この国の法律と掟、それは表と裏を意味していた。すべてを闇から闇へ葬り去ることもできると暗示しているのだった。

ソムキャットは重い腰を上げて机の引出しから一枚の書類を取り出した。

「この書類は昨日、ドイツ人夫婦と交わした養子縁組の仮契約書だ。子供に恵まれないドイツ人夫婦はタノムを非常に気に入って、ぜひ養子にしたいと希望されていたので、われわれは今日から養子縁組の手続きを取って、来週にもドイツ人夫婦に引き渡すつもりだった。養子縁組料として四千ドル、手付金として千ドル、それにタノムは明日からフランス人と一週間の契約でプーケット島へ旅行することになっていた。その出張料が千ドルだ。あなたたちがこの問題を解決するためには最低五千ドルと葬儀代、そして問題を処理してもらうために警察や軍やわれわれの組織に根回しする費用として二千五百ドルの追加費が必要だ。そのかわりいっさい不問にできる。何事もなかったことになる。どちらを選択するかはあなたたち次第だ」

恫喝だったが、ドイツ人夫婦との養子縁組の仮契約書を見せられてスーザンは反論できなかった。そしていっさいを不問にするというソムキャットの言葉がスーザンとメアリーに重くのしかかった。二人はしばらく沈黙した。七千五百ドルはあまりにも高すぎる。

「そんな大金、ないわよ」

スーザンはかろうじて抵抗した。

「小切手でもカードでもいい」

ドアに立っているチューンの右手に、いつの間にか鉈《なた》が握られていた。二人はぞっとした。

「わかったわ。カードで払うわ」

スーザンはバッグからカードを取り出して渡した。

ソムキャットはそのカードをチューンに渡しながら、

「アメリカへ帰ったら間違いのないようにするのだ。もし支払いがとどこおるようなことになれば、われわれの仲間が、あなたたちを地の果てまで追って行く」

と言った。

ソムキャットのふかしている葉巻の匂いが部屋に充満している。その葉巻の匂いと台所で煮込んでいる滋養強壮のために飲んでいる漢方薬との混淆した匂いに、スーザンとメアリーは吐き気を覚えた。薄暗い台所の天井から裸電球が一つ吊るされている。

一階に降りて処理してきたカードをチューンはスーザンに渡した。カードを受け取ったスーザンとメアリーは後ろも振り返らずに部屋を出て荷物をまとめると、ホテル・プチ・ガトーを去った。

「馬鹿女ども。セックスに狂いやがって。オナニーでもしてろ！」

ソムキャットは吐き捨てるように言った。

それからソムキャットは葉巻をくわえたままタノムの死体を確認するため二階に降りた。タノムは口と鼻腔から噴き出した血にまみれ、目を開けたまま死んでいる。ホルモン剤を打たれたペニスは細い枯れ枝のようにしぼんでいた。全身にうっ血したあとが黒い痣《あざ》となって残っている。このホルモン剤はプロスタグランジンＥＩといって増血剤で強壮剤としてインポテンツにきわめて有効だが、そのまま使用すると心疾、脳梗塞、低血圧、などの強い副作用がある。したがってインポテンツに使用する場合は他の薬品とほんの少し混ぜ、医師の判断で個々人に合わせてつくる。だが、個々人に合わせて調合できる医師がいないため、プロスタグランジンＥＩをそのまま調合せずに使用していたのである。

タノムの凄惨な死にソムキャットは顔を歪め、

「いつものように処分しろ」

とチューンとダーラニーに命じた。

ダーラニーが血に染まったシーツでタノムを包み、チューンが地下室から持ってきた大きな黒いビニール袋に体を半分に折って入れるとガムテープを巻いた。

「明日、フランス人がきますが、どうしますか」

とチューンはソムキャットの指示を訊いた。

「テオかトゥーンを当てろ。フランス人に選ばせるんだ」

と指示した。

「わかりました。それからドイツ人夫婦はどうしますか」

「そうだな、ドイツ人夫婦にもテオかトゥーンを選ばせろ。どちらにしろテオとトゥーンの養子縁組の書類を二通作成しておくんだ」

「もし、タノムでないと駄目だと言われたら、どうしますか」

チューンはあくまでソムキャットの指示を仰ごうとする。ソムキャットの指示を仰がずに独断専行して失敗した場合、制裁を受けるからだった。

「テオとトゥーンの二人を当てがって、一晩、ドイツ人夫婦とセックスさせれば、どちらかを選ぶはずだ。連中はセックスの相手をしてくれる男の子が欲しいだけなんだ」

先刻お見通しのソムキャットは断言するように言った。

翌日の早朝、連絡してあった清掃車が一台、ホテルの前に停まった。朝靄のかかった路上でダーラニーは見張りに立ち、チューンとバーイが黒いビニール袋に入ったタノムの死体を運び出して清掃車に放り込み、運転手に金を手渡した。その様子を三階の窓のカーテンの隙間からソムキャットが見ていた。金を受け取った運転手は一路ゴミ処分場へ向かった。

午前十時頃、一人のフランス人が訪れた。小柄なフランス人男性は四年前から年に二度、このホテル・プチ・ガトーに訪れ、男の子を連れてプーケット島へ行き一週間ほど過ごしていた。いわばこのホテルの常連客であった。紺のジャケットにジーパンをはき、ボストンバッグ一つという軽装でやってくる。

金髪で青い目の三十四、五歳になるフランス人は明るい声で、

「やあ、久しぶり」

と受付のダーラニーに挨拶して、まず五十バーツのチップを渡す。

「お久しぶりです」

チップをもらったダーラニーは相好を崩してボストンバッグを持ち二階の部屋に案内した。

昨日タノムが死んだ部屋はきれいに片づけられ掃除されて惨劇の痕跡は残っていなかった。

フランス人のミッシェルは白いシーツを掛けてあるベッドに腰をおろしてくつろぎ、

「タノムはいるかい。タノムと会いたいね」

と言った。

ダーラニーが顔を曇らせ、口ごもりながら、

「タノムは一カ月ほど前、交通事故で死んだのよ」

と悲しみを込めて言った。

「なんだって、タノムが死んだ……」

ミッシェルは落胆して肩を落とし、

「せっかくきたのに、ぼくはどうなるんだ」

と非難するように言った。

「ですから、あなたのために可愛い男の子を二人用意してあります。いま連れてきますから、ちょっと待って下さい。たぶん気に入ると思います」

ダーラニーはミッシェルの機嫌をそこねまいと冷蔵庫からビールを出してグラスに注ぎ、急いで地下室へ行き、チューンに報告すると、チューンはテオとトゥーンを連れて二階へ上がった。そしてミッシェルの前に二人を立たせて、

「こちらがテオで十二歳です。こちらはトゥーンで十歳です。二人ともお客さんに人気のある子です」

と、街で買ってきた新しい服を着せた二人を並べた。

恥じらいながらひかえめに立っているテオとトゥーンは、ミッシェルに気に入られようと不自然なほど笑顔をつくっていた。

ミッシェルは並んでいる二人を頭のてっぺんから足の爪先まで点検し、二人を側に呼ぶと代わる代わるキスした。トゥーンより二歳年上のテオは相手を喜ばせる術《すべ》を心得ていた。ミッシェルの胸にしなだれ、唇を大きく開いてミッシェルの舌を受け入れた。そしてミッシェルの首に腕を回し、まるで女のように甘えるのだった。

「おまえに決めた」

ミッシェルは満足げに言ってもう一度テオを抱きしめて濃密なキスをした。

ミッシェルはタノムを求めてきたのだが、タノムに固執しているわけではなかった。ソムキャットの言うように相手が誰であろうと気に入れば、それでいいのである。ミッシェルとテオはホテル・プチ・ガトーで一晩過ごし、翌日、プーケット島へ出掛けて行った。幼児愛好者たちの言う、いわゆる《新しい愛》への旅立ちである。

タノムが死にテオはミッシェルと一緒にプーケット島へ出掛けたのでホテルに残っている男の子はトゥーンともう一人だけとなった。そこでチューンは急遽、男の子を探さねばならなかった。チューンは夜ごと街に出てストリート・チルドレンを探し回ったが商品になるような子はなかなか見つからないのである。たいがいは栄養失調で皮膚がかさかさに乾き、飢えた目をしていた。客に気に入られるためには、それなりの愛嬌と愛らしさが必要だったが、それらを身につけるためには二、三週間の厳しい訓練に耐え、どんなことにも従順になれるよう屈辱、恥辱、憎しみ、反抗心といった感情を抜き取り、恐怖心を植えつけねばならないのだ。ドイツ人夫婦が戻るまでにストリート・チルドレンを、そうした非人格的な人間に訓練する時間がなかった。

ミッシェルとテオが旅行に出掛けた五日後にドイツ人夫婦が帰ってきた。タイの各地を観光旅行したあと、最後の楽しみであるタノムとの再会を期待して、ドイツ人夫婦は上機嫌だった。タノムのために買ってきた土産物を受付にいるダーラニーに見せながら、

「タノムを部屋に連れてきてちょうだい。旅行している間も、あの子に会いたくて仕方なかったわ」

と妻のザビーネが少し興奮気味に言った。

ダーラニーはタノムが死んだことを切り出せずに戸惑いながらドイツ人夫婦について荷物を持って部屋に行った。

それから地下室に降りてチューンに相談した。

「ボスがトゥーンとメムをあてがえと言ってる」

「トゥーンとメムを……。メムは女の子よ。女の子を受け入れるわけないでしょ」

　ボスの意外な指示にダーラニーは驚いた。

「ボスがそう言うんだから、とにかくトゥーンとメムを部屋に連れて行って説得するしかないよ」

　ドイツ人夫婦が受け入れるかどうか。受け入れないときは契約破棄になる。みすみす大金を逃すことになるのだ。したたかなボスはドイツ人夫婦の心理の裏を読み込んでいるにちがいない。

　ダーラニーはコーヒーを用意し、チューンはトゥーンとメムに新しい服を着せてドイツ人夫婦の部屋に行った。部屋に入ってきたトゥーンとメムを見たドイツ人夫婦は怪訝《けげん》な顔をした。

「タノムはどうしたの？」

　とザビーネが訊いた。

「じつはタノムは三日前、交通事故で亡くなりました。本当にいい子だったのに……」

　チューンはさも残念そうに唇を嚙みしめ、黙禱でもするように頭を垂れた。

「なんですって！　タノムは死んだの？」

　驚きと失望の色をあらわにしてザビーネは、

「養子縁組はどうなるの」

とチューンに詰め寄った。

「すみません。タノムが死んだ以上、タノムとの養子縁組はありません。その代わりと言ってはなんですが、二人の子を連れてきました。トゥーンは十歳で、メムは九歳です。もしよければ可愛がって下さい」

チューンが二人をドイツ人夫婦の前に並んで立たせるとメムはうつむいて手をもじもじさせた。その女の子らしい仕草が気に入ったのか、夫のクラウスはうつむいているメムの顎に手を掛けて顔を上げさせた。黒い大きな瞳が恐怖を受け入れようとしている。

「よし、わかった。三時間後に返事をする」

クラウスは毛むくじゃらの大きな手でメムの痩せ細った小さな体をしきりに愛撫しながら言った。そしてメムを膝の上に乗せると少しちぢれている髪の毛の匂いを嗅ぐのだった。

「こっちへいらっしゃい」

今度はザビーネがトゥーンを呼んで膝の上に乗せるとトゥーンは母親にでも甘えるようにザビーネの胸に顔を埋めた。

部屋を出てきたチューンに、

「どうだった?」

とダーラニーが訊いた。

「三時間後に返事すると言ってる。たぶんうまくいくと思う」

そう言ってチューンはボスに報告に行った。

「思った通りだ。メムは女の子だから指名しないだろう。トゥーンが指名されたらすぐに養子縁組の契約をして、明日にでもドイツへ出発できるように手配しておけ」

してやったりとばかりにソムキャットはほくそえんだ。

三時間後、チューンはドイツ人夫婦の部屋のドアをノックした。中から「入れ」というクラウスの声がしたので部屋に入ってみると、トゥーンとメムはドイツ人夫婦が土産に買ってきたケーキを食べていた。その様子はまるで家族のようだった。

「わたしたちはトゥーンに決めたわ。素直でいい子ね」

何よりも従順さを求めているドイツ人夫婦はトゥーンのおとなしい性格が気に入ったのだった。

無心にケーキを食べていたトゥーンとメムはチューンに叱られるのかと思って食べるのをやめると、

「トゥーンはこれからいくらでもケーキが食べられるようになる。おまえは幸せな子だ」

とチューンはいつもとはちがう優しい声で食べるのをすすめるのだった。

「それではボスが待っています。契約書にサインして下さい。航空券はすぐに手配します」

ソムキャットの思惑通りだった。要するにセックスの道具としての子供がほしかっただけなのだ。

ドイツ人夫婦は養子縁組の書類にサインし、金を支払って、翌日、トゥーンを連れてタイを去って行った。

7

空は曇っていた。いまにも降りだしそうな雲行きだが、雨はいっこうに降る気配がなく、三カ月にもおよぶ旱魃で農村は疲弊していた。今年も不作になると多くの子供が売られると思うとナパポーンは憂鬱な気分になって重く垂れ込めている曇天を怨めしそうに眺めた。事務所の窓から見える黄金色の寺院の屋根が鈍く光っている。

ナパポーンは鈍く輝いている寺院を眺めながら、

「どうして雨は降らないのかしらね」

と独りごちて煙草に火を点けた。

「お天とう様は気紛れですから」

事務員のションプーは郵便受けから取り出した手紙や書類や雑誌類を選別して、決済の必要な書類と一冊の雑誌をナパポーンの机の上に置いた。

「請求書はつぎからつぎへとくるわね。先週、王室の有力な人物の秘書官に会って援助を願い出たんだけど、なしのつぶてよ。王妃はボランティアに熱心だけど、幼児売春や幼児売買の問題には関与したくないのね。そんな問題は存在しないというのが王室の建前だから受け付けようとしないんだわ」

　ナパポーンは歯がゆそうに言って煙草を吸った。

「そりゃそうですよ。王室には面子というものがありますから、幼児売春や幼児売買の存在を認めることは王室の恥ですからね」

「でも現実は王室にとっても避けられない問題よ。この問題の深刻さは、みんなが知っていながら日常化して、見て見ぬふりをしていることよ。生きるためには仕方がないってわけね。どこかにお金は腐るほどあるっていうのに、路頭に迷ってる子供たちは一杯のカーオ・トム（かゆ）さえ食べられないなんて、あまりにひどすぎる」

　黄金色に輝く寺院を眺めながら、信仰心の厚いこの国の人びとの間に、なぜこんなにも貧富の差があるのか、とナパポーンは怒りにも似た気持ちになるのだった。毎日、全国から助けを求める手紙が何十通も届いているが、それらの手紙を読むたびに、何もできない無力感に打ちひしがれ、溜息ばかりが出るのである。

　書類や手紙に目を通し、それから児童虐待阻止のための国際会議から送られてきた雑誌を読んでいたナパポーンの顔が怒りに満ちてきた。それはフランスのある大衆雑誌に掲載されていた文章の一部だった。

「私は目醒めたのです。この地に訪れたとき、長い間、探し求めていた愛が、東洋の神秘と美しさの中にあったことに。黄金色に輝く寺院と、豊かな自然と、質素な生活に根づいている信心深い清らかな優しさに、わたしは胸を打たれました。そしてまだ汚れを知らない貧しい子供たちのつぶらな瞳は、わたしに少しばかりの慈悲を訴えていました。その訴えに、どうして応じないでいられようか。わたしの限られた収入の一部で、貧しい子供たちの飢えをしのぐことができるなら、わたしはなんのためらいもなく与えようと思ったのです。そして、わたしはそこに『新しい愛』のかたちを発見したのです。東洋と西洋の出会いによる新鮮で純粋な至上の愛が、わたしたちを祝福してくれることをわたしは知ったのです」

ナパポーンは雑誌を閉じた。吐き気がした。なんという破廉恥な文章だろう。西洋と東洋の出会いがもたらしたのは、まずはじめに植民地化であり、差別と恥辱、暴力による収奪、支配と被支配の果てしない暗黒の世界なのだ。それを今度は「東洋と西洋の出会いによる新鮮で純粋な至上」の「新しい愛」のかたちと呼んでいる。年端もいかない幼児との性愛を「新しい愛」と呼んではばからない「幼児性愛者」の強弁にナパポーンは虫酸《むしず》が走った。

ナパポーンは雑誌を床に投げ捨てた。

雑誌を叩きつけるように投げ捨てたので、音羽恵子は驚いて、

「どうしたんですか？」

と訊いた。

「こんな汚らわしい文章を雑誌に掲載するなんて、何を考えてるのかしら。許せない！　訴えてやる！」

怒声を上げてナパポーンは椅子から立ち、やり場のない怒りに体を震わせて事務所内を行ったり来たりした。

音羽恵子は床に投げ捨てられた雑誌を拾って、ナパポーンが読んでいた文章に目を通し、

「本当に許せないわ。でも、どこに訴えればいいんでしょう……」

と悔しそうにコピーを取りながら、

「世界中にいるペドファイル（幼児性愛者）たちは、さぞかしほくそえんでるでしょうね」

と言った。

資料として保管するために文章をコピーした音羽恵子は丁寧にファイルした。これまでにも同じような文章がヨーロッパやアメリカのマニア雑誌に掲載されている。それらの文章をファイルした量は一冊の本にまとめられるほどであった。文章が雑誌に掲載されるたびに、社会福祉センターや児童虐待阻止のための国際会議や、その他のNGOから訴えているのだが、訴えられた国の政府やマスメディアからは言論の自由と文章の内実を裏付ける証拠がないという理由で門前払いされていた。それどころか、メディアの中には「新しき愛」につい

てペドファイルたちをインタビューし、刺激的な番組を制作しているものもあった。

「とにかく抗議はしなくちゃ。黙っているとますますつけあがるわ。ペドファイルたちは連絡を取り合って、どの国のどの地域に、どういう店があり、どういう子がいるのか、たえずインターネットなどで情報交換してるのよ。この文章は、わたしたちに対する挑戦状だと思う。わたしたちは何もできないだろうとたかをくくってるんだわ」

ナパポーンは高揚している感情を抑制するために、また煙草に火を点けた。このところ煙草の量が増え続けているのに気付いていたが、冷静さをとり戻すために、つい煙草をふかすのである。だが、それはとりもなおさず冷静さを失っている証でもあった。どうすればペドファイルたちの実体を暴き、世論に訴えることができるのか。警察や政府に訴えても、彼らはペドファイルを野放しにしている。残された方法は自分たちの力で実体を暴露するしかない。

ナパポーンは以前から自分たちの活動を理解し協力してくれるフリーカメラマンやフリーライターを探していた。しかし、そういう人物はなかなか見つからない。一度アメリカ人のフリーカメラマンが協力してくれたことがあったが、白人なので目立ちすぎて警戒され、思うような映像が撮れなくて失敗したことがある。できれば同じ国のカメラマンに協力してもらいたいのだが、尻ごみして協力してくれないのだった。

隠し撮りした映像を海外のメディアで取り上げてもらい、国際世論を喚起して、否応なしに警察の協力を取り付け、悪徳業者を摘発し、それを契機に政治家や一般市民の意識を変えていく、というのがナパポーンの狙いであった。そして何人かのフリーカメラマンと交渉しているのだが、条件が合わず、いまだに交渉は難航していた。

「浜野辰造さんとは連絡がとれたの」

思い出したようにナパポーンは音羽恵子に訊いた。

「いいえ、まだ連絡がとれていません。浜野さんはいまブラジルで取材していて、来月の中頃には日本へ帰っているそうです」

音羽恵子は一カ月ほど前から浜野辰造と連絡をとろうとしているのだが、たえず移動している浜野辰造の居場所がつかめず、連絡がとれないのだった。

「浜野さんは協力してくれるかしら」

ナパポーンが不安そうに訊いた。

「浜野さんはこれまで、地域紛争や難民などの取材を精力的にやってきましたし、今度のブラジルもストリート・チルドレンの取材なんだそうです。つぎは東南アジアを取材したいと言ってましたから、協力してくれると思います」

「この問題を特集してくれるテレビ局があるかしら」

仮に苦労して映像を撮ったとしても、放映してくれるテレビ局がなければ意味がない。またニュース番組の中でほんの十数秒間放映されるだけなら、ペドファイルや悪徳業者には痛くも痒くもないだろう。問題提起をするためには特集番組を制作する必要がある。フリーカメラマンと交渉しながら、数カ国のテレビ局とも交渉していたが、テレビ局は二の足を踏んでいた。一つにはスポンサーが幼児売春や幼児売買の放映は内容が強烈すぎるという懸念があって承諾しないのである。そして各国の政府も、問題が自国に飛び火してくるのではないかと恐れていた。欧米にはペドファイルを拘束し罰せられる法律がある。だが、テレビでペドファイルを告発すると、それまでの行政の怠慢が問われ、責任を追及されるおそれがある。いずれにしても、それぞれの利害がからんでいてテレビ放映は困難だった。

「日本のテレビ局は駄目かしら」

とナパポーンは言った。

「日本のテレビ局は欧米のテレビ局より難しいと思います。欧米のどこかのテレビ局が放映した映像なら取り上げるかもしれないけど、自分たちで独自に制作はしないと思います」

「そんなに厳しいの」

「厳しいというより、あまり関心がないんです」

「そうね。関心がないのね。国連の調査機関の報告によると、世界には飢えた子供が五億いて、毎日数百人の子供が死んでいるけど、誰も実感できないんだわ」

この仕事にたずさわって十年以上になるが、ナパポーン自身、この国にいったい何人の飢えた子供がおり、何人の子供が売春や人身売買されているのか正確な数字はわからないのである。毎日どこかで子供が売買され、売春を強要されているのはわかっているが、ナパポーンが確認できた現実は、氷山の一角にすぎないのだ。

ペドファイルたちが考案した「新しい愛」という言葉は使い古された通俗的な言葉である。ホモセクシュアルやレズビアン、お好みならサディストやマゾヒストの異常な関係を「新しい愛」という言葉で表現できるだろう。しかし、ペドファイルたちの「新しい愛」という言葉は植民地主義の富める者による貧しい者への、無抵抗な子供に対する強者の、もっともいやしい論理を自己合理化している。いまなお世界に共通している力の論理が「新しい愛」という言葉で子供を凌辱するとき、ナパポーンの中で愛という言葉が虚しく響くのだった。

「深い孤独にさいなまれていたとき、わたしは『新しい愛』に出会って救われたのです」

なんというエゴだろう。孤独という言葉に隠された偽善を「新しい愛」と表現しているのだ。ナパポーンはしかし、「新しい愛」という言葉の論理を嫌悪しても、それをくつがえす実体を見つけ出せない自分にいらだっていた。

翌日、ナパポーンは会議で一つの提案をした。フリーカメラマンの交渉が難航しているので、この際、自分たちで隠し撮りしようと言った。

「それは無謀だ」

とレックが反対した。

「無謀なのはわかってるわ。危険なこともわかってる。でも、やるしかないのよ」

一度言い出すとあとへは引かないナパポーンの性格を知っているスタッフたちは頭を痛めた。

「無理です。どうやって隠し撮りするんですか」

ソーパーは、その役を自分がやらされるのではないかと脅えた。

「客を装って部屋のどこかに隠しカメラを設置し、気に入った子供がいないと言ってお金だけ払って出てくるの。そのあと別の人間が行って隠しカメラを取ってくるの」

しかし、ペドファイル専門のホテルで紹介者のいない一見《いちげん》の客を入れてくれるとは思えないし、ホテルの部屋に隠しカメラを設置できる場所があるとも思えない。隠しカメラを設置した同じ部屋を使えるかどうかも不確かだった。ナパポーンの焦る気持ちは理解できるが、無理な計画は犠牲をともなうおそれがあるのだ。

みんなの議論を黙って聞いていたレックが口を開いた。

「幼児と性交しているビデオは裏で出回っている。ペドファイルの中には趣味でビデオを撮ってる者もいるし、それを商売にしている者もいる。その連中に頼めばいいと思う。そここその報酬を出せば、乗ってくる者がいると思う」

レックの折衷案にみんなは賛成したが、ナパポーンは反対した。自分たちで撮ってこそ証拠になると主張するのだった。

「わたしも何本か裏ビデオを見たことがあります。児童虐待阻止のための国際会議やNGOにも、裏ビデオを提出したわ。でも証拠にはならなかった。不特定多数の誰が撮ったかわからない、商売を目的にしたビデオはワイセツ罪の対象にはなっても真相究明の手段にはならないのよ。意図的につくられたビデオは裁判で証拠物件として採用されないの。なぜならビデオを撮った者は同時に証人として証言する義務があるから。ペドファイルの中に、そんな人がいるとは思えない。自分から進んで罪を認める人がいると思う？　そういう殊勝なペドファイルがいれば話は別だけど」

「裁判で証人になってくれるペドファイルはいないかもしれないが、顔を隠してペドファイルの実態を話してくれる者はいるかもしれない。必ずしも裁判の証言台に立つ必要はない。テレビでビデオを流し、顔を隠して実態を話してくれるだけでも世論を喚起できるんじゃないのか」

レックの意見にナパポーンは耳を傾けた。

「そうですよ。アメリカのテレビなんかでよくやってますよ。犯罪者が顔を隠して犯行の手口を話してる番組があるけど、視聴者は結構、関心を持ちますよ」

テレビをよく見ているソーパーは、たとえ視聴者が興味本位で見たとしても、反響があれば活動に弾みがつくのではないかと意見を述べた。

「できるところから始めた方がいいと思います」

音羽恵子もレックの意見に賛成した。

「みんながそう思うなら、それでもいいけど、まるでテレビ屋さんね」

みんなの意見に押されてナパポーンは皮肉をこめてしぶしぶ諒承した。

「それで、そういうビデオを撮ってくれるペドファイルはいるんですか」

とナパポーンはレックに訊いた。

「二、三こころ当たりがある。ただし多少金はいるけどね」

先立つものは、いつも金である。

レックは席を立ち、机の上の受話器を取ってどこかへ電話を入れたが留守らしく、別の電話番号に掛け直した。電話のベルが十回くらい鳴って、ようやく相手が電話口に出た。

「もしもし、レックだ。ちょっと会いたいんだが……話がある……いや、そういう話じゃない。真面目な話だ」

相手は用心して探りを入れ、レックに会おうとしない様子だ。

「十ドルでどうだ。話をするだけだ」

レックは単刀直入に現金をちらつかせた。だが相手はのらりくらりと話をそらせているようだった。

「二十ドル出そう。それなら文句ないだろう」

二十ドルを提示すると話はすぐにまとまった。

電話を切ったレックは肩をすぼめて、

「ロベールというフランス人だよ。彼はヤクの売人でバンコクに暮らして十五年ぐらいになるかな。白人の旅行者にヤクを売りつけながら幼児を買っている。アル中で、ヤク中で、ペドファイルで、どうしようもない人間だ。しかしその方面では顔がきく。彼がバンコクにきた当初、わたしは三年くらい面倒をみたので、わたしとはかなり打ち解けて話せる仲だ。ホテルの部屋に隠しカメラを設置してくれるかどうか話してみなければわからないが、交渉次第ではやってくれるかもしれない。要するに金で動くわけだ」

と言った。

「いくら必要なの？」

財政が逼迫しているのでナパポーンは敏感に反応した。

「千ドルか、二千ドル」

「そんなにいるの……」

ナパポーンは考え込んでしまった。

「彼にとっても危ない橋を渡ることになるから、そのくらいの金額を要求してくると思う」

考え込んでいたナパポーンが今度は真剣な表情で、

「そのロベールとかいう男が、もし証人になってくれるなら三千ドル出してもいいわ」

と言った。

「それは無理だよ。アル中で、ヤク中の人間の証言を誰が信用するかね。誰も信用しない。それに証人になればマフィアから狙われる。その場合、彼を保護しなければならないけど、警察は保護してくれないし、われわれにも保護するだけの力がない」

いつもそうだが、ナパポーンの思いと現実とは大きな乖離があり、その乖離を埋めることができないのだ。

「絶望的ね」

ナパポーンは暗い表情になって煙草に火を点けた。

「とにかく会って話してみるよ。どんな返事があるのか確かめてみる」

ナパポーンの補佐役であるレックは、できるだけナパポーンの希望を実現したいと思った。

しかし現実は複雑怪奇で、一歩誤れば危険に身を晒すことになる。

その日の夜、レックはソーパーをともなってスリウォン通りからモンティエン・ホテルの裏通りをいくつか曲がった路地に面した一軒の古い洋風の二階家に赴いた。白い建物だが古くて汚れがひどく、ところどころに黒い染みがひろがっていたので夜目には灰色に見えた。

「この家だ。君はそこの木陰で見張りをしてくれ。誰かがこの家に近づいてきたら、小石を二階の窓に投げて合図してくれ」

ソーパーに見張りを頼み、レックは玄関のチャイムを鳴らした。ソーパーは家の前の木陰に隠れて見張った。

しばらくするとドアが開き、三十七、八の痩身の白人男性がレックを迎えた。

「久しぶりだな」

とロベールが言った。

「三年ぶりかな。Y病院に担ぎ込まれて三日間、禁断症状で手がつけられないほど暴れて、わたしが君をベッドに縛りつけたとき以来だ。顔色がよくないが、まだヤクをやってるのか。それともエイズに感染してるんじゃないだろうな」

三年前の夏、麻薬を切らせたロベールは禁断症状に陥り、何人ものストリート・チルドレンに暴力を振るっているところを、通報を受けたレックがとり押さえ、救急車で病院に運んで強制的に入院させたのである。幻覚症状がおさまったあと、ロベールはレックに麻薬治療をすすめられて病院に通っていたが、数回行っただけでやめてしまい、そのうちまた麻薬を打ちだしいまに至っている。

十畳ほどの部屋に通されたレックは色の落ちた革製のソファに腰をおろしてロベールの言動を細部にわたって観察した。ロベールは温厚な性格だが、頽廃的な生活を送っている人間に特有の投げやりな態度で横柄になったり、ときには理由もなく凶暴になって暴れることがあるのでレックは警戒していた。

台所でウイスキーのオンザロックをつくってきたロベールはレックにグラスを渡しながら、

「話を聞く前に二十ドル出してもらおうか。約束だからさ」

と言った。

レックは差し出されたロベールの手に二十ドルをのせた。

ロベールはにんまりして二十ドルをシャツの胸ポケットにしまうと脚の長い木製の椅子に座り、

「話って何だ？」

とあらためて訊いた。

レックはビデオの使用目的を率直に話して協力を求めた方がいいのか、興味本位にビデオを撮ってほしいと話した方がいいのか迷ったが、問題をあとに残さないためにも、最初から使用目的をはっきり話し、ロベールの意思にゆだねることにした。

　レックの話を聞いたロベールは背中を椅子にあずけて脚を投げ出し、落ち着かない様子でオンザロックを飲み干すと台所からウイスキーの瓶を持ち出してきた。グラスに注ぐと唇を歪めながら舌なめずりして、それから笑い転げた。

「正気かよ。このおれにそんなことを頼むなんて、馬鹿じゃねえのか。おれが引き受けると思ってんのか。そんなことしたら、自分で自分の首を絞めることになる。おれはいつかフランスへ帰りたいんだ。この国は、もううんざりだ」

　笑い転げていたロベールは自己嫌悪に陥り、語気をあらげて、持っていたグラスを床に叩きつけた。

「落ち着け、ロベール。本当にフランスへ帰りたいのなら、君はわれわれに協力すべきだ。われわれに協力してくれるなら、フランス政府に対し、われわれが君の保証人になってもいい。君はいまの状態でフランスへ帰ることはできない。なぜなら、君はヤクの密売者、ヤクの常習者、そしてペドファイルとしてブラックリストに載っている。しかし、社会福祉センターが保証人になれば、君は何年か監視付きで暮らすことになるが、君の態度次第で、そのうち一般の市民と同じ暮らしができるようになる。麻薬中毒の治療にも、われわれは協力する」

「監視付きだって……。冗談じゃねぇ。誰もおれを監視できないし、おれは誰からも監視されねえ。おれは自由だ。自由に生きたいんだ」

「これが自由な生活だと言えるのか。君はマフィアから監視され、警察から監視され、怯えて暮らしてるはずだ。さっきもそこの木陰で誰かが見張っていたぞ」

レックは窓際に行き、カーテンの端を少し開けて家の前の木陰に隠れているソーパーを示した。薄暗い木陰に隠れているソーパーの姿にロベールは怯えた。

「ちくしょう！　おれは見張られるようなことは何もしてねえ。なんだって、おれを見張るんだ」

「おまえにそのつもりはなくても、マフィアはそう思ってないんだ」

まるで引導を渡すようにレックは言った。

ロベールの顔が歪んできた。体を小刻みに震わせ、いまにもそのへんにある物を投げつけそうなほど興奮して、机の引出しの中から注射器を取り出し、小さな瓶に入っている白い粉を汚ないアルミ製の皿に少量こぼして水とまぜ、それを注射器に吸い取った。それからズボンのすそをまくり上げ、足の血管に注射針を刺して注入した。腕や手の血管は注射を使いすぎてこり固まり、針を刺せなくなっているので足の血管を使っているのだが、その足の血管もこり固まって針が刺しづらくなっている。

注射を打ったロベールは、ふーっと深呼吸して体をだらりとさせ、放心状態になったが、すぐに生気をとり戻し、

「さて、あんたの望み通りにしてやろうじゃないか」

と注射を打つ前とは人格が変ったみたいに陽気に言った。

「二階にじじいがいる。十年前から世話になってる、この家の主だ。もっともこの四、五年はおれが世話をしてるが、こいつに頼めばなんだってやってくれる」

そう言ってロベールは階段を昇って行った。そして十畳ほどの部屋に入ってみると、中央の大きなベッドに一人の老人が横たわっていた。カーテンを閉めきった薄暗い部屋は生臭いすえた匂いが立ちこめ、陰鬱で冷えびえとしている。

「ジャン、お客さんだ」

ロベールが声を掛けると毛布をかぶって横になっていたジャンがむっくりと裸の上半身を起こして戸口に立っているレックを見た。残り少ない枯れ草のような白髪が風もないのになびき、痩せこけた骸《むくろ》のような肋骨が体に深く刻まれていた。生臭いすえた匂いは、ベッドの側に置いてある白い便器の中の排泄物が発酵している匂いだった。ロベールはその便器を持ってトイレへ行き、排泄物を流して戻ってきた。

「トイレへ行くのもおぼつかないんだ。けどよ、あっちの方はまだ元気なんだ。あきれるぜ」

ロベールの話によるとジャンは七十歳になるいまも、月に一、二度、ストリート・チルドレンを家に呼び、ヤクの力を借りてセックスしているとのことだった。七十歳にしてなおペドファイルにこだわるジャンの姿は醜悪だった。レックは足がすくんだ。いったいロベールは何を考えているのか。部屋の生臭いすえた匂いは排泄物の匂いだけではなく、生きながら腐っているジャンの匂いだった。ジャンは訳もなく笑った。その笑いにレックはぞっとした。

「正気なのか？」

とレックはロベールに小声で訊いた。

「もちろん正気だ。財布の紐はがっちり握ってる。フランスの銀行には、こいつ名義の預金があって、その預金から毎月振り込まれてるんだ。こいつの家系はフランスではちょっとした名家でさ、こいつはその御曹司なんだ。子供の頃、親父に犯されて、その後、成人してからペドファイルになったんだそうだ。おれもそうさ。十歳のとき、田舎で近所のおやじに犯されたんだ。その近所のおやじとおふくろがやってるところを目撃したんで、口封じのために、そのおやじにおれは犯されたんだ。ある日、おふくろに呼ばれて部屋に行ってみると、そのおやじもいたんだ。おれは無理矢理おふくろとやらされたが、おふくろはすごく興奮して、おまえを愛してるとか言って呻いていた。そして後ろから、そのおやじはおれのケツの穴を突いてきやがった。おふくろはけものみたいだったよ。それから二年後に、おれは家出したよ。ヨーロッパをあちこち放浪しながら二十歳でタイにきた。その間、何をやってたかって？　男の娼婦さ。おれにできることは、それくらいしかなかったんだ。そしてこいつと出会ったんだ。おれたちは夫婦みたいに暮らしてたが、こいつがペドファイルだったんで、おれもペドファイルになっちまった」

ロベールは一気に喋って煙草に火を点けると、テーブルの上にあったワインをラッパ飲みした。

なぜペドファイルになったのか、ペドファイルとはどういう人間なのかを理解してもらおうとしている節がうかがえたが、自己弁明にすぎなかった。

「何の用だ？」

ジャンは皺だらけの口元を動かして訊いた。

「この男が、子供とやってるところをカメラで撮りたいと言ってる。おれはできないけど、あんたならできるだろう。この先短いんだから、あの世への置き土産にビデオでも残しておけよ。いまさら、どうってことないだろう」

ジャンは興味深そうに、

「面白そうだな。いくらくれる？」

と訊いた。

「千ドル出す。ただし証人になってもらう」

とレックが言った。

いまのジャンにとって千ドルは大金だったが、証人になってもらうとはどういうことなのか警戒した。

「このレックは社会福祉センターの補佐役なんだ。あんたと子供がやってるビデオを撮って、警察や政府やマスコミに訴えて、ペドファイルをなくそうってわけさ」

レックの代わりにロベールが説明すると、ジャンは声を出さずに口を大きく開けて笑った。歯槽膿漏で歯の抜けた口が黒い深い洞穴のようだった。その黒い口から毒のような瘴気が匂ってきた。

「わしを犠牲《いけにえ》にしようってわけか。わしが証人になっても、なんの役にも立たんよ。政府も警察もマフィアもグルだからな」

「国際社会に訴える。そうすれば世界中が関心を示し、政府も警察も動かざるをえなくなる」

一蹴するジャンを説得しようとレックは力を込めて言った。

ジャンはまた声を出さずに口を大きく開けて笑った。まるで道化師のように肩をすくめ、レックを小馬鹿にして笑うのだった。

「国際社会が聞いてあきれる。国際社会なんてものは砂に釘を打つようなもんだ。他人の国がどうなろうと知ったことじゃない。自分たちのことしか考えてないのが国際社会だ」

ジャンが辛辣に揶揄《やゆ》した。

「そうかもしれない。しかし、何もしないよりはましだ」

笑っていたジャンが今度は真顔になって、

「二千ドルだ。やるからには、わしも覚悟がいる」

法外な要求だったが、この際、やむをえないとレックは思った。

「前金に千ドル、終ってから残りの千ドルだ」

ロベールが側から条件をつけた。

「わかった」

レックはその場で千ドルを手渡し、

「いつやる」

と訊いた。

「明日の夜、八時にきてくれ」

とロベールが言った。

ロベールがお膳立てをするらしい。

「あんた一人できてくれ。他の者を連れてきたり、監視したりしたときは中止する」

用心深いロベールはレックに念を押した。

ロベールの家を出たレックは、木陰で見張っているソーパーに少し遅れてくるように目で合図を送り、パッポン通りまできて合流した。

「どうでした？」

とソーパーが訊いた。

「明日の夜八時にやる。君は悟られないよう遠くから見張ってくれ。監視していることがわかると中止になる」

レックとソーパーは人込みをかき分け、パッポン通りを抜けてシーロム通りに出た。渋滞している車の排気ガスとエンジン音の中を何人もの子供たちが花や煙草や菓子を売り歩いている。歩道の物陰には別の子供たちが立ちんぼしている。声を掛ければ子供たちはすぐにどこへでもついてくるだろう。ロベールとジャンは、こうしたストリート・チルドレンに声を掛けて家へ連れ込んでいるのだ。

センターに戻るとレックとソーパーの帰りを待っていたナパポーンが、

「どうだった」

と訊いた。

「明日の夜、撮ることになったが、二千ドル要求されて、前金に千ドル渡した」

「相手の言いなりに二千ドル払うことにしただなんて、馬鹿みたい。わたしだったら千ドルでも断るわ」

ナパポーンはお人好しのレックをなじった。

「だったら、君が行って交渉すればいい。猜疑心の強い、したたかな連中が、そう易々と乗ってくるわけないだろう。連中には金がすべてなんだ」

大きな図体のレックは母親に叱られた子供みたいに弁明してふてくされた。

「とにかく前金は払ってしまったんだから、明日の打ち合せをしようよ。口論したってしょうがないよ」

若いソーパーに注意されて、

「そうね、前金を無駄にしないよう準備しなくちゃ」

とナパポーンは皮肉を言いながら戸棚からビデオカメラを取り出した。

「このビデオカメラは古いけど日本製で性能はいいの」

四年ほど前、日本でNGOの会議に出席したとき、秋葉原で購入したビデオカメラである。

その後、会議や集会やデモの情景を撮り続け、資料としてダビングしたビデオを各地域のNGOに送ったりしている。

ナパポーンはビデオカメラの使い方をレックに説明していたが、機械に弱いレックはなかなか覚えられず、

「おれには無理だ」

と匙を投げる始末だった。

「こんな簡単なことができないの。五歳の子供だって覚えられるわ」

レックのあまりの機械音痴にナパポーンは癇癪を起こしてヒステリックに言った。

見かねたソーパーが、

「ぼくが教える。いいですか、レック。二つだけ覚えて下さい。まずスイッチを入れる。そしてレンズをのぞいて照準を合わせ、ボタンを押す。それだけだよ。何も難しいことはないです」

ソーパーに教えられた通り、レックはビデオカメラのスイッチを入れ、レンズをのぞき、事務所にいる仲間たちに照準を合わせた。

「それでいいんです。簡単でしょ」

ソーパーが言うと、レックはにっこりほほえんで、

「ナパポーンの教え方が悪いんだ。ソーパーは優秀な教師になれるぞ」

と言ってまたビデオカメラを回した。

「悪かったわね、教え方がへたで。明日は現場をちゃんと撮ってきてちょうだい。チャンスは一度しかないんですから」

ビデオカメラを操作するレックの心許ない手つきにナパポーンは一抹の不安を覚えながら、残りの千ドルを渡した。

翌日の午後八時にレックはロベールの家に赴いた。今日は双眼鏡を持ってソーパーはレックの後ろをつかず離れず歩き、ロベールの家から五、六十メートル離れた木陰に隠れた。

レックは緊張していた。ビデオで二、三度見たことはあるが、現場で見るのははじめてである。しかも老いさらばえた骨と皮だけのジャンが子供とどのようにしてセックスするのか、正直なところ興味があった。

ドアをノックするとロベールが低い声で、

「誰だ」

と確かめた。

「レックだ」

その声にドアを開けたロベールはちょっと外の様子をうかがい、レックを家の中へ入れた。

「子供はきているのか」

　とレックが訊いた。

「二階にいる」

　すでに酔っているロベールの目はすわっていた。

　二階に上がると、痩せこけた目の大きな十二、三歳の少年が椅子に座ってパンをかじっていた。腕や脚に煙草の火で焼かれたと思われる火傷が数カ所残っている。幼児売春をさせられている子供の体には、たいがい煙草やライターの火で焼かれた火傷がある。ペドファイルの中には趣味で幼児を虐待する連中がいるのだ。もちろん幼児買春そのものが幼児に対する虐待の最たるものだが、ロベールもジャンも罪の意識がまったくなかった。

　少年は埃と垢にまみれて茶褐色の肌が灰色にくすんでいた。おそらく一カ月以上、体を洗っていないのだろう。

「シャワーを浴びてこい」

　とロベールが命令調で言った。

　少年は喜んで浴室に入った。

　レックがカバンからビデオカメラを取り出すと、ロベールはそのビデオカメラを取って、

「おれが撮る。あんたは側で観察してくれ。めったに見られない光景だ」

と言って、ビデオカメラを手離そうとしなかった。

ビデオカメラを取り返そうとすれば、いさかいになるおそれがあったので、レックはロベールに撮らせることにした。

「撮りそこなうなよ。千ドル払ってるんだから」

酒を飲み、麻薬を打っているロベールがはたしてビデオカメラをちゃんと撮れるのか心配だった。

「こう見えても、昔はカメラマンの仕事をやったことがあるんだ。いまごろは一流のカメラマンになっていたはずなんだが、人生うまくいかないもんだぜ」

自嘲的に言ってロベールはビデオカメラでジャンをのぞいた。歯の抜けたジャンが笑ってみせた。その顔はチョウザメにそっくりだった。

シャワーを浴びた少年が裸で出てきた。灰色にくすんでいた肌に少し艶が出てかさぶたが取れたような感じになっている。少年は衣服を着る必要はなかった。これから始まるジャンとのセックスにそなえて少年は肛門にクリームを塗り込んでいた。

ジャンが少年においでおいでをした。少年は暗示にでもかかったように、手招きしているジャンの側にゆっくり近づいた。そして慣れた手つきでサイドテーブルの引き出しから麻薬の入った瓶を取り出して白い粉を皿の上で水に溶かし、注射器に吸い込んでジャンの腕の血管に注入した。それから少年も麻薬を少量鼻から吸い込んだ。一分もしないうちにジャンの皺だらけの顔に生気がみなぎってくるのだった。まるで墓場から死者が蘇るように、横臥していたジャンはむっくり起き、少年の小さなペニスを口に含んだ。それと同時に少年も萎《ちぢ》んでいる皺だらけのジャンのペニスを口に含んで吸った。

「そうだ。その調子だ。いいぞ」

ビデオカメラを回しているロベールが興奮気味に言った。

レックは金縛り状態になって目の前で繰りひろげられているいまわしいジャンと少年のセックスを見ていた。嫌悪以外の何ものでもなかったが、勃起してきたジャンのペニスを口に含んでいた少年が後ろ向きになり、背後からジャンが少年の肛門に挿入したとき、レックは思わず欲情した。羽交い締めにされた少年はジャンの動きに合わせて腰を巧みに蠕動させ、ジャンを誘導していくのである。苦痛に耐えているのか、それとも快楽を味わっているのか、どちらともわからぬ少年の口から呻き声がもれた。ジャンも呻いている。

麻薬に蝕まれて老いさらばえた骸骨のようなジャンは少年の体にしがみつき、喘いだ。麻薬の力を借りたセックスはえんえんと続く。ジャンがありとあらゆる卑語を吐き、少年を貶《おと》しめながら自らの妄想を駆り立てるのだった。その姿態をロベールは一定の角度から撮り続けた。そしてジャンが射精したとき、少年も射精した。

それはレックにとって驚きだった。なぜ少年が射精したのか理解できなかった。

セックスが終るとジャンは精根つき果て、死人のようにベッドに仰向けになって瞼を閉じた。少年は素早くトイレに行って便器のそばの水涌の水を洗面器ですくって洗浄すると、服を着て何も言わずに部屋を出た。

「どうだ、面白かったか。この裏ビデオはいい値で売れるぜ。二千ドルじゃ安すぎる」

ビデオカメラからビデオカセットを取り出したロベールは値をつり上げようとした。

「約束を守るんだ。約束を守らないときは、わたしにも考えがある」

そう言ってレックは窓のカーテンを少し開けて暗闇を見つめた。暗闇の奥の木陰にいるソーパーが双眼鏡でこちらを監視している姿がかすかに見えた。

「くそ！　誰かに監視させてるんだな。約束がちがうぜ」

「おまえに約束を守らせるために監視させてるんだ」

「二枚舌を使いやがって。だからおまえたちは信用できねえんだ」

ロベールはビデオカメラとビデオカセットをソファに投げつけた。

「このビデオはセンターのメンバーと検討する。使えるかどうかわからない」

確信のないレックの言葉に、

「あいつが射精したので驚いてるんだろう。あんたにも覚えがあるはずだ。射精は大人になった印だ。女の子もそうだ。メンスが始まれば女になったって印だ。ペドファイル呼ばわりが聞いてあきれるぜ」

裸身を晒したまま死んだように仰向けになって瞼を閉じていたジャンが突然、笑いだした。

「快楽だよ、快楽。わしは大いなる快楽を求めて生きてきた。いつ死んでも悔いはない。人間は快楽を求めている。快楽は人間の本性なんだ。それは誰も否定できない。あんたもわしとあの子のセックスを見て興奮したはずだ。ちがうかね。快楽に聖域はない。わしは子供の頃、親父に犯された。その残酷な快楽が忘れられない。人間は残酷な生き物だよ。ちがうかね」

まるで説教でもするようにジャンは自らの哲学を述べた。

「なるほど見上げたもんだ。そこまで覚悟しているのなら、裁判で有罪になっても泣きごとは言わないことだ。思い残すことはないんだから。しかし、あんたを見てると吐き気がする」

レックは軽蔑を込めて唾を吐いた。

するとジャンがまた声を出さずに笑った。

「裁判するのは結構だが、その前に、わしもあんたも抹殺されるかもしれない。この国の裁判とは暴力のことだ。まさか、そんなことも知らないほどの馬鹿じゃないだろうね」

声を出さずに笑っている笑いが不気味だった。

むろん何事にも危険はつきものである。このビデオをマスメディアや警察や政府に提出し、逮捕と裁判を請求すればどうなるのか。おそらく強い反発に会うだろう。さらに目に見えない力に脅かされ、妨害されるにちがいない。だからといって、いつまでも見て見ぬふりをして手をこまぬいているわけにはいかないのだ。誰かが風穴を開けない限り、永久に何も変らないだろう。それどころか事態は悪化の一途をたどっている。

「とにかく、あんたには証人になってもらう」

レックはねじ込むように言った。

「生きていればの話だが……」

ゲームでも楽しんでいるように言って、ジャンの顔から笑いが消えた。

「言っておくが、おれは関係ねえからな。あんたとジャンが取引したんだ。これからどうなるか、おれの知ったことじゃない」

自分から積極的にビデオカメラを回しておきながらロベールは逃げ腰になっていた。

レックは残りの千ドルをロベールに渡し、ビデオカメラをカバンにしまい込み、ジャンの家を出た。そしてしばらく歩いたところでソーパーと落ち合った。

「どうでした？　うまくいきましたか」

と ソーパーが訊いた。

「帰ってビデオを見ないとわからない」

実際の映像についてはセンターのビデオデッキにかけて見なければわからない。ロベールが撮ったので不安だった。ロベールは意識的にピントをはずしているかもしれないと思ったのだ。

センターに帰るとナパポーンも不安そうに、

「どうだった？」

と訊いた。

「これからビデオデッキにかける。窓のブラインドを降ろして、ドアの鍵を掛けた方がいい」

レックはソーパーに指示した。

そしてビデオデッキにビデオカセットをセットした。

ジャンと少年が互いのペニスを口に含んでいる。その画像に音羽恵子とションプーは目をそむけたが、ナパポーンは煙草をふかしながらじっと見入っていた。目に最後まで見届けてやろうという意志がこもっていた。それにしても骨と皮だけの老いさらばえた老人が少年を相手に繰りひろげる性の世界は、おぞましくいまわしい限りであった。

「いったい男は何歳までできるの？」

ナパポーンに不意に訊かれてレックは返事に窮した。

「このジャンはヤクの力を借りてるんだ」

「ヤクの力を借りると、いつまでもできるの？」

あからさまな質問にレックは戸惑いながら、

「さあ、どうだか。個人差はあると思うが、このジャンは異常だ。セックスしか頭にないんだ」

「ペドファイルはみなそうよ。でなければ、こんなことはできない」

画像が終盤に近づくにしたがって少年の表情が歪み、最後に射精したので、ナパポーンは体をぎくっとさせて驚愕した。まったく予想していない画像であった。ナパポーンは胸がドキドキして、とり乱し、煙草の火を消して今度は冷蔵庫から缶ビールを出して飲んだ。どうして少年は射精したのだろう？　セックスの前に少年も麻薬を少量吸い込んだ画像を見ているが、麻薬による幻惑が少年を射精に至らしめたとは思えなかった。大人にもてあそばれているうちに子供の性も成熟していったと考えられる。そう思うとナパポーンはいっそう恐ろしく感じた。これこそ性の奴隷ではないか。

「どう思う」

少年が射精している画像を見て驚いているナパポーンの顔色をうかがいながら、レックは冷ややかに訊いた。

「このビデオをそのまま使うのは難しいわね」

レックも同じことを考えていたので、

「わたしもそう思う」

とナパポーンの意見に同意した。

「少年が射精するなんて考えてもみなかった。ショックだわ」

ナパポーンは見てはならないものを見たかのようにショックを隠しきれずに言った。

「わたしも驚いたよ。ジャンは得意そうに笑っていたが、奴の術策にはまったような気がする。まんまと二千ドルをせしめられた」

レックは地団駄を踏んだ。

「仕方がないわね。使うとしたら、射精のところを削除しましょ」

「削除する？　そんなことをしたら、このビデオの信憑性が疑われる。われわれは信用されなくなる」

「じゃあ、どうすればいいの。ビデオをそのまま使うの。そんなことしたら、マスコミも政府も警察も大喜びよ。子供は虐待されてるのではなく、セックスを楽しんでるということになってしまう」

「だったら、この計画はやめるべきだ。失敗だよ」

「二千ドルも払って、よくそんなこと言えるわね。あなたの責任じゃない」

またしてもナパポーンとレックの口論が始まった。しかし結局、レックは譲歩してナパポーンの主張を受け入れた。

作業はすぐに始められ、少年が射精する直前、表情を歪めているところで終った。

「とりあえずこのビデオは児童虐待阻止のための国際会議に送って検討してもらいます。もし国際会議で好ましくないと判断するのであれば計画は中止します」

ナパポーンはレックの意向をくみとって折衷案を出したのである。それにはレックも満足した。児童虐待阻止のための国際会議のお墨付きがあれば、個人的な責任は回避できるからであった。航空郵便で送っても検討して返事がくるまで二、三週間はかかるだろう。その日にそなえて、ナパポーンは各方面に提出する書類や文章を書き、会議を重ね、準備を整えていた。しかし、二週間が過ぎても国際会議から返事がこなかったのでナパポーンはメアリー・クリストに電話を入れた。

「ビデオテープを委員会で見たけど、映像が過激すぎるという何人かの反対意見があって、調整にもう少し時間が必要なの」

という返事が返ってきた。

「こちらはすべて用意して待ってます。一日遅れると何人もの子供が犠牲になります」

とナパポーンは歯痒い思いで言った。

「あなたの気持ちはわかるわ。わたしもあなたと同じ気持ちよ。でも全員の合意が必要なの。これは政治取引じゃないのよ。みんなが納得して、各自の責任において行動しなければならないの。わかるでしょ。もし分裂するようなことにでもなれば、混乱をきたすだけで、なんの成果も得られなくなるわ。もうしばらく待ってちょうだい。重要な問題だから」

メアリー・クリストから勇み足にならないよう諭されてナパポーンは待つしかなかった。

それから三日後の夕方、顔面蒼白のロベールがセンターに駆け込んできた。

「レック、ジャンが殺された。あのときの子供も殺されてどぶに投げ込まれている。おれはたまたま留守だったから助かったが、つぎはおれも殺られる。すぐにこの国から脱出したい。金を用意してくれ。金がないんだ」

恐怖で顔を引きつらせ、ロベールは体を震わせて椅子に座り込んだ。

「それはいつのことだ」

レックが驚いて訊いた。

「たぶん昨日の夜だと思う。おれは博打場にいて昨夜は帰らなかったんだ」

ロベールは泣き声になっている。

「警察には知らせたのか」

とレックが訊いた。

「だめだ。警察に知らせたら、おれが犯人にされちまう。刑務所行きだ。そこでおれは闇から闇へ葬られる。警察なんか信用できるもんか」

突発的な事件だが、よく考えてみると起こりうる可能性はあったような気がした。ジャンの不気味な声のない笑いは、そのことを予感していたのかもしれない。レックの背筋に戦慄が走った。

「お金はないわ。わたしたちは貧乏なの。あなたには二千ドルあげたでしょ。その二千ドルはどうしたの?」

興奮しているロベールの感情をなだめるようにナパポーンは優しい声で言った。

「博打とヤクで使っちまった」

まるで芝居でもしているようにロベールは頭をかかえてうなだれた。

「二千ドルを博打とヤクで使ってしまうなんてなんて人なの。二千ドルもあれば子供たちに一カ月以上、食事を用意することができるのよ。子供たちは毎日飢えているというのに、あなたは自分のことしか考えてないのね。あなたが危険だってことは、わたしたちも危険だってことなのよ。帰って！　あなたは疫病神よ！」

温厚な性格の音羽恵子が強い口調でロベールを非難した。

「とにかくジャンの様子を見に行こう」

とレックが言った。

レックはロベールの話が本当かどうか確かめたいと思った。ロベールは金をせしめようと嘘をついているかもしれないからだ。

「危険だわ。やめなさい。警察がきてるかもしれない」

ナパポーンが制止した。

「そうよ、危険よ。ロベールの話が本当だとしたら、犯人はどこかで家を見張ってるかもしれない」

ションプーも現場へ行くのを反対した。

「おれの話が嘘だというのか。つくり話だというのか。そう思うなら行ってみろよ。その目で確かめてみたらいいんだ！」

疑いの目で見られたロベールはがなりたてた。

「じゃあ、君も一緒にきてくれ」

とレックはロベールに言った。

「おれは二度と見たくねえ」

怯えきっているロベールは拒否した。

そこでレックはソーパーをともなって行くことにした。二人は懐中電灯とナイフを持ち、万一のときのことを考えて防弾チョッキを着用して出掛けた。

闇が迫っている。西の空が赤黒く染まり、タニヤ通り、スリウォン通りの商店やパッポン通りのゴーゴーバーはすでにネオンに色どられている。レックとソーパーはなるべく人通りを避け、細い路地をぬってロベールの家の前にきた。いつもの木陰から家の中の様子をうかがった。人の気配がないところを見ると、警察はまだ事件を知らないようだった。

「行くぞ」

とレックが低い声で合図して、二人は家のドアを開けて入った。真っ暗だった。二人は懐中電灯を点け、一階の部屋を調べてから二階に上がった。そしてジャンの部屋のドアを開けたとき、むっとする生臭い匂いがした。部屋の中は争った形跡はなく、ただサイドテーブルのスタンドが倒れているだけだった。それからベッドを見ると、血まみれのジャンが仰向けに倒れていた。脳天から額にかけて真っ二つに裂けた割れ目からコールタールのようなどす黒い血が流れて、脳味噌が噴き出している。斧のような物で頭蓋骨をめった打ちにされたのだろう。飛び散った血がベッドの後ろの壁にへばりつき、まるで抽象画を思わせた。ジャンの大きく開けた口の奥から叫びが聞こえてくるようだった。恐ろしさのあまり、レックとソーパーは足が震えて立ちすくんだ。ロベールの話は本当だったのだ。

センターに帰ってみるとロベールはいなかった。

「ロベールは？」

とソーパーが訊いた。

「いま帰ったわ。出会わなかった？」

と音羽恵子が言った。

「ロベールの話は本当だった。ジャンは斧のような物で頭を割られて殺されていた。むごたらしい死体だった」

レックはぞっとした面持ちで言った。

あれほど残虐な事件が起こっているのに警察はなぜ知らないのか。警察は何をしてるんだろう。ソーパーは不審で仕方なかった。

「どうしてあのビデオテープのことが第三者にわかったのかしら。ビデオテープのことを知ってるのは限られた人だけなのに」

そう言われてみれば、ビデオテープのことを知っているのは殺されたジャンとロベールと社会福祉センターの者と児童虐待阻止のための国際会議の者だけである。ジャンとロベールが誰かにもらしたとは考えにくい。なぜなら、それは命にかかわるからだ。センターの者も外部には口を固く閉ざしていた。とすると国際会議のメンバーの誰かということになるのだろうか。

「まさか、そんなことはありえない……」

しかし、ナパポーンの疑問は、この事件の本質にかかわる問題に思われた。

「子供が殺されてどぶに捨てられたとロベールが言ってたけど、子供が誰かに喋ったのかもしれない」

国際会議に対する疑惑を払拭するように音羽恵子は言った。

「子供が喋るかな……あるいは喋ったかもしれない」

深刻に考え込んでいたレックが同調するように言った。事件の本質がめぐりめぐって社会福祉センターにおよぶのを警戒したのだ。

「いずれにしても、この事件はわたしたちに対する警告よ。うかつには動けない」

数々の暴力がナパポーンの脳裏をよぎった。七年前の一九九〇年七月、全国から集結した首相退陣を要求する反政府デモが総理府に向かって行進していたとき、デモを包囲していた軍隊がいきなり発砲し、十二人の犠牲者を出した。ナパポーンと一緒に逃げていた女子大生が兵士に捕まり、銃床で頭部を殴打されて倒れた。そして二人の兵士に脚を引きずられていく途中、別の兵士に頭を撃たれて死亡した。ナパポーンは間一髪のところで難を逃れた。もし女子大生が犠牲になっていなかったら、ナパポーンが捕まり殴打され、頭を撃たれていたかもしれないと、いまも思うのである。国会議員の中で唯一の味方だったスッシイは車で帰宅の途中、何者かに襲撃され、体に十数発の銃弾を浴びて暗殺された。そしていままた、おぞましい暴力に頭を押さえつけられようとしている。

「ビデオテープを廃棄しよう」

レックは苦渋の選択をナパポーンに迫った。

「いいえ、ビデオテープはわたしが保管しておきます。いつか必要になるときがくるまで」

ナパポーンはきっぱり言った。

それから五日後の夜、仕事を終えて帰宅の途中、レックは行きつけのバーに寄っていつものようにウイスキーのロックを二杯ひっかけ、少しいい気分になって家の近くにきたとき、誰かに尾行されているのに気付いた。足を止めて振り返ってみると、街灯のない暗闇に一人の男が立っていた。倉庫街ちかくの貧しい家並が息をひそめてうずくまり、空には大きな月が浮かんでいた。近づいてきた男の顔が月明かりの中で凍りついたように青ざめている。

「スリチャイじゃないか。どうしてこんなところにいるんだ？」

チェンマイにいるはずのスリチャイがバンコクの、それもレックの家の近くにいるので驚いて訊いた。

「レックさん、あんたはやりすぎたんだ。おれたちのボスの怒りを買ったんだ」

スリチャイの声とは思えない低い冷たい声だった。

「おれたちのボス？　君の言ってる意味がわからない。おれたちのボスって、誰のことだ」

と訊いたレックは、スリチャイのただならぬ殺気に恐怖を覚えて顔をひきつらせたが、つぎの瞬間、銃で額を撃ち抜かれた。

8

斧のようなもので脳天を割られて殺害されたジャンの凄惨な事件が起きて六日後に、今度は銃で額を撃ち抜かれてレックが殺害された。二つの事件はあきらかに関連があるのに、ジャンの事件は怨恨による事件とみなし、レックの事件は強盗殺人事件とみなしてナパポーンの訴えを警察は聞き入れようとしなかった。殺害されたレックの財布が中身を盗まれて道端に捨てられていたので、警察は強盗殺人事件と断定したのである。そして殺害されてどぶに捨てられた子供も行きずりの犯行として顧みられなかった。三つの事件は、それぞれ個別の事件であるというわけだった。

「警察はすべてを知ってるはずよ。それなのに、見て見ぬふりをして、やり過ごそうとしてるんだわ」

新聞も事件を三面記事の片隅に小さく報じただけで、テレビに至ってはまったく関心を示さなかった。兇悪な事件にもかかわらず、マスコミは何も伝えようとしない。

業を煮やしたナパポーンは、いっそのことビデオテープを公開しようと考えたが、公開できる場はどこにもないのだった。それにレックの殺害事件でセンターの者はみな怯えていた。

「わたしも怖いのよ。いつも誰かに監視されてるような気がする。いつ、どこで襲われるかわからない。でも、だからと言って、事務所を閉鎖するわけにはいかないわ。そうでしょ」

苦渋を訴えるナパポーンの問いかけにみんなは黙っていた。

「何の罪もない子供まで殺害してどぶに捨てるなんて、人間のすることじゃないわ。この先、また犠牲者が出るんでしょうか」

音羽恵子は切迫した面持ちで言った。

「わからない。たぶんあなたには手を出さないと思う。政府は日本から多額の援助を受けてるから、日本人に手を出すと外交問題になって、援助にも影響が出るおそれがあるし……」

音羽恵子は個人的な立場で、幼児売買春や幼児売買を阻止するために少しでも役立ちたいと思ってNGO活動に参加したが、自分の背後には経済大国日本が存在していることに気付かされて沈うつな気分になった。

「ごめんね。悪く思わないで。これが現実なの。でも、あなたのような人が必要なの。アメリカやフランスや、世界中の人たちが、この運動に参加してくれることが望ましいの。世界のあらゆる人びとが、この問題に関心を示すことが、兇悪な暴力を封じ込める方法なのよ」

ショックを受けている音羽恵子の手を取り、ナパポーンは抱きすくめて慰めた。

「さあ、仕事をしましょ。わたしはレックのためにも……」

と言いかけてナパポーンは声を詰まらせソファに泣き崩れた。気丈なナパポーンもレックの死に無念の思いがこみ上げ、今度は音羽恵子に抱かれて嗚咽した。肩を震わせ、とめどなく溢れる涙をぬぐおうともせず、ナパポーンは声を上げて泣いた。

「所長、ぼくたちがついてるよ。ぼくたちがレックの分まで仕事をするよ。そうだろう、みんな……」

怯えていたソーパーが泣きじゃくっているナパポーンを慰めながら、いつしか自分も泣いていた。ションプーも音羽恵子も泣いていた。

翌日、センターの者は警察に行き、検視のために司法解剖したレックの遺体を引き取り、墓地に埋葬した。レックはクリスチャンだった。レックには一人の身内もいなかったので葬儀に立ち合ったのはセンターの四人だけだった。

「生と死との主なる、全能の父なる御神。

御子イエス・キリストは十字架につけられて死にたもうた後、愛する弟子たちにそのなきがらを葬ることをゆだねたまいました。わたしたちは、地上の生涯を戦い終えていま御元に召されました兄弟のなきがらを柩におさめるために、この所に集まっています。なんのいさおしもなく、大いなる憐れみのゆえに主はこの兄弟を救いに導き、教会に受け入れ、永遠の命の書にその名をしるし、いまに至るまで守り導いてくださいました。兄弟はいまやそのなすべき戦いを終え、この世の労苦より解き放たれ、わたしたちの思いをはるかに超えた平安の中に移されたことを信じて感謝いたします。わたしたちはそのなきがらを前にして、いまこの兄弟の生前の面影をしのび、愛惜の思いを深くしています。

どうかわたしたちを助け導いて、甦りの主を仰ぐことを得させてください。清き悲しみの中にも、終りの日の栄光を堅く望みつつ、地上の最後の別れをうやうやしくとり行わせてください。眠れるこの兄弟のゆえに嘆き悲しむ者たちを特に顧み、死に打ち勝ちたもうた主の御言葉によって、豊かな慰めをお与えください。いまより後とり行われるすべての営みを導き、主の御栄をあらわさせてください。主イエス・キリストによってお願いいたします。アーメン」

神父がおごそかな祈りを捧げている間、三人は頭をたれて黙禱していた。四年前、ナパポーンはレックに一度だけ抱かれたことがある。しかし、その後、ナパポーンはレックを拒み続けた。

神父の祈りが終ると四人は花束を柩の上に投げ、

「レックは天国で、きっとわたしたちを見守ってくれると思う」

とナパポーンが言った。

それからセンターに戻るとナパポーンはすぐ仕事にとりかかった。

まずカンボジアとタイの国境でボランティア活動をしているアチャーに連絡をとって事件の全容を説明し、ボランティア活動に参加してくれる人員を早急に二、三人派遣してほしいと頼んだ。つぎに児童虐待阻止のための国際会議にいる副主任のシーラットに電話でバンコクへ戻ってくるよう指示した。

「こっちはどうなる。国際会議では人手が足りないんだ。わたしは明日、ブラジルへ行くことになってる」

突然、タイへ戻るよう指示されてシーラットは困惑していた。

「ブラジルへ行ったあと日本でアジア子ども基金の事務局長をしている笠原文子さんに会って、カンパをお願いしてちょうだい。事務所の資金は底をついてるの。笠原さんはなんとかしてくれると思う」

ナパポーンは一方的に言って電話を切った。

新聞の切り抜きをしていた音羽恵子が、

「A新聞のバンコク支局の特派員に、わたしの知り合いの記者がいます。その人に事件を報道してもらってはどうでしょうか。日本の新聞ですけど、それなりの反響はあると思います」

と言った。

「いままでどうしてそれに気付かなかったの。素晴らしいアイディアだわ。でも、その特派員は事件を記事にしてくれるかしら？」

ほとんどのマスコミに無視されているナパポーンは賛成しながらも懐疑的だった。

「会って説明してみなければわかりません。説得してみます」

音羽恵子は意気込んだ。

「やってみる価値はあるわね。でも、慎重にやらなくちゃ」

ナパポーンの脳裏にレックの無惨な死がかすめた。二度と犠牲者を出してはならない。かといって座視するわけにもいかないのだ。

「その人とあなたとはどういう関係？　信頼できる人？」

立ち入った人間関係を質すのは気が引けたが、信頼できる人物かどうか知りたいとナパポーンは思った。マスコミ関係者には、こちらの意図を伝えたあと、裏切られることが多いからだった。

「わたしより十歳ほど年上ですけど、大学の先輩です。正義感の強い人です」

「とにかく一度、会ってみましょう。話はわたしがします。もちろんあなたも同席して下さい。どこか食事のできる個室を予約してちょうだい」

それを訊いていたションプーが、

「Dホテルの中華飯店にいい個室があります。大臣のご家族もときどき使うそうです」

と諧謔を込めて言った。

「そうね、あそこならいいわね。大臣のご家族が使っているのだから、警護もしっかりしてるでしょうね」

ナパポーンも揶揄《なぶ》るように言った。

音羽恵子は手帳をめくってA新聞社のバンコク支局に電話を掛けた。

「もしもし、A新聞社でしょうか。わたくし音羽と申します。おそれ入りますが、南部さんはおられるでしょうか」

すると電話に出た相手が、

「わたしが南部ですが……」

と明るい声で言った。

「南部さんですか、音羽恵子です。大学の後輩の……」

日本にいたころ何かの会合で三、四回会って挨拶をしているが、個人的に特別親しく話し合ったことはない。だが、先輩・後輩の関係で覚えてくれていると思った。

「ああ、音羽さんか。君はいまタイにいるんだろう」

と思わぬ答えが返ってきた。

「ええ、バンコクの社会福祉センターで仕事をしてます」

「社会福祉センター……確か、先日、社会福祉センターの幹部が何者かに殺害されたと聞いているけれど、その社会福祉センターで仕事をしているの」

さすがはジャーナリストである。三面記事の隅にほんの数行掲載されていただけで、ほとんどのマスコミから無視されていた事件を南部浩行は覚えていた。

「そうです。その事件について、ぜひお話ししたいことがあるんです。わたしの上司に会っていただけないでしょうか」

音羽恵子は南部浩行の反応のよさに感心しながら焦る気持ちを抑えて頼んだ。

「そうだな、ちょっと待ってくれ。予定を調べてみる」

予定を調べていた南部浩行が、

「明日空いているが、それ以外の日は来週までふさがっている」

と言った。

音羽恵子は机の前に座っているナパポーンに、

「明日空いてるそうです。それ以外は日程が詰まっているそうです」

と都合を確かめると、ナパポーンはこっくり頷いた。

「わかりました。明日の午後六時にDホテルの中華飯店で落ち合いたいのですが、いかがでしょうか」

Dホテルの中華飯店の予約は取っていなかったが、音羽恵子はこの機会を逃すまいと決めた。

「いいですよ。明日の午後六時にDホテルの中華飯店に行きます」

南部浩行はこころよく諒解したあと、

「ところで音羽さんはバンコクにきて何年になるの？」

と訊いた。

「三年になります」

「ほう、ぼくより長いな。ぼくはまだ一年半だよ。バンコクでは音羽さんの方が先輩だ」

南部浩行は愉快そうに笑いながら電話を切った。

ションプーがDホテルの中華飯店に予約を申し込むと、すでに満席だった。

「どうする？　六時から七時までの一時間なら空いてるって」

不満げに言って、ションプーは机の引出しを開けて残り少ない現金を計算し始めた。

「みんな食うや食わずの生活をしてるっていうのに、あんな高い中華飯店が満席だなんて信じられない。いったい、どんな人が行ってるんでしょうね」

現金を数えているションプーの表情が厳しくなった。

「政治家や軍や警察のお偉方とか金持ちが行ってるのよ。でも、たまにはわたしたちのような貧乏人が行ってもいいでしょ」

経理担当のションプーの機嫌をとるようにナパポーンは顔色をうかがった。

「大切なお話ですから仕方ないです」

ションプーはしぶしぶ認めて小銭まで勘定していた。

ナパポーンは音羽恵子と夜遅くまで、A新聞社の南部浩行と話し合う内容について打ち合わせをした。すべてを打ち明けるべきかどうか、場合によってはビデオテープを見せるべきかどうか、についてである。事件の背後には底知れぬ闇があり、その闇に一歩踏み込むと危険がともなうからである。しかし、小さな記事では何の意味もない。取り上げるときは世論を喚起するような記事でなければならないのだ。いわばマスコミを盾にし、世論をバックに闘う必要があった。その覚悟が南部浩行という人物にあるのか確かめることだった。

翌日、ナパポーンと音羽恵子はソーパーの運転する車でDホテルに赴いた。部屋数は百二十ほどの小さなホテルだが、白い外壁と緑色に縁どられた窓枠、黒の門扉の中央で向き合うようになっている金色の獅子の紋章が威厳に満ちていた。車を玄関に横づけすると民族衣装を着た二人のドアマンが礼儀正しくお辞儀をして車のドアを開け、笑顔で迎えた。ロビーに入ると今度は民族衣装を着た若い女性従業員がにこやかな表情でナパポーンと音羽恵子を迎えた。ロビーの片隅で三人のミュージシャンが民族楽器で音楽を奏でている。三階まで吹き抜けのロビーは広ろびろとしており、豪華な調度品とソファと椅子がゆったりとした間隔をとって配置されていた。

　十分ほど早く着いたので、

「ロビーで連れと待ち合わせて、それから中華飯店に行きます」

　と音羽恵子が女性従業員に伝えた。

「それでは、どうぞこちらへ」

　女性従業員は二人を丁重にもてなし、ソファに案内した。

　ソファに腰をおろした二人はロビーを見渡した。地元の名士や欧米人が多く、たまに日本人客が見受けられた。ルンピニー公園を望む庭園にはいくつものテーブルが配置され大きな陽除け傘が立てられている。遠くの金色に輝く寺院を眺めながら風に吹かれて客が楽しそうに食事をしていた。

「ここは別世界ね」

　この国の現実とあまりにもかけ離れている雰囲気にナパポーンは溜息をついた。

　女性従業員がハーブ茶を運んできてテーブルの上に一輪ざしの花をそえた。いたれりつくせりであった。

　やがて背の高いスポーツ選手のようにがっちりした体格の南部浩行がやってきた。

「やあ、久しぶり。音羽さんとバンコクで会えるとは思わなかった」
　三十六、七になるが、笑うと憎めない童顔になるのだった。同時に、鋭い嗅覚を持った犬のような目にもなるのだった。
「お久しぶりです」

　南部浩行と握手を交わした音羽恵子はナパポーンを紹介した。

「南部です。よろしく」

　南部浩行が名刺を差し出すと、

「こちらこそ、よろしくお願いします」

　ナパポーンも名刺を出して交換し、日本式のお辞儀を何度もした。

　それから三人は女性従業員に予約してある中華飯店へ案内された。

　個室の六、七人座れる円形のテーブルに着いた三人は、一時間という限られた時間を考慮して、飲み物と前菜と二皿をオーダーした。

　運ばれてきたビールで三人は乾杯し、従業員が個室を出るとすぐ本題に入った。どこまで打ち明けるべきか考えていたが、南部浩行を陽気で信頼できる人物であると直感したナパポーンはすべてを話すことにした。一時間ではとても話しつくせない内容をナパポーンは要点をかいつまんで話した。

南部浩行は煙草をひっきりなしにふかし、ビールを飲みながらナパポーンの話に耳を傾けていた。そしてときどき記者らしくメモをとっていた。

ナパポーンは腕時計を見て時間を気にしながら、問題の本質を手短に説明して南部浩行の表情の変化を読みとろうとした。

南部浩行は吸っていた煙草を灰皿に押しつけて消し、唇に人差指をあて、ちょっと言葉を探していたが口を開いた。

「噂はいろいろ聞いてますが、こんなに深刻だとは思いませんでした。非常に危険な仕事です。日本人だからといって、相手は手加減しないでしょう。南米やアフリカで取材中の日本人記者やカメラマンやフリージャーナリストが犠牲になっている例はいくらでもあります」

臆しているようには見えないが、慎重だった。

「難しいかしら」

考え込んでいる南部浩行にナパポーンは言った。

「うーむ、そうですね。まず本社のデスクと相談してみる必要があります。この問題に取り組むためにはチームを組んで長期的な取材をしなければ、あまり意味がないと思います。ぼく一人では無理です。ぼくの片腕になってくれる根性のある相棒のカメラマンと、この問題の内部事情に詳しい協力者が必要です。ときには買収して身の危険を守らなければなりません。そのためにはかなりの経費がかかります。新聞社といえども組織ですから、組織の論理を無視して行動はできないのです。もちろんやるからには、あらゆる方法を使いますが、とりあえずデスクの諒解が不可欠です。デスクが諒解してくれさえすれば、動きやすくなります」

好意的な態度だったが、マスコミの複雑な構造を知らされてナパポーンと音羽恵子の期待はしぼんだ。

「デスクは、この問題に強い関心を持つでしょうか」

と音羽恵子は訊いた。

「わかりません。デスクはさまざまな記事をあつかってますから、一つの問題に長期的にかかわるのは避けようとするでしょうね」

「これは一つの問題ではありません。世界が直面している戦争、難民、差別、虐殺、途方もない犯罪、その他、あらゆる問題が集約されています。欧米や日本では、いったいどこにそんな問題があるのかと思っているでしょうけど、それは見ようとしないからです。見ようとしない者には存在しないも同然なのです。だからこそ、事実と真実を暴露し、世界が陥っている巨大な矛盾は、やがて自分たちの生活をも脅かすことになりかねないことを伝えるのがマスコミの義務ではないでしょうか」

義務。そんなものがマスコミにあるのだろうか？　と思いながら、学生っぽい論理に歯がゆさを覚えながらも、音羽恵子は、しかし訴えずにいられなかった。

南部浩行はビールを注文し、また煙草をふかしだした。

「君の言う通りだと思う。君の見解に何の異論もない。ただ、即答はできない。中途半端な協力は、かえってよくないからだ。一週間ほど待ってほしい」

南部浩行が直截な意見を聞き入れてくれたので、音羽恵子は嬉しかった。

「わたしたちが性急だったようですね。南部さんの言われることはよくわかります。確かに長期的な展望が必要です。レックが殺害されたとき、わたしたちは怯えました。つぎは誰が犠牲になるのだろう。もしかすると自分の番かもしれないと。暴力に対する恐怖心を植えつけるのが彼らの狙いです。それに屈してはならないと思いながら、一方では胸に大きな穴が開いたように空しさが残りました。でも売春を強要されている幼い子供たちは、暗い闇の底で飢えに苦しみ、暴力に怯え、身も心もばらばらにされているのです。昼も夜も、夢の中にも、逃げ場はないのです。絶望しかありません。人間にとって一番恐ろしいのは飢えでもなければ死でもないのです。一番恐ろしいのは絶望です。幼い子供たちに絶望を生き抜く力があるでしょうか。だからわたしは、どんな小さな希望でも、子供たちに与えたいのです。それがまたわたしたちの希望につながるのです」

淡々と語るナパポーンに何のてらいもなかった。長年闘ってきた実感がこもっていた。ナパポーンの淡々とした語り口に南部浩行は感銘した様子だった。

「ぼくは来週、用があって東京へ行きます。そのときデスクを口説きます。デスクは正義感のある男ですから、協力してくれる可能性はあると思います。しかし、あまり期待しないで下さい。期待されて、もし駄目なときは失望が大きいですから、期待せずに待って下さい。できるだけの協力はします」

「ええ、期待せずにお待ちしてます」

ナパポーンは笑顔で答えた。

音羽恵子は南部浩行の率直さに心強いものを感じた。

もっと具体的に問題の本質について話し合いたかったが時間がきたので、つぎの機会にゆずって三人は中華飯店を出てホテルの前で別れた。南部浩行はタクシーに乗り、ナパポーンと音羽恵子はセンターまで歩くことにした。

「好感の持てる人ね」

とナパポーンが言った。

「ええ、協力してくれると心強いと思います」

「南部さんは独身かしら」

ナパポーンは意味ありげに言った。

「さあ、三十六、七ですから結婚してると思います」

音羽恵子の表情にかすかな戸惑いの色が浮かんだ。

街には古い粗末な建物が多く、毎年増え続ける車輛やオートバイの排気ガスにまみれて黒ずんでいる。車が渋滞しているわきを通るとき、ナパポーンと音羽恵子は手で鼻と口をおおい、排気ガスを吸い込まないようにした。麺類、雑誌、新聞、アクセサリー、衣類などを売っている屋台が道路のあちこちに点在している。渋滞している車輛の間隙をぬって、素足の幼い子供たちが煙草や花やパンを売り、車の窓を磨いて小銭を稼いでいた。

「十二時間働いて、三十バーツも稼げればいい方ね。みんな大人たちの喰い物にされてるのよ」

ナパポーンがいきなり渋滞している車輛の中に入って行き、一台の車に乗ろうとしている十二、三歳の男の子の腕を摑んで引きずり出した。

「何すんだよ！」

不意に見知らぬオバサンに腕を摑まれて車から引きずり降ろされたので、少年は抗《あらが》った。

運転席にいた五十前後の男が、ナパポーンの傍若無人な行為を非難するように睨んでいたが黙っていた。

ナパポーンは少年を強引に連れ出して歩道にくると、

「どうして車に乗ろうとしたの？」

と厳しい口調で訊いた。

「食事に誘われたんだよ。おいしい物を食べさせてくれるって言うから」

せっかくのチャンスを奪われた少年はむきになってナパポーンの理不尽さに抵抗した。

「ご馳走を食べさせてくれるとか、お小遣いを上げるとか言われても、ついて行っては駄目。あとで何をされるのかわかってるの？　わかってるんでしょ」

ナパポーンに喰い入るように見つめられ追及されて、少年は瞼を伏せた。

ナパポーンは少年に十バーツを手渡し、

「これから絶対ついて行っては駄目よ。わかったわね」

と念を押し、摑んでいた腕を放した。

腕を放されて少年は一目散に駆けだし、雑踏の中に消えた。

「無駄ね。何もかも無駄だわ」

誘われて車に乗ろうとした一人の少年を補導したからといって、それが何になるだろう。

日ごと夜ごと、何十人、何百人の子供が誘われているのだ。その子供たちを一人ひとり補導し、説得し、パンと温かいスープを与えたとしても、つぎからつぎへとストリート・チルドレンはあとを絶たない。無限級数的な連鎖を断ち切る方法ははたしてあるのだろうか。何十年後、何百年後に、幼児売春や幼児売買やストリート・チルドレンはいなくなるのだろうか。ナパポーンにはいなくなると思えないのだった。

「所長は働き詰めだから疲れてるんです。二、三日休養をとったらどうですか」

音羽恵子が助言した。

「そうね、疲れてるわ。レックの事件があってから、それまでの疲れが一度に出てきたみたい。でも、ここで休養をとると体が動かなくなるかもしれない。挫けるかもしれない。レックとはよく口論したけど、それが励みになっていたと思う。わたしはレックを愛してたの。レックがいなくなって、それがわかったのよ」

同志であり、恋人であり、心の支えでもあったレックはナパポーンにとってかけがえのない存在だった。そのレックが、ある日、突然、何者かに殺害されて、この世からいなくなったのである。

「ごめんなさい、落ち込んだりして。感傷的になってる場合じゃないわ。南部さんの返事がどうあれ、近ぢか抗議集会をやる準備を整えましょ。ニューヨークから副主任のシーラットが帰ってきたら精力的にやらなくちゃ。レックの弔い合戦よ」

ナパポーンは気持ちを持ち直し、自らを鼓舞するように姿勢を正して大股で歩いた。

ブラジル、コロンビア、ペルーを回り、それらの国のストリート・チルドレンの現状をつぶさに視察して、いったんニューヨークに戻って児童虐待阻止のための国際会議に報告書を提出した副主任のシーラットが社会福祉センターに帰ってきた。

短い日程で数カ国を回り、毎日三時間ほどの睡眠で仕事をこなして帰ってきたシーラットは疲れきった顔でソファに体を投げ出し、

「何か冷たい飲み物をくれないか」

と言った。

事務をしていたションプーがさっと立ち、冷蔵庫から缶ビールを取り出し、グラスに注いでシーラットに差し出した。

「気がきくじゃないか、ションプー。君はいい奥さんになれるよ」

シーラットのお世辞に、

「本当ですか。わたしのような女でも嫁にもらってくれる人がいるでしょうか」

と肥満気味の体軀をゆすってはにかんだ。

「いるさ、世の中は広いんだから」

このひとことに、いたく傷ついたションプーは、シーラットからビールを取り上げた。

「冗談だよ。君はいい子だよ。ぼくが保証する」

シーラットは横になっていた体を起こし、取り上げられたビールをションプーの手からとり戻して飲んだ。

「シーラットさんに保証なんかされたくないです」

むくれているションプーは机に向かって、わき目もふらずに事務の仕事を続けた。

「相変わらずだわね、シーラット。そんな調子だから、いつまでたっても嫁のきてがないのよ」

今度はナパポーンがシーラットを責めた。

「男と女は縁のものですから。縁があれば、いつか結ばれますよ」

まるでナパポーンとレックのことを言っているように聞こえた。そうかもしれないと内心、ナパポーンは思った。一度だけ抱かれたが、レックはわたしを愛していたのだろうか？　レックのいないいまとなっては、それを確かめる術はない。

一年ぶりに帰ってきたシーラットは、とりあえず一晩、ぐっすり眠りたいと言って、ビールを飲み干すと家に帰って行った。

「明日は午前中に出勤してちょうだい。会議がありますから」

センターを出て行くシーラットにナパポーンは言った。

「シーラットさんは女性差別者です」

まだ気持ちのおさまらないションプーは机の引き出しに隠していたバナナを一本取り出して食べだした。

「そんなことないわ。ただ女性がどういう存在なのかがわからないだけなのよ」

音羽恵子が言うと、

「それが女性差別の最たるものよ。ニューヨークに一年以上いたこともあるのに、女性の地位がわからないなんて、信じられない」

バナナを一本食べ終えたションプーは、もう一本バナナを食べだした。

「言いたくないけど、それ以上、バナナを食べない方がいいんじゃない」

ナパポーンに注意されて、ションプーは残りのバナナを飲み込んでしまった。

外出から帰ってきたソーパーが、

「さっきA新聞社の前を通ったとき、南部さんとばったり会ったんです。南部さんは昨日、日本から戻ったそうですが、一両日中に所長と会いたいと言ってました。すごく張り切ってる感じでした」

と声をはずませた。

「そう、南部さんは帰ってたの。シーラットも帰ってきたことだし、いいタイミングだわ」

すごく張り切ってる感じがしたということは、デスクの諒解を得られたのかもしれない。できればアチャーにも同席してもらって、これからの問題を討議できればきわめて有意義だと思ってナパポーンは電話を入れると、アチャーは今朝、四人のボランティアと一緒に車で出発し、夕方あたりバンコクに到着するはずだとの返事が返ってきた。ナパポーンは何かが動きだすのを感じた。強い磁場に引きつけられてみんなが集まろうとしているのだった。

「アチャーも四人のボランティアと一緒に、今日あたり、ここへくるわ」

事務所はにわかに活気づいてきた。

音羽恵子は一連の事件に関するいきさつと資料、これからの活動に対する方針などについてまとめた。

「これでいいわ。この報告書を三百枚コピーしてちょうだい」

ションプーも、いつまでもふてくされてはいられなかった。報告書のコピーを取り、アチャーと四人のボランティアが泊まる場所を用意しなければならなかった。

「予算がないのでホテルはとれないのですが、どうすればいいですか」

ホテル代がないとは情けないが、ナパポーンは少し思案して、

「三階の教室が一つ空いてるでしょ。机と椅子を片づけて、そこに泊まってもらうしかない

わね。事情を話せば、アチャーならわかってくれると思う」

ナパポーンの指示に従って、みんなは三階の空いている教室の机と椅子を隅に片づけ、拭き掃除をして、レンタル会社に電話を入れ、五組の寝具を借りることにした。そしてレンタル会社から寝具が運ばれてきたとき、アチャーと四人のボランティアも社会福祉センターに到着した。

「お久しぶり。四人もボランティアを連れてきてくれて心強いわ。ありがとう」

ナパポーンは心から感謝してアチャー一行を迎えた。

カンボジアとタイの国境で、親子とか夫婦とか婚約者をいつわって通過しようとする幼児売買や幼児売買春のブローカーたちを見張り、阻止し、摘発してきたアチャーは人望が厚く強い味方だった。小柄なアチャーは顔中皺だらけにして笑い、連れてきたボランティアの四人をセンターのみなに紹介した。紹介されたボランティアの四人は十代後半から二十代前半の若い女性たちであった。十八歳のセーチャンと十九歳のスワンニーは二年前、カンボジアとタイの国境付近にある売春宿に売られるところをアチャーに助けられ、ボランティア活動をしている。二十二歳のプンカートはチェンマイのM大学で文化人類学を学び、二十四歳のプッサディはニューヨークのN大学で社会心理学を学び、二人とも卒業後まもなくアチャーのボランティア活動に参加した。

「長旅で疲れたでしょ。何もないけど、食事をして、今夜はゆっくり休んで下さい。といっても宿泊先はホテルじゃないのよ。お金がないものだから、三階の教室を急遽掃除して、レンタル会社から寝具を借りたの。むさ苦しいけど、ごめんなさいね」

充分なもてなしのできないナパポーンは恐縮して謝った。

「いいのよ。わたしたちはいつも粗末な部屋で寝起きしてるから平気。それよりレックが殺害されるなんて許せない。わたしは本気で怒ってます」

顔中皺くちゃにして笑っていたアチャーが、今度は仮面のような顔になって怒りをみなぎらせた。

「その話は明日するわ。シーラットがニューヨークから帰ってきたの。レックの事件があったので、わたしが呼び戻したのよ。それから日本のA新聞社が協力してくれそうなの。一両日中に会うことになってるけど、たぶん協力してくれると思う。できれば二、三日中にみんなで会議をして、今後の活動について討議したいんです」

音羽恵子が報告書のコピーをアチャーとボランティアの四人に配った。それを読んだアチャーがゆっくりと頭をもたげ、

「この機会にもう一度、活動の方針を立て直しましょ。わたしに考えがあるの。わたしたちだけじゃなく、この際、労働組合にも協力を求めようと思ってるの」

アチャーの発言にナパポーンは不安を覚えた。

「労働組合……。労働組合が協力してくれるかしら」

「話し合ってみなければわからないけど、この問題は、堕落と腐敗にまみれた政財官の体質を正さなければ前進しないと思う。そのためには労働組合の力を借りて歩調を合わせ、政府に抗議する必要があると思うわ。この問題はすぐれて政治の問題でもあるのよ」

アチャーは強い調子で主張した。

言われてみれば、この問題はすぐれて政治的な問題だが、はたして労働組合が協力してくれるだろうか。ナパポーンの脳裏に七年前の反政府デモの悪夢が蘇った。催涙弾、銃声、殺戮、流血……。

「七年前といまでは状況がちがうわ。七年前のわたしたちは孤立してたけど、いまのわたしたちは孤立してない。世界が見守ってるのよ」

「そうかしら……」

「そうよ。政府はいろんな国から援助されてる。その援助が途絶えるのを一番恐れてるのは政府なのよ。もしまた、七年前と同じような流血事件が起これば、政府の信用は地に落ち、援助は途絶え、権力者たちは利権を手放すことになる。そのことが一番怖いはずだわ」

「でも、ミャンマーのアウン・サン・スーチーは外国に対して援助をしないよう訴えてるでしょ。権力者たちに喰い物にされている援助は結局、民衆のためにならないと言ってる。わたしもそう思う。この国で外国からの援助が貧しい人びとのために使われたためしはないわ」

「両刃の剣よ。いずれにしても政府に圧力をかけて現状を打破しないと、一歩も前進しないと思う」

議論は一時間以上続き、結局ナパポーンはアチャーの意見に同意した。アチャーの意見は正しいが、その正しさは必ずしもよい結果をもたらすとは限らない。しかし、現状を打破する方法が見つからないナパポーンにとって選択の余地はなかった。

「わたしが滞在できるのは四日間だけ。それ以上滞在できないの。そのかわり彼女たちは長期滞在して、あなたの力になります。それから、わたしたちをここまで運んでくれた運転手が一人いるの。五日後にわたしと一緒に帰るけど、それまでどこかで泊めてもらえないかしら」

アチャーが窓から表通りに停めている車に向かって呼びかけた。すると車から運転手が降りてきた。スリチャイだった。

「運転手はスリチャイだったの。早く言ってくれればよかったのに。スリチャイ、上がってきてお茶でも飲んで下さい」

アチャーと同じように窓から顔を出してナパポーンは呼びかけた。

スリチャイは唇の端に微笑を浮かべ、ゆっくりと階段を上がってきた。そして事務所に入って遠慮がちにテーブルの端に座り、音羽恵子から出されたお茶をひと口飲んだ。

「疲れたでしょ。ご苦労さま」

ナパポーンは静かで寡黙なスリチャイを慰労した。

「スリチャイはぼくの部屋に泊まればいいよ。狭いけど、一人くらいならなんとかなると思う」

女性だけの部屋に泊まるわけにもいかないので、ソーパーは自分の部屋を提供した。

「ありがとう、ソーパー。食事はここでわたしたちが用意します」

ソーパーの好意にナパポーンは感謝した。

音羽恵子がA新聞社に電話を掛けて南部浩行と連絡をとった。

「さっき、ソーパーが新聞社の前で南部さんとお会いしたと言ってました」

「そうなんだ。連絡しなくちゃと思っていたら、社の前でソーパーとばったり出くわしたんだ。二、三日中にセンターへ行くつもりだよ」

南部浩行が元気な声で言った。

「じつはカンボジアとタイの国境でボランティアをしている責任者のアチャーさんがきてる

んです。アチャーさんにはあまり時間がないので、明日にでもお会いできませんか」

「明日か、わかった。明日の午後一時にセンターへ行くよ」

打てば響くような南部浩行の快活さを音羽恵子は頼もしく思った。

電話を切った音羽恵子はなぜか浮き浮きして、

「明日の午後一時に、南部さんがここにくるそうです」

とナパポーンに言った。

「そう、じゃあ今夜は早く寝て、明日にそなえましょ」

みんなは食堂で八人の子供たちと一緒に夕食をとり、少し雑談をしたあと就寝した。

二部屋ある子供たちの部屋にはそれぞれ二組の二段ベッドがある。子供たちを寝かせつけたナパポーンと音羽恵子は事務所で明日の議題について打ち合わせをし、それぞれの部屋に戻って就寝した。

翌日は朝から忙しかった。朝食の用意は音羽恵子とションプーが担当し、ナパポーンは八人の子供たちを起こし、服を着替えさせ、洗顔のあと、食事までの時間を復習にあてた。七歳から十二歳までの子供たちは、それぞれ進行具合や教科がちがうので、個別に教える必要があった。

午前八時にスリチャイと一緒に出勤してきたソーパーは十歳と十二歳の女の子を教えてい

た。その光景をアチャーとボランティアの四人が見学していた。せめて読み書きと、簡単な計算くらいは身につけさせたいとナパポーンは思っていた。

食事の時間になると子供たちはいっせいに食堂に集まり、食事が配られるのを行儀よく待った。食べ物をこぼしたり、好き嫌いを言って食事を残したりする者はいなかった。ナパポーンのしつけの厳しさがわかる。

アチャーはほほえみながら、

「大変ね」

と感心していた。

「ここは施設じゃないんだけど、この子たちは行くあてがないから一時的に預かってるんです。引き取りにくるはずの親は引き取りにこないし、市の教育委員は学校ではないから補助はできないと言うし、このままでは子供が増える一方で、予算がないのよ。行政にいくら掛け合ってもナシのつぶて。NGOの支援で、かろうじて維持してるってとこ」

ナパポーンはつい愚痴をこぼした。

テーブルの端で目立たないように食事をしていたスリチャイは、食事を終えると席を立ち、

「わたしはこれからちょっと用事がありますので、これで失礼します」

と言った。

「夕食までに戻ります？」

ナパポーンが訊いた。

「バンコクへきたついでに、友達を訪ねようと思いまして。もしかすると、その友達のところでやっかいになるかもしれません」

「ぼくに遠慮することはないですよ。ぼくは独り者ですから」

ソーパーの言葉にションプーがくすくす笑った。

「何がおかしいんです？」

とソーパーが訊いた。

「だってソーパーは大学を出たばかりで結婚できるわけないでしょ」

親から仕送りをしてもらいながら社会福祉センターの仕事を手伝っているソーパーを揶揄《からか》うようにションプーは言った。

「そりゃあぼくは収入はないけど、結婚してる友達だっているよ」

ソーパーは反発した。

「タイは結婚が早すぎるのよ。十六、七歳で結婚して、子供が二人いるのに二十歳で離婚して、父親は他の女とどこかへ行ってしまい、母親は二人の子供を養うために水商売。でも結局、みんなばらばらになってしまう。ここにきている子供たちは、みんなその犠牲者ばかり。

どうしてみんな早く結婚したがるのかしら。結婚は人生の墓場だって誰かが言ってたけど、本当にそうよ。わたしは当分結婚しないつもり」

得々と喋るションプーを、

「相手がいればの話だろう」

とソーパーが揶揄った。

「わたしだって、その気になれば、結婚相手はいます」

ションプーは、いつも肥満の体型を揶揄われるので怒りだした。

二人のたわいもない口論に一瞥をくれて、スリチャイは黙ってセンターを出た。

アチャーが連れてきたボランティアの四人の中からセーチャンとスワンニーの二人に子供たちの面倒を見させることにした。

「助かるわ」

忙しくて子供の面倒をなかなか見られないナパポーンはセーチャンとスワンニーに子供たちのあつかい方を教えた。売春をさせられそうになった二人は子供たちの気持ちがよくわかるのだった。

「これでわたしと恵子も活動に専念できるわ」

もちろんプンカートとプッサディも事務関係の仕事や活動に従事することで、今年最大の山場を迎えるであろう労働組合との統一行動へ向けてのキャンペーンを手伝うことになる。アチャーが四人のボランティアを連れてきたのも、それが狙いだった。

午後一時にショルダーバッグを肩に掛けた南部浩行がセンターに訪れた。多忙な日程にもかかわらず疲れた様子もなく、南部浩行は白い歯を見せてみんなと握手し、音羽恵子から出された冷たいお茶を一気に飲み、椅子に座るとショルダーバッグからぶ厚い資料のようなものを取り出してテーブルの上に置いた。

「デスクから諒解を得られたのですか？」

ナパポーンは単刀直入に訊いた。

「ええ、デスクは大いに関心を持ってくれました。ここにある資料は、わが社が長年取材してきた資料です。幼児売買春、幼児売買、麻薬や銃の密売、軍、警察、マフィア、などの関係と密売ルートがある程度調べられています。最近は福建省のマフィアと日本の暴力団とのつながりが緊密になっていて、その動きが東南アジアにまで拡大しています。あなた方にとっては、それほど目新しい資料ではないかもしれませんが、一応コピーしてきました」

百ページほどの資料を五部コピーしていた。それをセンターのみなに配った。

「わたしもいただいていいかしら」

アチャーが訊いた。

「もちろんです」

南部浩行は資料を熱心に読んでいるみんなを見ながら煙草に火を点けた。ナパポーンも無意識に煙草に火を点けて資料を読んでいたが、

「フィリピンでもレックと同じような事件が起きてるのね。背後関係につながりがあるのかしら」

と疑問を呈した。

「三年前の四月に起こった事件ですが、そのときもマスコミはほとんど取り上げていません。警察も捜査をしてませんし、闇に葬られたままです。注意深く調べますと、東南アジアだけですが、この十年で麻薬や銃の密売で殺害された人は五百四、五十人います。その中には売春や人身売買もかなりあると思われますが、たぶん氷山の一角でしょう。殺害は日常的に行われているということです」

「日常的……」。この言葉にみんなは暗然とした。レックの事件を独自で調べるのは危険きわまりないことだった。

「とりあえずレックさんの事件は、A新聞で取り上げてみます。そのあと、どういう反応があるのか。その反応を見て、われわれも動きます」

「いやがらせや圧力を加えてくると思うわ」

音羽恵子が心配そうに言った。

「こういう事件の報道に脅迫はつきものです。それにひるむと何もできない」

南部浩行はジャーナリストらしくきっぱり言った。

「わたしたちもアチャーさんがいる間に、センターでこの事件の真相究明集会をやります。何人くらいの人が集まるかわかりませんが、そのときはA新聞社系のテレビ局が取材してくれないでしょうか」

音羽恵子は南部浩行にお茶を注ぎながら言った。

「カメラマンと助手は現地で雇うことになっています。日本人カメラマンを雇えればいいんですが、いま手配中です」

「アチャーさんは四日後の夜たちますから、あと三日しかありません」

と音羽恵子が言った。

「急ですね。とにかく、それまでに間に合うよう探してみます」

南部浩行は頭の中でフィリピンにいるフリーカメラマンの与田博明を思い浮かべていた。カメラを持って東南アジアの各地を渡り歩いている一匹狼的なフリーカメラマンである。タイにきてから南部浩行は与田博明を取材に二度使っているが、東南アジアの事情に詳しいつわものであった。

「これがチラシです」

コピーで三百枚刷ったチラシの一枚を音羽恵子は南部浩行に渡した。

《警察はレック事件の犯人逮捕に全力をあげよ！　マスコミはレック事件の真相を究明せよ！》

主張文はゴシック体にして、その下に明朝体で、幼児売買春、幼児売買の実状について書き、政府の対策をうながした。

拙劣なチラシだが、予算のない社会福祉センターにとって、これが精一杯の抵抗だろうと南部浩行は思った。

「レックが立ち合って撮ったビデオですが、五、六本ダビングしてくれませんか。万一にそなえて分散しておきたいんです」

レック事件の引き金になったビデオを持っているのは危険だった。何カ所かに分散しておけば相手もうかつに手出しできないだろうとナパポーンは考えた。

「そうですね。会社で五、六本ダビングしましょう。その中の一本をぼくが保管してもいいですか。もちろんデスクにも見せます」

南部浩行の要求に、

「A新聞社が保管して、何かのときに役立てて下されば願ってもないことです」

ナパポーンは鍵の掛かっている机の引出しを開けてビデオを取り出し、それを南部浩行に渡した。

会議は二時間ほどで終り、三日後の午後二時からレック事件の真相究明集会を開くことを決めた。集会にはカメラマンを同行して参加することを約束して南部浩行は帰った。

「ああいうジャーナリストがいると心強いわね。今度、わたしたちのところへきてもらって取材してもらえないかしら」

南部浩行を頼もしげに見ていたアチャーが言った。

「頼めば取材してくれると思います」

音羽恵子は安請け合いをして出しゃばりすぎたと反省しながら、しかし南部浩行は取材してくれるだろうと確信していた。

会議のあと、ナパポーンはアチャーと一緒にクロントイ・スラムを回って各家庭にチラシを配り、音羽恵子とプンカート、プッサディ、ソーパーは街頭でチラシを配ることにした。セーチャンとスワンニーは子供たちの面倒をみるために残り、ションプーも電話番と事務のために残った。

「五年ぶりにきたけど、以前よりかなりよくなってるわね」

沼を埋め立て、一応舗装されているので以前よりよくなったようには見えるが、家屋の下はいまも沼のままである。生活排水や汚物は垂れ流され、悪臭が漂っていた。

ナパポーンとアチャーは一軒一軒にチラシを配り、顔見知りの者と立ち話をして集会の呼び掛けをした。だが、参加すると答える者はほとんどいなかった。中にはチラシを拒否する者もおり、隠れる者もいた。

「拒否したり、隠れたりする人は、たぶん自分の子供を売っていたり、働きに出してるのよ。あるいは圧力を受けてるのかもしれない」

クロントイ・スラムの住人は二人に対してどこかよそよそしかった。

一方、街頭でチラシを配っている四人も苦戦していた。

「お願いします」

と配るチラシに見向きもせずに通過していく無関心な人びとの態度に虚しさを感じるのだった。一時間でチラシを受け取ってくれたのは、たったの三人だった。受け取ってはくれたものの読みもせず、すぐに捨ててしまった。

「どうして現実を見ようとしないのかしら」

音羽恵子は通行人に向かって叫びたい衝動にかられた。

「あなたたちの問題なんです。あなたたちの子供が虐待されてるんです。目を開きましょう」

たまりかねたプンカートが通行人に呼びかけてチラシを配ろうとすると、通行人はにやにや笑いながら逃げ腰になって避けるのだった。チラシを配っている四人を数人が物珍しい光景でも見るように遠巻きに囲繞していた。

日が暮れ、街に灯りがともり、ラッシュアワーで排気ガスが充満し、得体の知れない男女がうごめき、くり出してきた観光客にもチラシを配った。なんとかして一枚でも多くのチラシを配ろうと夜の八時頃まで頑張ったが、半分程度しか配れなかった。

センターに帰ってきたみんなは肉体的な疲労より、チラシを受け取ってもらえなかったことへの精神的な疲労の方がきつかった。

「みんな知らん顔さ。どいつもこいつも、世の中がどうなろうと、自分のことしか考えてないんだ」

人びとはあまりに無関心でソーパーは義憤をつのらせ感情的になっていた。

「そんなこと言わないで。どんなことでも小さな一歩から始まるのよ。あなたのように、そのつど感情的になっていたら、先が見えなくなってしまうわ。子供たちのことを考えるの」

若いソーパーの怒りや不満はもっともだった。義憤がいつまでも報われないとき、運動から離れていくのだ。これまで多くのボランティアが、運動の方向性が見出せない虚しさに諦めて去って行ったのだった。

三日後の集会の日がきた。みんな朝から準備に追われていたが、はたして何人集まってくるのか、ナパポーンはやきもきしていた。

やきもきしているナパポーンの様子に、

「一人でもきてくれれば、いいじゃない」

とアチャーが楽天的に言った。

「そうね、一人でもきてくれれば嬉しいわ」

ナパポーンは笑顔をつくって気分をまぎらわせた。

「所長、建物を警官がとり囲んでます」

ションプーが不安そうな声で言った。

二階から窓の外を見ると、二台のパトカーと十人ほどの警官が建物を囲むように立っている。私服刑事らしき男も四、五人いた。

「許せない。妨害するつもりよ」

実際、カメラマンと助手を連れてやってきた南部浩行を警官が入口で尋問していた。

「なんて奴らなの。まだ何もしていないのに尋問するなんて！　これじゃ誰一人、ここへは寄りつかないわ」

ナパポーンは憤然として階段を降り、入口で尋問している警官の前に行き、

「あなたたちは、どうしてこんなことをするんですか。まだ何もしていないというのに、集会を阻止するつもりですか」

と声を張り上げて抗議した。

すると指揮をとっている警部が、

「ナパポーンさん、こういう集会をするときは、事前に警察の許可を取ってもらわないと困るのですが」

と、いかにも迷惑そうな顔で言った。

「許可ですって。街頭や野外での集会なら許可が必要かもしれませんが、社会福祉センターはわたしたちの建物です。自分たちの建物で集会をするのに、何の許可がいるんですか。教会に集まって礼拝するのにいちいち警察の許可が必要なんですか」

「あなたはよくわかっていない。勘ちがいしている。こういう集会には不穏分子がまぎれ込んだり、妨害したりして暴力沙汰になることがあるんです。われわれ警察は、それを未然に防ぐため警護する義務があるのです。市民を守る責任があります」

「詭弁もはなはだしいわ。これはあきらかに言論の自由に対する弾圧です。妨害です。いますぐ引き揚げて下さい。わたしたちのことはわたしたちで守ります」

「そうはいきません。われわれは言論の自由を妨害したりはしてません。現にわたしとあなたは、こうして意見を交換してるじゃないですか」

「それならA新聞社の方を建物の中へ通して下さい。あなた方に尋問されるいわれはありません。これは憲法が保障している正当な権利です」

憲法を持ち出されて警部は苦笑した。

「あなたたちの権利だけが憲法で保障されてるわけじゃないんですよ。われわれ警察の権利も憲法で保障されている。ちがいますか。それにA新聞は、この前の記事で、われわれ警察をまるで犯罪者のようにあつかっている。これは警察に対する侮辱であり、わが国に対する侮辱だ。こういう記事を書き続けると国外追放の処分を受けることになる」

警察はA新聞に掲載されたレックの事件に関する記事に神経質になっていた。

「A新聞は国際的な言論と通信の慣例に従って記事を書いてます。他のマスコミが取り上げなかったことをA新聞が取り上げたからと言って違法だというのは、それこそ国際法に対する侮辱です。あなたがそう言われるのなら、われわれは国際的な裁定に問いかけます。ファシズムの国でない以上、言論の自由の扉は開かれているのです。その扉を閉ざすつもりですか」

南部浩行の理路整然とした論理に警部は口をつぐみ、そして言った。

「違法だとは言っていない。やり過ぎだと言ってる」

苦しい弁明だったが、違法ではないという言質を取った南部浩行は、

「それでは失礼します」

と阻止していた警官の手を振り切って建物の中に入った。

「まあ、いいだろう。あとで警察へきて、始末書を書いてもらう」

警部は負け惜しみのように言った。

「よく言ってくれたわ。胸がすーっとした」

詭弁を弄するしたたかな警部にナパポーンは挫けそうになったが、南部浩行の反論で救われた思いがした。

会場に入ると、アチャーをはじめ、なりゆきを見守っていたみんなから拍手が起こった。だが、みんなの期待はここまでだった。たとえ一人でもきてくれることを願っていたが、一人も集まらなかったのである。建物の周りに警官がいては誰も近づけない。集会は完全な失敗だった。

9

数日後、全国労働組合バンコク本部の幹部二人が社会福祉センターに訪ねてきた。目の大きな、でっぷり太った四十歳前後の書記長と小柄で痩せた三十二、三歳の男がアチャーの紹介でやってきたのだ。

事務所で待っていたナパポーンに、

「プラタットです」

とプラタット書記長は挨拶して連れの男を紹介した。

「トーンパオです」

小柄で愛嬌のある顔をしていた。

ナパポーンは二人をソファに座らせ、プンカートが冷たいお茶を運んできた。そのプンカートの姿をちらっと見て、プラタット書記長は、

「この前の集会は残念でしたね」

と暗にナパポーンの計画の甘さを指摘するように言った。

「失敗でした。いろいろ反省しています」

　ナパポーンは率直に失敗を認めた。

「警察に建物を包囲されるとは思っていませんでした」

「芽が出ない前に摘むのが奴らのやり方です」

　クーラーが故障しているので扇風機をつけていたが、その扇風機の生ぬるい風にプラタット書記長は首筋から流れている汗をぬぐった。

「暑い国の人間は汗腺が少ないので、あまり汗をかかないと言われてますが、わたしは汗かきでして、祖先は北方系かもしれません」

　冗談ともつかぬことを言ってプラタット書記長は一人悦に入っていた。

「クーラーが故障してるものですから、すみません。なかなか修理にきてくれないんです」

　本当は修理代がないのだが、それは言えなかった。

「アチャーさんと話し合いましたが、単独で抗議集会やデモをしても、あまり効果がないということです。それどころか奴らは弱いとみると潰しにかかります。わたしは労働運動を二十年やってきましたが、抗議行動を起こすときは連帯が必要です。連帯すれば奴らも、そう簡単には動けません。力には力で対抗するだけの動員をかけて、一歩も引き下がらない気構えを見せなければ駄目です。あなた方の運動は重要です。国連人権委も注目しています。幼児売買春や人身売買は労働問題と密接な関係にあります。これらの背景にある失業、貧富の極端な差、これらの問題はすべて、われわれの運動と連携しています。政財官の連中は外国からの援助に群がり、甘い汁を吸って、われわれにはびた一文回ってきません。有利子の借款は国家予算の三倍にも達し、われわれが汗水を流してどんなに働いても、その利子を支払うことさえできないのです。この国に残された道は破滅です。しかし破滅したあとも軍や財閥がまたしても権力を握り、われわれを喰い物にするでしょう。この事態を座視して餓死するより闘う道を選ぶべきだと思います。闘って、われわれの意思を反映できる権力を樹立すべきです」

一気にまくしたててプラタット書記長はひと息つき、ナパポーンの反応を見た。

「おっしゃる通りです。でもわたしたちの運動は労働運動ではないと思います。わたしたちの運動は人権運動なのです。子供たちの人権を守るというのが第一義的な目的なのです。児童虐待阻止のための国際会議は労働運動とは別のセクションとしての機能を果たそうとしています」

労働運動と人権運動を分けて考えているナパポーンをプラタット書記長は批判的な目で見た。

「労働運動と人権運動を、どうして切り離して考えるのですか。もちろんあなた方にはあなた方の役割があります。それをわたしは否定しません。しかし根は同じです。なぜ幼児売買春や人身売買が横行するのか。その根っこを断たなければ、問題はいつまでも解決しません。あなたが逡巡する気持ちはわかります。労働運動と人権運動とでは方法がちがうのもわかります。ですからわれわれは、それぞれの立場で連帯したいと考えているのです。この件に関してアチャーさんは賛同してくれました」

すでに既成事実でもあるかのようにプラタット書記長はアチャーの名前を出してナパポーンの同意を得ようとした。

「今年の十二月に、われわれは全国統一大行進を実行しようと計画しています。われわれは、その準備をしているところです。その全国統一大行進に、ぜひあなた方も参加して下さい」

黙って聞いていたトーンパオが側から助言するように言った。

「今年の十二月に……」

半年後である。それまでに何ができるだろう。ナパポーンは動揺した。

アチャーがきた日、二時間ほど議論してアチャーの考えはわかったが、ナパポーンは同意できなかった。何か大きな波に飲み込まれていくような気がして不安だった。しかし、レック事件の真相究明集会が無残な結果に終ったいま、二度の失敗は許されないと思った。警察の圧倒的な力の前で屈辱を強いられたかたちのナパポーンは強い味方を必要としていた。それが労働組合という政治的な集団と連帯することだろうか。

「難しく考えることはないのです。われわれは同じ仲間です」

同じ仲間にはちがいない。根っこも同じである。だが、労働組合には支持政党があり、彼らは現政権の打倒をめざすだろう。

「少し時間を下さい。みんなと話し合いたいのです」

ナパポーンはプラタット書記長に言った。

「いいですとも。とにかく、われわれと一緒に闘いましょう」

励ますように言ってプラタット書記長とトーンパオは事務所を去った。

「みんなどう思う、いまの話」

ナパポーンはみんなの意見を質した。

「参加すべきだと思う。政治的な問題に巻き込まれたくないと懸念している所長の気持ちはわかるけど、政治的な次元を避けて通るわけにはいかない。この前の集会で、警察の威圧的な攻勢に、われわれは手も足も出なかった。こちらに政治的な意図がなくても、警察は政治的な意図があるとみなしてる。警察が出動してくるということは政治的な意図以外の何ものでもない。われわれは好むと好まざるとにかかわらず、政治的な次元に引きずり込まれてるんだよ」

前夜、飲みすぎて、むくんだ顔に目を赤くしているシーラットが潰れた声で言った。

「でも、社会福祉センターは非政府団体なのよ。その立場を崩すと、非政府団体ではなくなるわ」

音羽恵子はナパポーンの立場を擁護した。

「ぼくらは政治に関与したくないし、しようとも思わないよ。だけど政治家や警察が圧力をかけてくるから政治的になるんだ。レックさんがなぜ殺害されたのか、犯人は誰か。それがまったく究明されないなんて、おかしいよ。連中はやりたい放題だ。連帯して力を合わせるしかないと思う」

ジャンが殺害された現場を見ているソーパーは、そのむごたらしい犯行に寒気を覚えながら、続いてレックが殺害されたことに許し難い怒りを持っていた。

「わたしは、労働組合と一線を引かないと、今後ますます警察やマフィアに脅かされると思う。この前の集会を見たでしょ。警察は本気でやる気なのよ。そうなると夜もおちおち眠れなくなる」

小心なションプーは正直な気持ちを吐露した。

「あなたたちはどう思う」

ナパポーンはアチャーが連れてきた四人に訊いた。社会福祉センターへきてまだ日の浅い四人は判断しかねていた。

「わかりません」

とプッサディが言った。

「わたしもわかりません」

スワンニーが言った。

意見は二対二で分かれた。結局、ナパポーンが決断するしかなかった。

敷地内の広場で遊んでいる子供たちの姿を二階の窓から眺めながらナパポーンはしばらく考えていたが、

「参加しましょう。わたしたちの立場で」

と決意を述べた。

その言葉に、反対していた音羽恵子とションプーもふっ切れたのか、

「わかりました」

と覚悟を決めた。

後退は許されないのだった。前へ進むしかない。そのためには政治的な次元に巻き込まれるおそれはあるが、何よりも子供たちを救うという信念を貫くことが現状を打破する道だと思われた。みんなの表情に漠然とした不安と目に見えない力に屈してはならないという意志

が交錯していた。

ナパポーンは電話でアチャーに全国統一大行進に参加することを伝えた。

「決断してくれてありがとう。わたしもO地方の村々を回って動員をかけるわ。年末の大行進までにもう一度、会える機会があると思う。頑張ってね」

アチャーに励まされてナパポーンも、

「頑張るわ。クロントイ・スラムの人たちに呼びかけて、大行進に参加させる」

と約束した。

それから労働組合のプラタット書記長に電話を入れた。

「心配ありません。われわれがついてます。今後、もし何かあったら、事務所に連絡して下さい。すぐ応援にかけつけます」

ナパポーンの不安を払拭するようにプラタット書記長は言った。

ナパポーンが政治的な判断をしたいま一つの理由は、クロントイ・スラムの人びとを大行進に動員し参加させることで、自分たちの置かれている状況を少しでも認識し、意識を高めさせたいと考えたからだった。

ナパポーンの電話を受けたプラタット書記長は翌日トーンパオと一緒に社会福祉センターにやってきた。

事務所に入ってきたプラタット書記長は満面の笑みを浮かべて、

「必ず参加してくれると思っていました。これで大行進も成功するでしょう」

と大袈裟に評価した。

「さっそくですが……」

トーンパオが大きなカバンから取り出した大行進のチラシの束と計画書をテーブルの上に置いて説明を始めた。

「全国統一大行進は今年の十二月十五日に王宮前広場で行います。全国の約七十の支部と各地のボランティア団体、一般市民、その他、外国の活動家、マスコミ関係者、などを含めて二十万人集会を目標にしています。そこで組織委員では各団体の人数割当てをしています。これは強制ではなく努力目標でして、社会福祉センターには五百人の動員をお願いしたいと思ってます。ちなみにアチャーさんの団体は八百人ないし千人の動員を目標にしています」

五百人の動員はかなり厳しい。この前の集会では一人も集まらなかったのだ。だが、トーンパオはカンボジアとタイの国境でボランティア活動をしているアチャーが八百人ないし千人の動員を目標にしているのを強調し、首都で活動している社会福祉センターに圧力をかけるのだった。辺境の地で八百人ないし千人を動員するのは至難である。それを考えると、ナパポーンは五百人動員に異議をとなえられなかった。

「軍や警察やマフィアからの圧力には対抗できないですよ」

大行進に賛成しているシーラットだったが危機感をつのらせて言った。

「ですから、そのときはわれわれ組合が協力します。なんでしたら組合員を何人か社会福祉センターの警備に当たらせましょうか」

プラタット書記長の言葉に、

「それは結構です。組合員の出入りはあなた方二人にして下さい。ただでさえ監視されているのに、組合員が何人も出入りするようになれば、監視はますます厳しくなります」

とナパポーンは牽制した。

「わかりました。われわれはどんなことでも協力します。とにかく五百人動員に全力を注いで下さい。それではまた……」

プラタット書記長とトーンパオがセンターの者と握手をして帰ったあと、みんなの間には重苦しい空気が流れた。

「無理ですよ、五百人なんて。この前の集会では一人も動員できなかったんですよ。警察やマフィアが黙ってないわ」

ションプーは無理難題を押しつけてくる組合に反発した。

「わたしたちはできるだけの努力をするだけ。五百人が結果として五十人しか動員できなくてもいいのよ。ただ、この機会に、わたしたちは多くの人たちと会って現状を訴え、理解してもらうの。それでいいじゃない。あとは、その人たちの判断にまかせるしかないわ」

動揺しているみんなを安心させるようにナパポーンは言った。

窓際にいたソーパーが、

「いつもぼくたちを見張ってやがる。昼も夜も、交替で四六時中、ぼくたちの一挙手一投足を監視してやがる」

と表通りの建物の陰に立ってセンターに出入りしている人物の写真を撮っている私服刑事を見ながら言った。そして何を思ったのか、机の引出しからカメラを取り出し、逆に監視している人物の写真を撮った。

「馬鹿なことはやめろ！」

シーラットが制止した。

「ぼくたちも証拠写真を撮って、いつか機会がくれば公開してやるんだ」

ソーパーは興奮していた。

「連中に踏み込まれるような口実を与えるんじゃない。連中はおれたちを逮捕したくて、うずうずしてるんだ。それがわからないのか」

シーラットはソーパーからカメラを取り上げ、

「当分、カメラはおれが預かっておく」

と言った。

電話が鳴った。電話を取ったションプーが、

「恵子、南部さんよ」

と音羽恵子に電話を替わった。

音羽恵子は先日も南部浩行と会っているのに、何日も会っていないような気持ちで、

「もしもし……」

と応答した。

「おれだ。ちょっと話があるんだけど、どこかで会えないか」

ぶっきらぼうな言葉使いが音羽恵子にはどこか懐かしい声に聞こえるのだった。

「じゃあ、Eホテルのロビーでどうかしら」

Eホテルは日本人観光客がよく利用するホテルである。警察といえどもドル箱の日本人観光客がよく利用しているホテルにまで入ってきて露骨な監視はしないだろうと考えて、音羽恵子はEホテルのロビーを指定した。以前、日本人観光客に対する警察のゆきすぎた監視があり日本大使館から不快感を表明され、タイ政府と警察が謝罪したことがある。日本政府から多額の借金をしている政府は日本人観光客に気を遣っているのは確かだった。

電話を切った音羽恵子はトイレで化粧を直し、髪を整えていそいそと出掛けた。

「恵子は南部さんが好きみたい」

出掛けて行く音羽恵子の後ろ姿を見送りながらションプーがナパポーンに言った。

だが、ナパポーンはトーンパオが置いていったチラシの文面を睨むように読んでいた。

《全国労働組合主催、賛同参加団体——全国学生同盟、全国女性解放委員会、児童擁護連絡会、社会民主連合、自由と平和推進委員会、社会福祉センター》

チラシにはすでに事後承認のかたちで社会福祉センターの名前が印刷されていた。しかも政府と対立している野党の社会民主連合や左翼陣営の自由と平和推進委員会と一緒に名前をつらねているのがナパポーンには気がかりだった。

シーラットにチラシを見せると、

「うーむ、ちょっとヤバイですね」

と言った。

「これでわたしたちは左翼とみなされるわ」

ナパポーンは憂鬱な顔をした。

「百万枚は印刷されてますすよ。いまさらどうにもならない」

シーラットは諦め顔だった。

「権力と対峙すれば、必然的に左翼になりますよ」

若いソーパーはむしろ意気込んでいた。

「わたしたちは権力と対峙しようと思わない。子供を救いたいだけよ」

ソーパーの軽薄な言葉をたしなめるようにナパポーンは非政府組織であることを強調した。しかし体制側は、社会民主連合や自由と平和推進委員会に加担している左翼とみなすだろう。締めつけが厳しくなるのはあきらかであった。

音羽恵子はタクシーでEホテルに着いた。そしてロビーに行くと南部が待っていた。

「早かったですね」

タクシーで急いできたのに、すでに南部がいたので音羽恵子は驚いた。

「このホテルから電話したんだ」

南部浩行のいたずらっぽい目が笑っている。

「それだったら言ってくれればいいのに」

音羽恵子がどこか甘えるような声で言った。

「ラウンジでお茶でも飲もう。喉が渇いて仕方ない」

「空気が乾燥してるんです。それに外は排気ガスが充満していて、マスクをしている人もいましたよ」

二人はチャオプラヤー河沿いにある野外ラウンジのテーブルに着き、給仕にコーヒーを注文した。

水上バスが飛沫を上げて走っている。穀物を満載した大型船がゆっくり遡行していた。ホテルの野外ラウンジから眺める風景はのどかで、街の喧騒を忘れさせてくれる。

籐の椅子にもたれてコーヒーを飲んでいる南部浩行はパラソルの下から空を見上げて目を細めた。

「いい気持ちだ。おれは一日に一度、ここへきてコーヒーを飲みながら考えごとをしてる」

「どんな考えごとをしてるんですか」

無粋で悩みなどなさそうな南部浩行の悩みに興味を示して音羽恵子は訊いた。

「いろいろだよ。政治、経済、社会、人生。悩ましいことばかりだ。何一つ先が見えない」

「南部さんが、そんなにいろいろ悩んでるとは思いませんでした。でも、それって結局、仕事上の悩みでしょ」

「おれって、そんなに単純に見えるのかね。おれだって、もう少し複雑な人間だよ。たとえば君に対する感情は微妙で複雑だ」

「微妙で複雑だってことは、好意を持ってるってことですか?」

「参ったな、そんなふうに訊かれると。君はおれに好意を持ってるかい?」

音羽恵子の問いをオウム返しに言った。

音羽恵子は瞼を伏せ、一瞬、黙ってから、

「ええ、持ってます」

と伏せていた瞼を上げて南部浩行を直視した。心情のこもった黒い瞳が美しかった。

「おれも持ってる」

南部浩行は年甲斐もなくはにかんでいた。

二人はなぜかほっとして微笑を浮かべた。

「ところで、お話って何ですか？」

と音羽恵子が訊いた。

感情の流露に酔っていた南部浩行はすっかり忘れていた用件を思い出し、

「じつはデスクから、子供の心臓移植手術をバンコクで受けようとしている母親がいるという電話があった。これには臓器売買のブローカーが暗躍しているらしく、その実態を調べるよう指示された。これまでにもマスコミで取り上げられたことはあるが、その実態は依然としてわからない。社会福祉センターの君たちは、幼児売買、幼児売春の実態をかなり詳しく知っている。おそらく臓器売買もからんでいると思う。その実態を暴きたい。その実態を暴くことは、幼児売買、幼児売春の実態をも暴くことになるだろう。協力してくれないか」

はじめは音羽恵子がA新聞社に協力を要請したのだが、今度はA新聞社から要請されて、音羽恵子は即答できなかった。確かに臓器売買は幼児売買、幼児売春と深いつながりがあるにちがいない。しかし、臓器売買の問題はあまりにも複雑で、かつ危険であり、社会福祉センターの手に負えないのである。

「わたしの一存では決められません。所長に相談しなければ……」

優柔不断に思われるのがいやだったが、音羽恵子は言葉を濁した。

「もちろんぼくもナパポーンさんにお願いする。そのときは君の助言がほしい」

南部浩行の熱意に負けて、

「わかりました。わたしにできることがあれば協力します」

と音羽恵子は答えた。

二人はさっそくホテルの玄関でタクシーに乗り社会福祉センターに向かった。道路は夕方のラッシュアワーで渋滞している。運転手が渋滞を避けるため脇道を走ってもいいかと訊く。

「オーケー」と南部浩行は諒承した。運転手は脇道をしばらく走って南サトーン通りからラマ四世通りに出たが、渋滞はさらに激しく、あとは忍耐強く待つしかなかった。

「東京の渋滞もひどいが、バンコクのこの一画の渋滞もひどい。なんとかならんのかな」

気の短い南部浩行はうんざりした面持ちで言った。

ラマ四世通りからクロントイ市場を抜けクロントイ・スラムに行く道路に入ると、あたりの光景は一変した。乗り捨てた車や車体だけの単車、テレビ、洗濯機、その他の電化製品、廃棄物が沿道に捨てられ、物色している若者や幼い子供の姿があった。飢えた目がぎらぎらしている。見慣れた光景だが、それでも音羽恵子は目をそらせた。

「あの子たちの中の誰かが臓器提供することになるかもしれない」

南部浩行が何気なく言った。

「そんな言い方はしないで下さい」

目をそらせていた音羽恵子が厳しい口調で言った。

「いや、すまん。つい口がすべってしまった」

軽口をたたいた南部浩行は謝った。

人間の命が、まるで石ころのようにあつかわれているような言い方に音羽恵子は嫌悪を覚えたのだ。

六キロの距離を四十分かけて、タクシーはやっと社会福祉センターに着いた。

センターの食堂では子供たちとメンバーが一緒に夕食をしているところだった。

食堂に入ってきた南部浩行と音羽恵子は、

「一緒に食事をしませんか」

とナパポーンにすすめられた。

「そうですか。腹も減ってることだし、遠慮なくいただこうかな」

質素だが香辛料のきいたタイ料理の匂いに鼻をひくひくさせながら南部浩行は空いてる席に着いた。

音羽恵子は台所に行って食事の用意を手伝った。

「ワインでも飲みますか」

とナパポーンが訊いた。

「いいですね。一杯いただきます」

無遠慮な南部浩行は唾を飲み込み、喉を鳴らした。

「南部さんはお酒が強そうですね」

ナパポーンは南部浩行を見抜くように言った。

「いや、まあ、少々……」

照れながら南部浩行はワインが注がれるのを待った。

「少々ということは、かなり強いってことですよね。わたしも一杯いただこうかしら」

ナパポーンは仕事が終ってからワインを飲むのだが、宵の口からワインを飲むのは珍しいことである。

「こんな時間から飲んで大丈夫ですか？」

　とションプーが心配そうに訊いた。

「たまにはいいでしょ。今日は疲れたから、ワインを飲んでゆっくり休むわ」

　セーチャンとスワンニーは食事を終えた子供たちを三階へ連れて行き、就寝時間まで面倒を見なければならなかった。毎日、子供の面倒を見るのは大変な労力である。それでもセーチャンとスワンニーは、まるで自分が子供にでも返ったように子供と一緒に時間を過ごしていた。

　音羽恵子が料理とワインを運んできた。ソーパーがグラスを六個持ってきて、それぞれの前へ置くと、ションプーがワインを注いで回った。みんなは注がれたワインをかかげて乾杯した。

「それで、南部さんとはどんな話だったの」

　ワインをひと口飲んだナパポーンが訊いた。

　南部浩行と音羽恵子が顔を見合わせ、南部浩行が説明した。

　説明を聞いているナパポーンの顔がほんのりと朱色に染まっている。ナパポーンはワインをひと口飲んだだけで目の縁が赤くなっていた。

　ワインをゆっくり飲みながら煙草に火を点け、南部浩行の話を聞いていたナパポーンは、

「手術を止めなければ……」

と独り言のように言った。

「え、手術を止めるんですか？」

南部浩行が驚いて訊いた。

「そうよ。手術を止めなければ、子供は生きたまま臓器を取られるのよ。そんなこと許せない」

グラスに残っているワインを一気に飲み干し、ナパポーンは自分でワインを注いだ。

「どうやって手術を止めるんですか」

取材を目的にしていた南部浩行は戸惑いを隠せなかった。

「欧米や日本からこの国へ何人もの人が手術を受けにきます。金にものをいわせて臓器を買いにくるのです。その大半は子供たちの臓器です。ストリート・チルドレンや売春をさせられている幼い子供や、ときには難民キャンプから誘拐してきた子供たちです。子供たちは闇から闇へ家畜のように処分されるのです。もちろんわたしには、その仕組みがどうなっているのかわかりません。でも、これは犯罪の中でももっとも恐ろしい犯罪です」

ナパポーンはいつになく早いピッチでワインを飲んでいる。そのせいか少し酩酊していた。

「ぼくは臓器売買の仕組みを取材し、暴くつもりです。その過程で、もし手術を止めることができればとは思いますが」

　不意にナパポーンが高い声で言った。

「恵子、日本へ行って手術をしようとしている母親に会って説得してちょうだい。これがどんなに恐ろしい犯罪であるかを話してきてちょうだい」

　激昂しているナパポーンはハンカチで鼻をかみ、体を縮めて震えだした。

「風邪を引いたのかしら？」

　そう言いながらナパポーンはまた鼻をかんだ。

　ションプーが救急箱から体温計を取ってきてナパポーンの体温を測ると三十七度あった。

「少し熱があるわ。風邪薬を飲んで早く休んだ方がいいです」

　ションプーは風邪薬とグラスに入れた水を持ってきた。

「疲れが溜まってるんですよ」

　音羽恵子が心配そうに言った。

「日本へ行って説得してちょうだい。子供が犠牲になるのよ。黙って見過ごせない」

　ワインを三杯飲んだナパポーンは疲労と風邪と酔いで、うわごとのように言うのだった。

「わかりました。二、三日中に日本へ行って、必ず説得します」

　まだ会ったこともない相手を説得できるかどうかわからないのに、ナパポーンを安心させるため、音羽恵子は約束した。

「ぼくも音羽さんと一緒に日本へ行って説得するのに力を貸しましょう」

南部浩行が勇気づけるように言った。椅子に体を投げ出して朦朧としているナパポーンを支えて、音羽恵子とションプーは三階の部屋のベッドまで連れて行き寝かせた。

「大行進のことで神経が張りつめているのよ。毎日、夜遅くまで仕事してたし、そのうえ四六時中、警察に監視されてるし、この先、どうなるのかしら」

ションプーは弱気になって、先行きを心配していた。

「先のことを心配したってしょうがない。やるだけのことだよ」

アルコールに強いシーラットは新しいワインの栓を抜いた。

「ところで南部さんは臓器売買のブローカーの誰かを知ってるのですか」

栓を抜いたワインを南部浩行のグラスに注ぎ、自分のグラスにも注ぎながらシーラットは訊いた。

「いまのところ知りませんが、本社に帰って社会部の者に訊けば、わかるかもしれません」

「臓器売買は幼児売買や幼児売春と密接につながってると思うけど、いくつかのシンジケートが仕切っていて、おそらく世界的な規模で行われている。これから子供に手術を受けさせようとしている日本の母親を説得しても、あまり意味がないと思うんですがね。所長の気持ちはわかるんだけど」

　これ以上、問題を拡大し複雑にしたくないと考えているシーラットは、全国統一大行進の準備に集中し、成功させることこそ、問題の本質に迫る一つの方法であると主張した。

「わたしは日本へ行って母親を説得します。人の命の重みは、みんな同じです。お金があるからといって、人の命を奪う権利は誰にもありません」

「君の意見は正しいけど、何万、何十万人いる子供の中から一人を救ったからといって何も解決しないってことだ」

「解決しようと思っていません。ただ、許せないんです。自分の子供の命を救うために、他人の子供の命を奪うってことが。それは所長が言われたように、もっとも恐ろしい犯罪です。それを見逃すわけにはいきません」

　音羽恵子は強い調子で言った。

「君はいつから警察官になったんだ」

「警察は何もしてくれないわ。それどころか、わたしたちを監視し、脅迫してる。日本へ行って母親を説得することは、警察に対する、わたしたちの意思表示でもあるのよ」

　どこかナパポーンに似てきた音羽恵子にシーラットはたじたじだった。

「君がそこまで言うなら、反対はしない。ただし、この問題にぼくは関与したくない。臓器売買についてはこれまでにぼくは抗議を申し込んだことが何度かある。厚生省や保健省や政治家に。そのとき、じゃあ、おまえの臓器を提供したらどうだ、と言われた。なんだったら、高く買ってやるとせせら笑いながら言われたよ。厚生省の役人にだ。そのあと、何者かに脅迫されたり、襲われたりして、手も足も出なかった」

「いいです。わたし一人でやります」

二人は意地を張っているようにしか見えなかった。

「二人ともどうかしてる。意地を張り合ってもしょうがないでしょ。どんな問題でも一緒に協力し合うのが仲間じゃない。わたしたちは同じ意見を持っているはずよ。そうでなきゃ、何もできないわ」

とションプーは言った。

二人の見解の相違は、それほど重要ではなかった。音羽恵子はナパポーンの気持ちをくみとりたかったのである。欧米や日本の子供と貧しいタイやフィリピンの子供との命の価値のあまりにも大きな落差にナパポーンは心を痛めていたのだ。

10

三日後、音羽恵子と南部浩行は東京へ出発した。ジェット旅客機はわずか五時間で成田空港に着いた。新しくできた第二ターミナルは清潔でちり一つ落ちていなかった。乗降客の大半は日本人だが、三年ぶりに帰ってきた音羽恵子は懐かしさよりも、どこか見知らぬ国へきたような錯覚をした。雑然としているバンコクのドンムアン空港に比べて、成田空港は整然としていたからだ。

税関を通過して外に出た南部浩行は本社に携帯電話を入れた。

音羽恵子も渋谷のブティックに勤めている三歳年下の妹に電話を入れた。

「いま成田空港に着いたの。これから帰る」

電話口に出た妹に無事、成田空港に着いたことを知らせた。

「おれはこの足で社に行くけど、なんだったらデスクに会ってみないか」

南部浩行に言われて音羽恵子も会うことにした。この先、A新聞社の協力を必要としているので、デスクに会って挨拶しておけば、何かと便宜を図ってくれるかもしれないと思った。

二人は成田エクスプレスに乗って東京駅で降り、タクシーで築地にあるA新聞本社に向かった。はじめてA新聞社を訪れた音羽恵子は、勝手知った南部浩行のあとについて社会部に入った。数十人の記者が働いていると思っていたが、記者たちは外出していて数人しかいなかった。どの机にも資料や校正ゲラや雑誌、その他の紙片が山積みされている。

南部浩行は案内して、中央の机の前に座って忙しく電話を掛け、怒鳴っているデスクに音羽恵子を紹介した。

デスクは、ちょっと待て、と南部に目で合図して、電話で部下に指示を与えていた。怒気をおびた声とメガネの奥の目が怖かったが、電話を切ると急に優しい笑顔になって、

「どうも、どうも」

と音羽恵子を歓迎した。

「喫茶室でコーヒーでも飲みましょう」

デスクは自分から先に立って音羽恵子を喫茶室に案内した。

「デスクは美人に弱いんだ」

南部浩行は音羽恵子に耳打ちすると、音羽恵子はまんざらでもなさそうにくすくす笑った。

レストランもかねた喫茶室はひろびろしていた。社員たちが打ち合わせや休憩をしている。

「どうも、土方です」

土方デスクは空いているテーブルの椅子に座り、名刺を出した。

音羽恵子も名刺を出して交換した。

「疲れたでしょう。なんでしたら食事もできますよ」

土方デスクは気をきかせてメニューを音羽恵子に見せた。

「いいえ、大丈夫です。コーヒーをいただきます」

音羽恵子は遠慮がちに答えた。

「そうですか。じゃあコーヒーを三つ下さい」

お冷やを運んできてオーダーを待っているウエイトレスに土方デスクは注文した。

「バンコクは暑いでしょ。日本も年々暑くなっています。温暖化のせいですよ」

土方デスクは決めつけて煙草に火を点けた。
四十六、七になる土方デスクの脂ぎった顔は、見るからに精力的だった。クーラーが効いている喫茶室で、土方デスクは額から汗を流していた。
「汗かきでしてね。ぼくは昔、バンコク支局にいたことがあるんですが、暑いところは苦手です。その点、モスクワはいいです。なんせ冬は零下四十度になることもあります」

土方デスクの話は極端から極端へと飛躍して本題に入れなかった。

「デスク……」

南部浩行が口火を切った。

「音羽さんは東京に十日ほど滞在して、その間に、子供に移植手術を受けさせせようとしている母親と会って考え直してもらいたいと思っています。それからぼくは母親に手術の仲介をした相手に会っていろいろ取材したいのですが、協力してくれる人はいないですか」

土方デスクは運ばれてきたコーヒーをすすりながら煙草をふかし、メガネをはずして一度使ったオシボリで顔の汗を拭き、貧乏ゆすりしながら、

「そうだな……」

と思案して、また煙草をふかし、ずるずると音をたててコーヒーをすすった。

「情報を持ってきたのは清水だ。暴対法が施行される前後、清水は暴力団関係の取材を精力的にやってたから、その世界についてはよく知ってるはずだ」

土方デスクは、その場で携帯電話を使って清水哲夫に連絡を取った。

「もしもし、わたしだ。土方だ。いまどこにいる……横浜……今日中に会いたい。そうだ、緊急の用だ。何の用だって、そんなことは社へきてから訊け！　いますぐくるんだ！　わかったな！」

有無を言わせぬやり方である。音羽恵子は土方デスクの独断的な強引さにおそれをなした。

清水哲夫に連絡を取った土方デスクは、

「明日の午後一時に、ここで会われるといいでしょう。清水には言っておきます」

　と言った。

　それから土方デスクは煙草の火を消し、

「それじゃ、また……」

　と席を立った。

「怖いデスクですね」

　何事にも命令調の土方デスクの態度に音羽恵子は場ちがいな感じを受けた。

「ああ見えても、あんがい優しいんだ。部下思いだし、気性がさっぱりしていて、人気があるんだよ」

「人気があるんですか？」

　音羽恵子は不思議がった。

「今度の件も、デスクが気持ちよく、うん、と言ってくれたから動けるんだ。前のデスクだったら、たぶん無理だったたと思う」

　その点、土方デスクは理解があるというのだった。

「そう言われてみれば、そうですね。この問題について日本人はあまりにも無関心すぎます。わたしは明日にでも母親に会ってみたいと思ってます。説得できるかどうかわかりませんが、現状を訴えて少しでも理解を得られるよう努力します」

音羽恵子の一途で純粋な気持ちに南部浩行はできる限り協力したいと思った。

南部浩行は音羽恵子を社の玄関まで送ってきて、

「これで帰って下さい」

とタクシー券を渡した。

タクシー券をもらったことのない音羽恵子は、

「ありがとうございます」

と感激した。

南部浩行と別れてから音羽恵子はもう一度妹に携帯電話を入れてみると、上北沢の木造アパートの二階に住んでいる妹は姉の帰りを待っていた。

妹との再会は三年ぶりである。音羽恵子が大学四年生のとき、妹も九州の宮崎から上京してY大学に入学し、一年ほどこの部屋で共同生活をしていた。そして大学を卒業した音羽恵子は学生時代から手伝っていたアジア人権センターのNGO活動に本格的に参加し、タイに赴いたのである。

今年大学を卒業した妹の幸子はOLになるものとばかり思っていたが、面接で十数社の企業めぐりをしている間にいや気がさし、ブティックのアルバイトについたのだった。

アパートに帰ってみると、妹の幸子は夕食の用意をして待っていた。

「遅いじゃない」

成田空港からの電話を受けて、幸子はデパートの地下で刺身の盛り合わせや食料品を買って料理をつくり、姉の帰りを待っていたのだ。

「ごめん、ごめん。A新聞社に寄ったものだから、すぐにこれなかったの」

言い訳をしながら、音羽恵子はご馳走を並べてある座卓の前に座って脚を伸ばした。

ショルダーバッグ一つしか持っていない姉に、

「下着や着替えの洋服は持ってこなかったの？」

と幸子が訊いた。

「大きな旅行カバンを持ち運ぶのは面倒だから持ってこなかったわ。東京にいる間、あなたのを貸してちょうだい」

音羽恵子は悪びれる様子もなく言った。

「相変らずね。洗濯が大変だわ」

鷹揚な姉に幸子はあきれていた。

「いいじゃない。姉妹なんだから」

音羽恵子は陽気に言って刺身をつまんで口にした。そして二人はビールで乾杯して再会を祝した。

「何日いるの？」

と幸子が訊いた。

「十日。もしかすると、もう少しいるかもしれない」

「じゃあ、実家には帰らないの」

「帰れないわ。電話だけする」

そう言って音羽恵子は宮崎の両親に電話を掛けた。

電話口に出たのは母親だった。

「今日、東京に着いたの。いま幸子と一緒にいる。ええ、ええ……元気よ。大丈夫……十日ほどいるけど、宮崎には帰れない。ごめんね。うん、うん……」

母親は父親と電話を替わった。

「はい、はい……わかってる。電話でそんな話しないでよ。はい、はい……」

父親から長々と説教されているらしく、音羽恵子は早く電話を切りたがっていた。

やっと電話を切った音羽恵子は、

「絶対にタイ人とは結婚するな、だって。そんなことわかんないじゃない。そうでしょ」

とむくれていた。

「姉さんは何人と結婚するかわからないから心配なのよ。だっていきなりタイへ行ってしまうんだもの」

恵子は大学を卒業すると同時に、両親には何の相談もなく、突然、タイへ行ったのだった。

「わたしは後悔していない。この先、どうなるか予測できないけど、いまある自分を見つめたいの」

音羽恵子の脳裏に臓器売買や全国統一大行進の予測不可能な事態がよぎった。

「わたしには姉さんの考えていることがわかんない。友達に話したら、もの好きな姉さんね、って言われた」

「あなたも、そう思ってるの？」

「姉さんは姉さん、わたしはわたしだから」

幸子は割り切っていた。

食事のあと、二人は六畳一間の狭い部屋に布団を一つ敷き、寝苦しかったが眠りについた。

翌日、音羽恵子は妹の幸子の出勤時間に合わせて一緒に部屋を出た。二人は駅前の喫茶店で安いコーヒーとサンドイッチを食べ、幸子は渋谷まで行き、音羽恵子は新宿まで出て総武線に乗り替えて大久保で降りた。

学生時代から週に一、二度通っていた大久保通りは様変りしていた。通りの建物はそれほど変っていなかったが、アジア系の店が軒を並べているのに驚いた。通行人にもアジア系の人が多い。日本も確実に時代の波にもまれているのだと思った。マクドナルドの横の道を入って五十メートルほどのところに、アジア人権センターの入居している雑居ビルがある。一階は花屋で二階は喫茶店、アジア人権センターの事務所は三階だった。

音羽恵子は狭い階段を昇ってアジア人権センターの事務所のドアを開けた。机が五つしかない狭い事務所に責任者の鍋島公彦が薄汚れたソファに座って新聞を読んでいた。音羽恵子が通っていた学生時代から鍋島公彦は九時に出勤し、掃除をしたあとインスタントコーヒーを飲みながらパンをかじり、新聞を読むのが日課になっていた。いまも鍋島公彦は当時と寸分たがわぬ場所に座ってインスタントコーヒーを飲み、パンをかじりながら新聞を読んでいる。そしてドアを開けて入ってきた音羽恵子の姿を見た鍋島公彦はかじっていたパンを飲み込み、

「音羽さんじゃないか。驚いたな、こんなに朝早く。一週間前の電話だと、少し先になると思ってたけど、いつ日本へ帰ってきたんだ」

と言って読んでいた新聞をたたんだ。

「昨日、帰ってきました。連絡しようと思ったんですが、時間が遅かったものですから、つい電話を掛けそびれて、すみません」

「いや、いいんだ。三年見ない間にすごく変ったね。なんというか、女らしくなったというか、成長したというか……ま、座って下さい」

月に一、二度、連絡を取り合っているが、再会したのは三年ぶりである。音羽恵子は鍋島公彦の隣に腰をおろした。

「コーヒーを飲みますか、それとも紅茶にしますか」

と鍋島公彦は訊いた。

上北沢駅前でコーヒーを飲んでいる音羽恵子は、

「紅茶をお願いします」

と言った。

鍋島公彦は席を立って片隅の台所で紅茶の用意をしながら、

「何か急用でもあったんですか？」

と訊いた。

「ええ、ちょっと……」

四十七歳になる頭髪の薄い見るからにお人好しそうなメガネを掛けた鍋島公彦は心配そうに、

「家族のどなたかがお亡くなりになったんですか？」

と頓珍漢な質問をした。

「いいえ、家族はみな元気にしてます」

音羽恵子の答えに鍋島公彦は安堵の色を浮かべて、

「それはよかった。音羽さんも元気で何よりです」

と言った。

「わたしはもともと体が弱くて、タイへ行った当初は暑さや水が合わなくて下痢に悩まされてましたが、いまはずいぶん丈夫になりました」

「鍛えられたんですね」

鍋島公彦は嬉しそうに言った。

音羽恵子は社会福祉センターの現状をつぶさに語り、今年の十二月に労働組合や学生や一般市民と一緒に全国統一大行進を実行すること、そして東京へ帰ってきたのは、日本の母親が子供の移植手術をタイで受けさせようとしていること、それはとりもなおさず、タイの子供の命が奪われることであり、母親に手術を断念させるため説得にきたこと、それらに関連した闇の世界をA新聞社の南部浩行と協力して暴くことなどを話した。

話を興味深く聞いていた鍋島公彦は、

「大変な状況ですね」

と言った。

「わたしに何かできることがありますか」

音羽恵子はその言葉を待っていた。

「資金援助をお願いします。社会福祉センターの財政は逼迫しているんです」

何事も先立つものは金である。とたんに鍋島公彦はしょぼくれた顔になった。

「資金ですか。そうですね……日本はいま不況ですから企業も金を出しません。外務省とも交渉してますが、ナシのつぶてです。最近は、小さな市民運動のグループに協力を呼びかけていますが、まとまった資金は集まりにくいのです。いま手元には六百万くらいしかありません。この金をどう配分しようかと考えています」

鍋島公彦は苦悩をにじませて言った。

「急に無理なお願いをして申しわけありません」

音羽恵子は恐縮して頭を下げた。

「あなたの気持ちはよくわかります」

しばらく考え込んでいた鍋島公彦が、

「とりあえず、三百万円送ります」

と思いきった資金を提供してくれた。

「え、いいんですか、そんなにしてもらって」

諦めかけていた音羽恵子は砂漠で水を得たように喜んだ。

「ま、あとは何とかなるでしょう。いつも何とかやってきましたから」

楽天的な鍋島公彦は肩をすくめて、冷めたコーヒーを飲んだ。

鍋島豊子が現れた。鍋島公彦の妻である。高校生と中学生の二人の子供を学校に行かせたあと、食事の後片付けをして、掃除、洗濯を終えてから事務所に出てくるのである。まるまると肥った小熊のような体つきと円い顔をしている。

ソファに座っている音羽恵子を見るなり、

「恵子さん、どうしたの。逃げてきたの」

と人聞きの悪いことを言った。

「馬鹿なことを言うな。恵子さんは急用があって一時的に帰ってきたんだ」

無神経な言葉に鍋島公彦は妻の豊子を叱った。

事情を聞かされた豊子は、

「そうなの、大変ね」

と今度は同情した。

「三百万円を援助してもらいました」

音羽恵子が感謝を込めて言った。

「そう、それはよかったわね。鍋島は甲斐性はないけど、気前はいいのよ」

実際、資金をつくっているのは鍋島豊子だった。企業や外務省を回り、断られても断られても、粘り強く何度も訪問し、中年女性特有の押しの強さとずぶとさで喰い下がり、相手が辟易して、ある意味では追い払うためにわずかばかりの援助資金を提供すると、それが既成事実となって、さらに粘り強く訪問するのである。

「企業や外務省の人間は駄目ね。NGOがどういう存在なのか、まったく理解してない。特に役人は最低。わたしたちを、まるで物乞いにきたかのような目で見下すのよ。国民の税金でお給料をもらってるのに、わたしたちを食べさせてやってるんだといわんばかりの態度なんだから。逆でしょ。あの人たちを食べさせてあげてるのは、わたしたちでしょ。それが逆立ちしてるのよ。自分たちが一番偉いと勘ちがいしてるのよ。だから、ああいう連中とはつき合わないことにしたの。企業は環境を守ろうとコマーシャルできれいごとを言っておきながら、裏では環境汚染の最たるものよ。企業と官僚と政治家は癒着してるから、怖いものなしなんだわ。偽善者たちの巣窟なのよ」

日頃の鬱積している憤懣が口を突いて出ると、とどまるところを知らなかった。

「最近、わたしたちは市民運動にたずさわっている人たちと連帯して、資金をカンパしてもらってるのよ。子供が預金をカンパしてくれたり、主婦が買い物のつり銭をカンパしてくれたり、中には十万、二十万カンパしてくれる人もいるわ。企業や官僚や政治家に、こういう人たちの爪の垢でも煎じて飲ませてあげたいくらいよ」

鍋島豊子の話に音羽恵子は身につまされた。国はちがっても、企業や官僚や政治家のやってることは、どこも同じだと思わずにはいられなかった。

鍋島豊子の話はつきなかったが、一時にA新聞社で南部浩行と待ち合わせている音羽恵子は、

「また来ます」

と言って事務所を出た。

鍋島夫婦の善意はすがすがしかった。世の中には鍋島夫婦のような人が大勢いるのだと思うと勇気づけられた。

電車を乗り継いでA新聞社の喫茶室に行くと、南部浩行が先にきていた。

「待ちました？」

腕時計を見ると一時五分前だった。

「いまきたところだ」

南部浩行の目が赤くなっている。

「友達と明け方まで飲んじまったので、まだ酔いが残ってる」

南部浩行はお冷やを飲み干し、頭を二、三度振って目をぱちくりさせた。

「清水さんと飲んだのですか」

「いや、あいつとはデスクを交えて、三十分ほど打ち合わせただけだ」

ウエイトレスがお冷やとオシボリを持ってきて、メニューを差し出した。

「何か食べるかい」

と南部浩行が訊いた。

「そうですね、簡単なものがいいわ。カレーライスを下さい。南部さんは何になさいます？」

「おれはいい。あまり食べたくない。胃袋がでんぐり返ってる」

南部浩行はウエイトレスから注がれたお冷やを、また一気に飲み干した。

音羽恵子がカレーライスを食べ終ったのに、清水哲夫はまだ現れなかった。

「清水さんは遅いですね」

約束の時間より二十分が過ぎている。

「あいつは人を待たせるのが趣味なんだ。まったく何様のつもりでいるんだろう」

と言っているところへ、大きなショルダーバッグを肩から下げた清水哲夫がやってきた。

南部浩行と同じ歳の清水哲夫は小肥りで背が低く頭が禿げていて五十歳前後に見える。不機嫌面の南部浩行の隣に腰をおろして、悪びれる様子もなく、

「はじめまして、清水です」

と自分から音羽恵子に名刺を出して挨拶した。

「一度くらい時間を守ったらどうだ。おれは人を待たさないかわりに、待たされるのも大嫌いなんだ」

毒づいてみたものの清水哲夫は平然として、

「ニューヨークでは先にきた者が馬鹿にされるんだよ」

と言ってのけた。

「ここはニューヨークじゃねえんだ。東京なんだ。自分のいる場所もわからないのか」

のれんに腕押しだった。清水哲夫はオシボリでのっぺりした顔を拭き、ウエイトレスにコーヒーを注文すると、大きなショルダーバッグからノートを取り出し、

「子供に手術を受けさせようとしている母親の名前は梶川みね子、三十四歳。S女子大英文科卒。夫は梶川克仁、三十八歳。K大学商学部卒、大手M商事の課長。子供は梶川翼。十歳。病名は拡張型心筋症。現住所は世田谷区世田谷一―×―×。みね子の実家の桜井家は静岡の由緒ある家柄で、かなりの資産家です。その実家が四千万円用意しているようです」

と調査した内容を述べた。

怒っていた南部浩行も清水哲夫の調査報告に思わず、

「四千万円……」

と口ごもった。

「あの、四千万円というのは手術代のことですか」

と音羽恵子が訊いた。

「そうです。四千万円が相場です。中には難しい体質があって、臓器提供者を見つけるのが困難な場合は、世界のいろんなところから探してきますから、その場合、五、六千万円かかります」

途方もない金額である。

「これから会いに行きますか」

梶川みね子に会うのが目的で来たのだが、すぐ会うかと言われると、もう少し内容を知りたいと思った。

「そのお金は誰に渡るのですか」

「仲介者、日本の暴力団、それからタイで手術をするときはタイのマフィア、フィリピンで手術をするときはフィリピンのマフィア、あるいは二重、三重にからんでいることもある。

そして手術をする病院との間をとりもつ仲介者、病院側と手術をする医師たちや看護婦たち、臓器提供者やその家族には、最終的に十万円か二十万円くらいだろうな」

いったい何人の人間が関与するのだろう。一人の臓器提供者に何人もの人間がハゲタカのように群がっているのだ。

「それだけじゃない。政治家、軍、警察にも配分しなければならない」

南部浩行がつけ加えた。

闇の世界は底なし沼なのである。音羽恵子はいまさらのように慄然とした。

「時間がない。日が暮れる」

南部浩行が携帯電話で社の車を調達して立ち上がった。

清水哲夫に聞きたいことは山ほどあったが、これ以上聞くと頭が混乱しそうだったので、音羽恵子は黙っていた。

清水哲夫は助手席に座り、南部浩行と音羽恵子は後部座席に座った。

「高速に乗ってくれ」

南部浩行が運転手に指示した。

「わかりました」

運転手は霞ヶ関から高速道路を利用し、幡ヶ谷出口で降り、環状七号線から世田谷通りを走った。そして梶川みね子の家の近くで南部浩行と音羽恵子の二人が降りた。

「ここで待っててくれ。たぶん今日は会えないと思う」

清水哲夫に言い残して南部浩行は音羽恵子と一緒に番地を頼りに梶川みね子の家を探した。梶川みね子の住まいはひろびろとした庭に囲まれた瀟洒《しょうしゃ》な二階家だった。一見して裕福な家に見える。

「立派な家だな。この界隈でも大きい方だ」

家屋の様子をぐるっと見渡して南部浩行は門扉のインターホンを押した。

しばらくすると、

「はい、どなたですか」

と女の声がした。

モニターで二人の姿が監視されている。

「A新聞の者ですが、ちょっとお聞きしたいことがありまして……」

「どういうご用でしょうか」

疑心暗鬼な声だった。

「お宅のお子さまが、タイで手術をなさると聞きまして、その件について少しお話をうかがいたいのですが……」

姿は見えないが、インターホンから伝わってくる雰囲気で、女が動揺しているのがわかった。

「そんなこと、関係ありません」

女はインターホンを切った。

南部浩行がインターホンを二度、三度押したが反応はなかった。

「駄目だ。今日は引き返して明日出直そう」

南部浩行は引き揚げることにした。

「いきなりあんなことを言われたら、誰だって動揺します」

音羽恵子は南部浩行の無神経さをなじった。

「君ならどうする。今日は……さよなら……と言うのか。取材は相手の懐に飛び込まないとできないんだ。セールスマンじゃあるまいし」

取材経験のない素人の音羽恵子を南部浩行は軽くあしらった。

「取材相手にも人権というものがあります」

音羽恵子がむきになって反論した。

「いつおれが取材相手の人権を無視したんだ。君の論理だと、人に道を訊いても人権侵害になるんじゃないか。君はいつから体制側の人間になったんだ」

「南部さんは極端です。大袈裟です。他に方法があると思います」

「どんな方法があるというんだ。あったら教えてくれよ」

もちろん音羽恵子に別の方法があるわけではなかった。しかし南部浩行のやり方は単刀直入すぎると思うのだった。

車に戻ってきた二人に、

「どうしたんだ、二人とも不機嫌な顔して」

と清水哲夫が訊いた。

「今日は駄目だ。明日出直す。朝から張り込む」

と南部浩行が言った。

「留守だったのか？」

「いや、いたことはいたが、受け付けないんだ」

すると音羽恵子が、

「南部さんは単刀直入すぎるんです」

と言いつのった。

「こういう取材は多少の強引さと粘り強さがないとできないんです。南部は取材のベテランですから、明日はうまくやると思います」

はじめてこういう取材に立ち合った音羽恵子をなだめるように清水哲夫は言った。

少しは納得したものの、音羽恵子は明日の取材が気がかりだった。南部浩行はどういう戦術に出るのだろう？

「朝から張り込むって、どういうことですか？」

と音羽恵子は訊いた。

「梶川みね子が家から出てくるのを待つ。主婦だから、食料品を買うために、一度は必ず外出するはずだ。その機会をとらえて話を訊く」

「そんなにうまく取材できるんですか。今日のように取材を拒否されたら、どうするんですか」

「そのときはまた別の方法を考える」

「別の方法って？」

「それはまだ言えない」

自信たっぷりに言って南部浩行は、

「ところで……」

とあらたまった口調になった。

「これから仲介者と会えないか」

助手席の清水哲夫は少し考えていたが、

「取材費がいる」

と答えた。

「いくらくらいだ」

「三十万から五十万くらい」

南部浩行は驚いて、

「べらぼうな金額じゃないか」

と言った。

「相手も命がけだからさ。情報の出どころがわかると命を狙われるおそれがある」

「君はその男と親しいんだろう。だったらもっと安く交渉してくれよ。デスクはそんな高い取材費を出さないよ」

梶川みね子に話させるには仲介者から裏を取る必要がある。

清水哲夫は携帯電話で仲介者に電話を掛けた。

「もしもし、清水です。急用があるので、ぼくの携帯に電話を入れて下さい。待ってます」

留守番電話にことづけを入れて、清水哲夫はカバンから一枚のファイルを出して南部浩行に渡した。そのファイルには仲介者の略歴が記入されていた。

「大山満男、一九四七年大阪市生まれ。五十歳。在日韓国人。暴力団剣聖会元組員。一九九四年に剣聖会を脱会。現在、北池袋で焼肉店を経営。妻と子供三人の五人家族。かなりの負債をかかえている」

写真も載っていたが、コピーのため黒くなっていて人相は判然としなかった。

「よく組を脱会できたな」

簡単なファイルを読んだ南部浩行は言った。

「指を詰めたんだ。しかし、脱会したあとも仲間とはつき合ってる。賭けごとの好きな大山は組員から借金して、結局組との縁が切れないんだ」

「なるほど腐れ縁というわけか。君と大山はいつから親しくなったんだ」

ファイルを読んでいた音羽恵子は、バンコクと同じように日本でも暴力団がからんでいることに寒気を覚えた。

「五年前、尼崎で剣聖会と足立組の抗争を取材しているとき大山満男と会って、それ以来、ときどき飲むようになった。大山は気の弱いところがあって、どちらかというとやくざに向いていない。女房からも、特に子供たちからやくざを辞めてほしいと迫られ、本人自身やくざから足を洗いたいと思っていたこともあって、三年前、指を詰めて盃を返し、東京の北池袋にきて焼肉店を始めたんだが、競輪、競艇、ときには浅草あたりの賭場に出入りして借金をつくり、またぞろ組員とつき合いだしたんだ。この世界にいた人間は、結局、足を洗うことはできない。身についた本能が鎌首をもたげてくるんだ」

　そのとき清水哲夫の携帯電話が鳴った。清水哲夫は素早く携帯電話に出た。

「もしもし、清水です。大山さんですか、ちょっと会いたいんだけど、時間ありませんか。いま社の者と一緒なんですが、店へ行きます。え……え……そうです。取材費ですか、二十万円です……それ以上は無理です。え……え……わかりました。一時間以内に行きます」

　清水哲夫は腕時計を見た。四時を回ったところである。

「開店前にきてほしいと言ってる」

　車は北池袋に急いだ。途中、南部浩行は銀行に寄って自分の口座から二十万円を引き出し、銀行の封筒に入れた。

　大山満男が経営している焼肉店は池袋駅から一キロの場所にあった。四階建ての古いビルの二階に「釜山」という看板がかかっている。このあたりには古いアパートが多く、出稼ぎのアジア系労働者の密集地域になっている。大山満男の故郷は釜山なのかもしれない、と南部浩行は思った。階段を上がって入口に立つと自動ドアが開いた。店の掃除をしていた妻とおぼしき四十五、六の女が入ってきた三人を一瞥して掃除を続けた。

「女房と二人の子供が店をきりもりしてる」

清水哲夫は小さな声で言った。

大山満男は奥の座敷のテーブルの前に座って煙草をふかしていたが、店に入ってきた清水哲夫に片手を上げた。

「急に訪れたりして、すみません」

清水哲夫が挨拶すると、大山満男は南部浩行と音羽恵子をじろりと見た。

パンチパーマをかけ、見るからにやくざっぽい顔である。大柄で頑丈そうな体格をしている。

三人が座ったテーブルに二十四、五になる大山の娘がお茶を運んできた。

「何か飲みますか」

と大山満男が訊いた。

「そうですね、じゃあ、ビールでも下さい」

清水哲夫は娘に言った。

座卓を挟んで大山と向かいあって座った南部浩行と音羽恵子があらためて名刺を差し出した。その名刺を見つめている大山満男に清水哲夫が言った。

「いま梶川みね子さん宅を訪ねましたが、話を聞いてくれませんでした。もちろん粘り強く交渉して話をするつもりです」

「そら、そう簡単には話せんやろ。なんせ息子の命がかかってるんやさかい」

大山満男は娘が運んできたビールを三人に注いだ。娘は座卓の上にキムチとナムルを置いて厨房へ引き返した。

「肉を焼きまひょか。自慢やないけど、うちの焼肉はうまいで」

大山満男はいかにも誇らしげにすすめたが、

「いや、結構です。二時間ほど前に食事をしてますので」

と南部浩行は断った。

「ところで梶川みね子さんに手術の仲介をなさったのはあなたということですが、梶川みね子さんとはどこでお知り合いになったのですか」

南部浩行はいきなり核心に迫った。

「臓器提供のランク付けをしている全日本移植ネットワークのリストを見て連絡したんですわ。梶川みね子の子供は心臓移植リストの六番目やったさかい、日本での手術は無理でっさかい、親も相当、焦ってる思て、連絡したんや。アメリカへ行っても順番待たなあかんし、一番てっとり早いのはアジアで手術することですわ。親は飛びついてきよった。そらそうやわな。一刻を争うんやさかい」

「そのリストはどこから入手したんですか」

「それは言えん。蛇《じゃ》の道は蛇《へび》や」

口を濁して、それ以上語ろうとしない大山満男に南部浩行は懐から二十万円の入った封筒を渡した。

その封筒を大山満男は黙って受け取り、懐におさめた。

「ある大学病院の医者からですわ。医者は信用できまへんで」

おそらく巧みにとり入り、相手の弱みを握ってリストの提供を強要したにちがいないのだが、医師は信用できないと言う。

「手術代は四千万円と聞きましたが、その金はどう配分されるんですか」

南部浩行と大山満男のやりとりを音羽恵子はノートにメモしていた。

「わしは一割や。タイの医者も一割。向こう（タイ）の仲介者は十万円くらいかな。病院側は手術代や入院費を入れて二割くらいとちがうか。あとはこちらの組関係者と向こうのマフィアが話し合いで分けてる。たぶん折半やろ。それ以上、詳しいことはわしにもわからん」

「政治家、軍、警察にも配分されるんじゃないですか」

「それは向こうの問題で、わしらには関係ない」

大山満男は南部浩行の質問を突っぱねた。

「最後に一つだけ、お願いがあります。向こうの仲介者の住所と名前を教えてくれませんか。

あとであなたの口座に三十万円振り込みます。決してあなたにご迷惑は掛けません」

二十万円の取材費を高いと言っていたにもかかわらず、取材に俄然、熱をおびてきた南部浩行はさらに三十万の追加を申し出て情報を引き出そうとした。清水哲夫と音羽恵子は唖然とした。

大山満男は薄ら笑いを浮かべて、

「新聞記者にはかなわんな」

と、さも迷惑そうな顔をして南部浩行をじらすように腕を組んでいたが、

「あと二十万出してえな。そしたら言うわ」

と南部浩行の弱みにつけ込むように、いやしい目付きで言った。

「わかりました。五十万振り込みます」

南部浩行は意地になって言った。

「明日、振り込んでくれるか」

「明日、振り込みます」

「間違いないか」

「間違いないです」

よほど金に窮しているのか、猜疑心の強い大山満男は何度も念を押し、そして懐から手帳

を出すと、タイの仲介者の名前、住所、電話番号、それから手術を行う病院名を音羽恵子にメモさせた。

「わしも体張ってるさかい、頼むで」

大山満男はにんまりした。

店を出て、待たせてある車に乗ると清水哲夫はあきれた声で、

「やり過ぎだよ。二十万円で手を打ってるのに、七十万円も出すなんて馬鹿じゃないのか」

と言った。

「取材費は三十万から五十万かかると言ったのはおまえだろう。とにかくデスクに掛け合ってみる。足りない金はおれが自腹を切る」

取材現場の生なましい取引をまのあたりにした音羽恵子は何も言えなかった。

「日も暮れたことだし、これから一杯飲もう」

南部浩行は車を銀座に向かわせた。

翌日、南部浩行は九時に銀行へ赴き、とりあえず自分の口座から大山満男の口座へ五十万円振り込んで約束を果たし、午前十時から三人は車の中で梶川みね子の家を張り込んだ。閑静な住宅街にはほとんど人通りがない。まるで人が住んでいないような静けさだった。ときどき犬を散歩させてる人や宅配便の軽自動車が通ったりするだけで、物音一つ聞こえない。

『ひったくりにご用心！』と書かれた看板が電柱に縛ってある。

昨夜、音羽恵子は午後九時頃に帰宅したが、南部浩行と清水哲夫は午前二時頃まで梯子酒をしていたので二日酔いに見舞われ、うたた寝をしている。

「まったくだらしないわね」

音羽恵子は独りごちて、梶川みね子宅を見張っていた。

長い張り込みだった。梶川みね子はなかなか家から出てくる気配がない。一刻も目を離せない音羽恵子がさすがに疲れてうんざりしてきた頃に、梶川みね子が普段着姿で家から出てきた。あたりの様子をうかがい、歩き出した。

「南部さん、梶川みね子が家から出てきました」

うたた寝をしている南部浩行を音羽恵子は揺り起こした。

目を醒ました南部浩行はすぐには飛び出さずに商店街の方へ歩いていく梶川みね子を見ていたが、家から百メートルほど離れたあたりで車から降りて梶川みね子のあとを追い、声を掛けた。

梶川みね子は体をびくっとさせて立ち止まり、振り返った。

「ちょっと、お話できませんか。十分でいいんです」

南部浩行の言葉に梶川みね子は顔をこわばらせ体を硬直させた。

「タイで手術を受けるのはやめて下さい。一人の子供の命が奪われるんです。お願いします。考え直して下さい」

まだ何も話していない段階で、音羽恵子がいきなりタイでの手術のことを切り出したので、梶川みね子は動転し、小走りになって家に戻り、門の鍵をかけて閉じこもってしまった。何度インターホンを押しても応答はなかった。

「どうして、いきなりあんなことを言うんだ。相手がびっくりするだろう。話なんかできるわけないよ。せっかく会えたのに台なしだ」

南部浩行はかんかんに怒り出した。

「すみません。でも、訴えたかったんです。この機会を逃すと、お話できないと思って」

自分の未熟さを後悔して音羽恵子は泣き出しそうになっていた。

「非常手段に訴えるしかない」

「非常手段って、何ですか?」

何事にも強引な南部浩行を音羽恵子は不安そうに見た。

南部浩行はメモ帳にボールペンを走らせた。

「お話ができないときは、一方的にあなたのことを記事にして新聞に掲載します。後日、裁判所でお会いしましょう。しかし、もしお話できるのでしたら、明日の午前十時にうかがいます」

強迫に近い文面だった。その文面の紙片を梶川邸の郵便受けに入れた。

「こんなメモを出していいんですか」

と音羽恵子は言った。

「しょうがねえだろう」

南部浩行は憮然とした。

社に帰った南部浩行は土方デスクに取材費について交渉したが、半分しか認められなかった。

「ま、いいか」

落胆したが、割り切って諦めるしかなかった。

はたしてメモの効果はあるのかないのか、南部浩行は賭けでもしているような気分だった。

翌日の午前十時に、三人は車で梶川みね子の家を訪れた。三度目の訪問だった。インターホンを押すと、

「はい、どなたでしょうか」

という落着いた女の声が聞こえた。

「A新聞社の者です」

南部浩行が低い声で答えた。

間もなく玄関のドアが開き、梶川みね子が出てきた。顔色の悪い痩せ細った体は子供の看病と不安で心労が重なって憔悴《しょうすい》しているように見えた。

二十畳ほどの広いリビングに通された三人は名刺を差し出し、ソファに腰掛けた。名刺を受け取った梶川みね子はキッチンでお茶を淹れて運んできた。ガラス張りのリビングから手入れの行き届いた美しい庭が一望できた。小さな池があり、その周囲に花が咲いていた。

「きれいな庭ですね」

と南部浩行が言った。

「主人がいつも手入れしているものですから」

微笑の消えた表情に苦悩を漂わせていた。

「さっそくですが、お子さまは入院しておられるのでしょうか」

と南部浩行が訊いた。

「いいえ、入院はしておりません。二階におります」

「学校は行っておられるのですか」

「半年以上、休学しております」

「いま、何年生におなりでしょうか」

「小学四年生です」

質問のたびに梶川みね子の表情は暗く沈んでいった。

南部浩行の質問に梶川みね子は淡々と答えていた。今年の五月のはじめ頃、大山満男から電話があり、タイで心臓移植手術が受けられると聞かされた。医師からは半年も生きていられるかどうかと言われたが、日本での心臓移植手術は不可能に近く、アメリカへ行って臓器提供者を待つべきかどうすべきか悩んでいるとき、大山満男から電話があったのである。タイの一流の病院ではすでに数百回の心臓移植手術の経験が蓄積されていて、アメリカの先端技術に劣らないと言われた。だが、見るからにやくざっぽい男の風体とうさんくさい話に最初は信用しなかった。しかし時間が経つにしたがって焦りだし、夫と相談して手術を受ける決断をしたのだった。

「いつ頃、行かれるのですか」

話を聞いていた音羽恵子は焦っていた。

「十二月です」

十二月といえば、あと四カ月しかない。

「手術費用はもう支払われたのですか」

答えを躊躇していた梶川みね子は、

「今月の末に支払います」

と答えた。

「梶川さん、わたしの話を聞いて下さい。まだ手術費用を支払われていないのでしたら、アメリカで手術を受けさせて下さい。アメリカで手術を受けた日本人は何人もいます。タイで手術を受けるということは、タイの子供が一人犠牲になるということなんです。死んだ子供の臓器が提供されるのではなく、生きた子供の臓器が提供されるのです。そんなことが許されるでしょうか。どうか考えを改めて下さい。お願いします」

　新聞社の取材と思って受けてみると、手術を中止してほしいと頼まれて梶川みね子の感情は高揚した。

「そんなことは、わたしにはわかりません。わたしはただ息子に手術を受けさせたいだけです。手術を受けなければ息子の命はあと半年しか持たないのです。一刻を争っているのです。アメリカでの手術を待っていては手遅れになって、息子の命は助かりません。あなたは息子に死ねと言うのですか。そんな権利は誰にもありません」

「それでしたら、タイの子供の命を犠牲にする権利もあなたにはないはずです」

　穏やかに話し合っていたはずの梶川みね子と音羽恵子が、突然、激しく口論しだした。

「あなたはお金で、人の命を買うのですか」

言ってはならない言葉だった。もはや話し合いの余地はなくなった。

「帰って下さい！　息子の命はわたしが守ります！　誰の指図も受けません！　帰って下さい！」

ヒステリックな声で梶川みね子は三人を追い出しにかかった。

「これは犯罪です。考え直して下さい。許されないことなんです。何の罪もない一人の子供の命が犠牲になるのです」

梶川みね子に追い立てられながらも音羽恵子は忠告を続けた。

「わたしの子供にも何の罪もありません。それなのに、死ね、と言うのですか！」

長い看病で心身ともに疲れている梶川みね子の内に積もっていた怒りのようなものが言葉にほとばしるのだった。

三人を外へ追い出した梶川みね子はドアをぴしゃっと閉め、窓のカーテンも閉じて外部からの視界を遮断した。

激しく口論して興奮している音羽恵子の唇が震えている。冷静に話し合うつもりだったのに、過剰な思い入れで相手を刺激しすぎて、感情論に終始した結果を音羽恵子は反省していた。

「参ったな」

南部浩行は舌打ちした。

「どうする？」

と清水哲夫が言った。

「一度、社に戻って頭を冷やそう」

「すみません。つい、感情的になって。わたしって、人を説得できるような人間じゃなかったんですね。バンコクを出発するときは、説得できると思ったけど、やっぱり、わたしにはまだ人の親の気持ちがわからないんです」

子供を守ろうとする母親の立場は音羽恵子が想像していた以上に強いものだった。

社に戻って三人は今後の方針について語り合ったが、梶川みね子を説得する名案が浮かばなかった。

「とにかく、おれは粘り強く梶川みね子と接触してみる。それから大山とも会って背後関係の全容について掘り出してみる。君は日本にいる間にやるべきことをやって、一週間後、一緒にバンコクへ戻ろう」

沈み込んでいる音羽恵子を南部浩行は励ました。音羽恵子はベテラン記者の南部浩行にとって自分が足手まといになっているのを感じていた。

「わかりました。わたしは明日からアジア人権センターの人たちと一緒に、国会議員に面会して、活動への支援を頼みます。それから梶川みね子さんには手紙を書きます」

「それがいい。あまり感情的な文章は書かないように。できるだけ冷静で客観的な文章を書くように」

梶川みね子との会話でとり乱した音羽恵子をたしなめるように南部浩行は注意した。

その夜、音羽恵子は梶川みね子に手紙を書いた。

「拝啓　昨日は突然、お宅に押しかけ、あなたの心情をも省みず、失礼なことを言いまして誠に申し訳ございませんでした。あなたの母親としての心中は察するにあまりあると思います。わたしはまだ独身ですので子を持つ母親の愛を深く理解できませんが、もしわたしが結婚し、子供が生まれ、あなたと同じような立場になったとしたら、たぶんわたしも藁をも摑む思いで、子供の命を救いたいと思うでしょう。

ですが、自分の子供の命を救うことが別の子供の、それも貧しい劣悪な環境と飢えと不安、恐怖に怯えている哀れな、何の罪もない子供の命を奪うことになるのだとしたら、別の選択を考えるべきではないでしょうか。お子さんの命を救うために支払われるお金は、仲介者である暴力団やマフィアや、その他、唾棄すべき人間たちの手に渡り、犠牲になる子供にはむろんのこと、その家族にも渡されることはないのです。

わたしはタイのバンコクでNGOの仕事を三年ほど手伝ってきましたが、いわゆる幼児売買春、幼児売買の恐るべき実態を見てきました。そこでは子供は虫けら以下にあつかわれ、子供たちにとって死は日常化しているのです。餓死ほど恐ろしいものはありませんが、それ以上に恐ろしいのは、生きたまま臓器を解体され、機械の部品のように売られている現実です。それをわたしたちは看過してよいのでしょうか。わたしは決してあなたを批判しているのではありません。先ほども言いましたように、もしわたしがあなたと同じ立場に置かれたなら、わたしもたぶんあなたと同じ考えを持つでしょう。けれども、それが恐ろしいのです。平和な日本にいると、タイは遠い国です。そこで何が起きているのか知る由もありません。もちろんタイやフィリピンやインドネシア、その他の貧しい国々の人びとも日本人と同じように日常生活を営んでいますし、世界各地から観光客が訪れます。美しい風景や、素晴らしい文化や、その国特有の美味な料理もあります。わたしたちは等しく、それらの文化を共有していると思います。けれども、その陰で、幼児売買春、幼児売買、幼児臓器売買が行われているのです。それらは見えないのではなく、見ようとしないわたしたちの無関心によって問題が日々拡大し、深刻な状態になっています。どうか他の方法を選択して下さるようお願い申し上げます。

あなたとご家族のお幸せを祈っております」

手紙を書き終えた音羽恵子は何度も読み返してみたが気に入らなかった。相手を説得するには、あまりにも平板で、心に訴えるものが欠如していた。一人の命は地球よりも重い、という格言は本当だろうか。世界は何万、何十万の子供の命を見捨ててきたのではなかったのか。梶川みね子が言うように、では誰が彼女の子供の命を救ってくれるのだろう。音羽恵子は自家撞着の中で堂々めぐりする思考に陥り、虚しさを覚えずにはいられなかった。しかし、生きている子供の臓器を解体して売る行為を認めるわけにはいかない、という思いがつのるのである。音羽恵子は手紙を破り捨てた。

翌日から、音羽恵子は何社かの企業を訪問し、ストリート・チルドレンや幼児売買春の実状を訴え、支援を要請して歩いた。中には理解を示してわずかだが支援を約束してくれる企業もあったが、ほとんどの企業は無関心で、不況を理由に支援を断られた。

「厳しいです。協力してくれる企業もあるけど、結局、他人ごとなんですね」

一日に十社以上訪問してきた音羽恵子は、大久保のアジア人権センターに戻ってきて、無力感を吐露するのだった。

「そう気を落とさずに。ものごとは積み重ねが大事ですよ。日本のNGOの活動はまだまだ日が浅いからね。それでも少しずつ前進してます。公民権運動やヴェトナム反戦運動にたずさわってきたアメリカの歴史学者ハワード・ジンは、小さな集まりや運動を軽視してはならない。その小さな集まりや小さな声が時間とともに大きくなり、マーチン・ルーサー・キング牧師の指導で百万人大行進にまでつながり、黒人は公民権を勝ち取ったと言ってます。どんなに悪い状況であろうと、時代はつねに前進しているとぼくは思っています」

鍋島公彦の善良な笑顔と楽天主義は音羽恵子を勇気づけはしたが、現実との乖離があまりにも大きすぎると思うのだった。

鍋島公彦は数人の国会議員とアポイントを取り、音羽恵子と一緒に議員会館を訪問した。主に女性議員だった。特に社会自由党の三輪寿美子衆議院議員は音羽恵子の話を熱心に聞いていた。そして超党派的な支援会を結成し、国会で取り上げることを約束してくれた。

「三輪議員にお会いした甲斐があった。後日、ぼくの方から資料を送っとくよ」

鍋島公彦は満足していた。

「国会で取り上げられるのは嬉しいけど、一過性で終らないでほしいわ」

国益が最優先される国会の場で取り上げられても、他国のストリート・チルドレンや幼児売春は焦眉の問題ではないのだ。世界に数百万人いるといわれているストリート・チルドレンの命より、自国の一人の子供の命の方が大切なのである。それは梶川みね子と同じなのだ。

五人の女性国会議員と面会し、三輪寿美子議員が十五人の国会議員から一人五万円ずつカンパをつのったが、結局集まらなかった。

音羽恵子は滞在中に外務省を三度訪問したが、担当者が外出していると言われ三度とも門前払いされた。

「外務省はストリート・チルドレンや幼児売春にはかかわりたくないんだわ。管轄外だと思ってるのよ。でも人権外交って大事だと思うの」

徒労に終って音羽恵子は不満を述べた。

「もちろん人権外交は大事だよ。そのうち外務省も話に耳を傾けるようになるさ」

鍋島公彦は楽観していた。けれども音羽恵子には鍋島公彦の楽観的な対応がもどかしいのだった。毎日、誰も知らないところで命を断たれていく子供たちに時間はないのである。

ボランティア団体、国会、企業、官庁を回り、忙しい日々を過ごしている音羽恵子は、ときどき南部浩行に連絡を取って取材の進行状況を知りたいと思ったが、足手まといになっていると思うと電話を掛けるのが憚《はばか》られた。その証拠に南部浩行からはあれから一度も連絡がない。鉄砲玉の南部浩行はどこで何をしているのだろう。取材はうまくいってるのだろうか。

昼間は外回りをして、夜はアジア人権センターの事務所や近くの居酒屋で鍋島公彦夫婦や数人のボランティア仲間と飲食しながら語り合うのが楽しかった。日本にいるとタイのことを忘れてしまいそうになる。不況だと言いながら街のデパートやブティック、居酒屋や料理店は若者たちで賑わっていた。どうして若者たちに、そんなお金があるのだろうと不思議に思うのだった。

音羽恵子の携帯に電話が掛かってきた。南部浩行の太い声だった。

「久しぶりだな。いまどこにいる」

「一週間ぶりですわね」

と音羽恵子は、南部浩行の大袈裟な言い方に皮肉っぽく言った。

「おれはいま銀座で飲んでる。君に見せたいものがあるから、こっちへこないか」

「いま大久保の居酒屋で、お友達と飲んでるの」

一方的な南部浩行の誘いを牽制して音羽恵子は即答を避けた。

「じゃあ、おれがそっちへ行こうか。君さえよければ」

音羽恵子の心理を先刻お見通しの南部浩行は図々しく言った。

「そうですね……」

音羽恵子はちょっと考えるふりをして、

「わかりました。そちらへ行きます」

と答えた。

「これから、どこかへ行くの？」

鍋島豊子が訊いた。

「ええ、南部さんがわたしに見せたいものがあるんですって」

「見せたいもの？　こんな時間に見せたいものって何だろう……」

鍋島公彦はめずらしく好奇心を示した。

「さあ、何でしょう。わたしにもわかりません」

音羽恵子は席を立って仲間たちに、

「じゃあ、ちょっと行ってきます。明日は午前中に事務所へ行きます」

と挨拶して、そそくさと店を出た。

外へ出た音羽恵子はあらためて南部浩行の携帯に電話を掛け、銀座に向かった。

銀座に不案内な音羽恵子は歌舞伎座の裏の小さなビルの三階にあるバーを探すのに手間どって、また携帯電話を入れると、すぐに南部浩行が迎えにきた。

カウンターバーだった。若いバーテンダーと、三十前後の美人だが勝気そうなママがいる。

店に入ってきた音羽恵子を、

「いらっしゃい。お待ちしてました」

と満面に笑みを浮かべて迎えた。
十二、三人座れるカウンターに南部浩行を含めて三人の客がいた。
「ここはおれの家のような店なんだ」

とまり木に座った音羽恵子に南部浩行は言った。

「そうなんですよ。店にきたら、いつも疲れたと言って、後ろのボックスで横になって鼾をかいて眠ってしまうんですよ。南部さんは大きな子供なんだから」

母親が子供を見るような目でママは優しく南部浩行を見た。

「ママはおれの姉さんみたいなもんだよ」

南部浩行が甘えるように言う。

「あら、わたしはまだ三十よ。南部さんより六歳も年下なんですからね。ほら、ほら、またビールをこぼしてる」

そう言って、ママはネクタイにこぼしたビールをハンカチで拭き、まるで世話女房のように振る舞うのだった。

二人の仲を見せつけられるために呼ばれたのかと思うと音羽恵子はむっとして、

「見せたいものって、何ですか？」

と訊いた。

「これだよ」

南部浩行は隣の席に置いてあるカバンから二百字詰め三十枚の原稿を取り出した。タイトルは「幼児売買春・幼児売買・幼児臓器売買の実態」となっている。そのタイトルを見て音羽恵子はどきっとした。

音羽恵子は読み始めた。そして読み進めるにしたがって音羽恵子の表情に緊張感が高まってきた。大山満男らしき仲介者、東京のB暴力団と九州のE暴力団の関係、E暴力団と福建省のマフィア、ヴェトナム、ラオス、タイ、カンボジア、フィリピン、インドネシア、インドなどの闇ルートの存在。そのコネクションはアジア全体にひろがり、世界をまたにかけて幼児が売買されている。同時にそれらのルートは麻薬ルートと重なり、政治家、財界、軍、マフィア、官、大病院にまでおよび、この一年間だけでも二千人以上の犠牲者が出ている。Kさんの子供がタイで心臓移植手術を四千万円で行うために、タイ人の生きた子供が犠牲《いけにえ》にされようとしていることまで書かれていた。

原稿を読んだ音羽恵子は背筋に悪寒を覚えた。

「こんなことを書いていいんですか」

かなり恣意的な文章である。一年間で二千人以上の犠牲者が出ているという統計があるのだろうか。B暴力団やE暴力団は知っている者が読めばすぐにわかる。はたしてB暴力団やE暴力団は黙っているだろうか。この文章を読んだ梶川みね子や大山満男はどう思うだろうか。音羽恵子の頭の中に、つぎからつぎへと疑問が湧いてきた。

「どう思うかは週刊誌に掲載してみないとわからない。日本国内の発売だけどたぶんかなりの反響はあると思う。いやがらせや強迫がくるかもしれない。あるいは暴行を受けるかもしれない。しかし、こういう記事が君の望みじゃなかったのか。それとも当り障りのない記事の方がよかったのか」

動揺している音羽恵子に問い質した。

「臓器売買の実態については、わたしはあまり知りません。わたしはただ梶川みね子に子供の手術を思いとどまってほしいと思っているだけです」

「逃げるんじゃない。梶川みね子は自分の子供の命を救うためになにがなんでも手術を受けようとするだろう。それを阻止することはできない。だから、その背後関係を徹底的に暴くことが必要なんだ。真実かどうかは、これから先の話だ。君は事実関係や真実にこだわっているらしいが、まず見えない相手に挑戦すること、そして見えない相手を見える場所へ引きずり出すことがおれたちの仕事なんだ。それには危険はつきものだ。危険を避けたければ、見て見ぬふりをするしかない。しかし君は見て見ぬふりをできないから東京へきたのではなかったのか」

興奮してきた南部浩行の声はしだいに大きくなってきた。

「明後日、おれたちはバンコクへ戻ることになる。そこで何が待っているのか、おれにもわからない。いつもそうだが、誰かに背中を狙われているような気がする。おれも怖いんだ」

南部浩行は焼酎のロックを注文した。

バーテンダーがつくった焼酎のロックをママが差し出し、落ち込んでいる音羽恵子にもビールを注いだ。

「この原稿は来週の週刊誌に出る。おれはその反響をバンコクで確かめたい。連中から無視されれば幸いだよ」

どこかやけくそ気味に言って、南部浩行は焼酎のロックを一気に飲み干し、つぎを注文した。

「南部さん、また今夜もお店で泊まらないでね。酔い潰れたら、いつも後ろのボックスで寝てしまうんだから」

ママは眉間に皺をよせ、迷惑顔になって言った。

「うるさい！　婆あは黙ってろ！」

南部浩行は怒鳴った。

「これだもんね。もう酔っぱらってる」

姉のような存在だったはずのママはうんざりした表情で諦めた。

「わたしが連れて帰ります」

と音羽恵子が言った。

「あなたの手に負えるかしら。何しろ大虎だから」

これまでさんざん手を焼いてきた口ぶりだった。

「おれは誰の世話にもならん。くそったれ！　おれは帰る！」

立ち上がった南部浩行は足をふらつかせながらも残りの焼酎を喉に流し込み、まるで敵に向かって突進していくようにドアに体ごとあずけて店を出た。

あとを追おうとした音羽恵子に、

「ほっといたらいいわ。どうせまた梯子酒をして、どこかの店で寝るんだから」

とママは制止した。

あとを追おうとした音羽恵子はママに制止されて座り直した。

「二年前に奥さんと別れてから酔うと荒れるようになったのよ。奥さんは十歳も年下の男と浮気をして家出したの。同情はするけど、しょうがないわね。南部さんにも責任があるから。子供がいなかったのが幸いだったのよ」

はじめて聞かされる話に音羽恵子は複雑な気持ちだった。あの男気のある言動は虚勢だったのだろうか。ママの話を聞いて音羽恵子はそう思った。

まだ純な音羽恵子の表情を読み取るように、

「あなたは南部さんに好意をお持ちのようね」

と言った。

「えっ」

　不意を突かれて音羽恵子は言葉を失った。

「南部さんは大学の先輩ですから、いろいろ教えてもらおうと思いまして、協力をお願いしてます。ただそれだけです」

　狼狽している音羽恵子の顔が赤くなっていた。

「顔に書いてあるわ、好きだって」

「そんな……わたしは何も考えてません。心外です」

　抗議でもするように音羽恵子は顔をますます赤らめて怒っているようにみせたが、胸の中で何かがざわつくのを感じた。

「あなたがそう言うなら、わたしの出る幕じゃないけど、南部さんはああみえても、手が早いから気を付けたほうがいいわよ」

　とママは忠告した。

　いったいなぜ、ママは初対面の者に、こんな忠告をするのだろう？　と音羽恵子は不審に思った。もしかすると、ママと南部浩行は男女の関係ではないのか。姉さんぶって猫可愛がりしてみたり、けなしてみたり、離婚の過去を持ちだしたり、牽制するように手が早いので注意しなさい、と忠告をする。接客態度は他の客とあきらかにちがう。その証拠にカウンターで飲んでいる二人連れの客に対してママはまったく無関心だった。けれども親しいからといって必ずしも男女関係があるとは限らないのだ。

音羽恵子は店を出た。駅をめざしているつもりだったが、歩いても歩いても駅にたどり着けなかった。そもそも、どの駅をめざしているのか判然としていなかった。ここはどこだろう、と音羽恵子は周囲のビルを見回した。ビルの谷間から見上げる夜空は雲におおわれていた。

11

二日後の昼過ぎ、南部浩行と音羽恵子は成田空港からタイに出発した。出発前に音羽恵子はナパポーンに連絡をとった。

席に着くと南部浩行は眠り始めた。たぶん二日酔いで、睡眠不足なのだろう。機内食も食べず、ほとんど会話を交わすこともなく、旅客機はドンムアン空港に着いた。

「南部さん、バンコクに着きましたよ」

音羽恵子が南部浩行を揺り起こすと、

「もう着いたのか」

と寝ぼけまなこをこすりながら目を醒ました。まだ頭の中がすっきりしないのか、南部浩行はしばらくぼーっと席に座り続け、乗客の最後に降りた。

税関を通過すると、ロビーにナパポーンとソーパーが迎えにきていた。

「ご苦労さま」

ナパポーンがにっこりほほえんだ。

「何か変ったことはありませんでしたか」

音羽恵子は訊いた。

「いまのところはね。でも、わたしたちはいつも監視されてる」

ナパポーンが目で合図した方をちらと見ると、二人の男が立っていた。

「警察の連中かな、それともマフィアかな」

と南部浩行が言った。

「わからないけど、どっちにしたって同じことだわ」

監視には慣れっこになっているナパポーンは、わざと二人の男に近づき、すれちがうようにして外へ出た。外へ出ると南部浩行は我慢していた煙草に火を点けて深呼吸でもするように吸った。

ソーパーが駐車場から車を出してきた。その車に乗るとき、音羽恵子は背中に視線を感じて振り返ると、二人の男がじっと見つめていた。東京にいるときは感じなかった生理的な違和感が皮膚の表面を走った。

市内に入ると車は渋滞に巻き込まれ、焦げ臭い排気ガスの匂いと何かをぐつぐつ煮込んでいるような匂いが充満している。街全体が灰色にくすぶり、重く沈んでいる感じだった。

A新聞社を回って南部浩行を降ろし、社会福祉センターに着いた頃には、あたりは夕闇に包まれていた。

「恵子、お帰り」

派手なグリーンのスーツを着ているションプーが音羽恵子と抱き合った。

「どうしたの、派手な服装をして」

Tシャツとジーパン姿しか見たことのない音羽恵子は美容院で髪を手入れし、これからパーティーにでも出掛けて行くような服装をしているションプーに驚いた。

「今日はションプーの誕生日なの」

とナパポーンが言った。

「そうなの。おめでとう」

今度は音羽恵子がションプーを抱きしめた。

「わたしも二十五歳よ。悲しいわ。だってボーイフレンドが一人もいないんだから」

ションプーは肩をすくめて自嘲的に言った。

「ぼくがいるだろう」

ソーパーが前へ出て胸を張った。

「あんたはまだ子供よ」

ションプーに一蹴されて、

「いつでも子供をつくることができるぜ」

とソーパーは腰をくねらせた。

「何考えてるのよ。色気づいちゃって。気持ちの悪い」

ションプーはソーパーを軽くあしらった。ナパポーンは買物袋から大きな箱を取り出し、テーブルの上に置いた。ケーキだった。そのケーキにソーパーがローソクを五本突き立て、ライターで灯りをともした。それからプンカートがシャンパンを一本、ケーキの横に置いた。

「さあ、ローソクの火を消して」

ナパポーンが言うと、居合わせたみんなが「ハッピー・バースデイ・ツー・ユー」の歌を合唱する中、ションプーが息を吹いて五本のローソクの火を消した。

「誕生日、おめでとう」

とシャンパンで乾杯した。質素な誕生パーティーだが、仲間たちに祝福されてションプーは涙を浮かべていた。

「久しぶりに帰った東京はどうだった」

シャンパンからワインに移ったナパポーンは音羽恵子に訊いた。

「三年の間にずいぶん変りました。街もファッションも」

「わたしは東京へは四年も行ってないので、今度行けば迷子になるでしょうね」

側にいるシーラットからワインを注がれながらナパポーンは、昔東京で一年ほど暮らした頃を思い出すように言った。

「わたしも銀座で迷子になりました」

あのとき音羽恵子は南部浩行のことを考えていたのだった。南部浩行とバーのママとの関係をひそかに嫉妬している自分に驚いて方向感覚を失ったのだ。「あなたは南部さんに好意をお持ちのようね」と何気なく言われたママの言葉が脳裏にまとわりついてぬぐいきれなかったのである。自分では気付いていなかった感情の流露が、そこはかとなく蘇ってきた。

「あなたには感謝するわ。東京でかなりのカンパを集めてくれて、ありがとう。本当に助かる。お蔭で、今年はなんとかやりくりがつきそうよ。とりあえず、子供たちの服を買ってあげようと思うの」

子供たちはケーキを食べながらテレビを観ている。やがて子供たちは、ここを出て行かねばならないだろう。だが、ここを出て行った子供たちの中で、安定した仕事につける者は少なかった。職業訓練所へ送ったり、仕事を世話したりしても自立するまで見届けることはできないのである。

「ところでA新聞社は、記事を書いてくれるのかね」

いつもスーツ姿で身なりをきちっとしているシーラットがワイングラスの中のワインをゆ

らゆらとくゆらせながら訊いた。

「ええ、書いてくれました。来週の週刊誌に掲載されると南部さんは言ってました。週刊誌が出ると見せてくれると思います。ただ、原稿の内容がかなり生なましくて、それが心配です」

「どんなふうに生なましいんだ」

音羽恵子は梶川みね子と会って説得したが強く拒否されたいきさつや南部浩行の原稿の内容をかいつまんで話した。

「母親なら、そう言うでしょうね」

とナパポーンが言った。

「病院に掛け合ってみようと思うんです。公然の秘密のように病院側が受け入れるから、こういうことがまかり通るんです」

音羽恵子の思い詰めた表情が義憤にかられていた。

「無駄だよ。それよりA週刊誌が発売されたあとの反応を確かめて行動した方がいい。問題は全国統一大行進を成功させることだ」

南部浩行が記事を書いたことが気に入ったらしいが、シーラットは心臓移植手術の件にはあまり関心を示さなかった。

「でも、手術を見過ごせば、別の子供が犠牲になるのよ。それでもいいんですか」

頭に金色の紙の三角帽を載せてひょうきんな恰好をしているションプーが少し酔いの回った目でシーラットを睨んだ。

「いいとは言ってない。無駄だと言ってるんだ。病院側が受け付けると思うかい」

「じゃあ、この問題を不問にするんですか」

音羽恵子が納得できない口調で言った。

「不問にしろとは言ってない。この問題は昨日、今日はじまった問題じゃない。もっと持久的に粘り強く、そしてもっと本質に迫るやり方でなければ危険だと言ってるんだ」

シーラットはみんなにレックの事件を想起させようとした。むろんみんなもレックの事件を思い起こしていた。

若いセーチャンとスワンニーは遊んでいる子供たちを寝かせるために三階の寝室へ移動させた。大人たちの議論を子供たちに聞かせるのはよくないと思ったからだ。

「A新聞社の週刊誌が発売されるまで待ちましょう。発売されたあと、どういう反響があるのかを見定めてから、もう一度対策を考えても遅くないでしょう」

ナパポーンはシーラットの意見に同調するように結論づけた。

何杯かワインを飲んで、少しここちよい気分にひたっているナパポーンは、つかの間だけでも深刻な問題から解放されたかった。経済のグローバリゼーションは富める国と貧しい国との格差をますますひろげ、何も解決しないのははっきりしていた。それどころかグローバリゼーションは、いなごの大群のように貧しい国を襲い、何もかも喰い荒らしてしまうだろう。しかし、その影響について考えようにも、確かな統計や現実感が欠如しているのだった。ただひたすら生きることに追われている者にとって確かなものは何もないのだ。喧嘩相手のいなくなったナパポーンは、レックの唇や優しい抱擁を思い出していた。

乾いた銃声が、三、四発闇に響いた。事務所にいるみんなは一瞬、沈黙し、そして窓に駆け寄って往来をのぞいた。そのとき猛スピードで走り去って行く一台の黒塗りの車があった。シーラットとソーパーが階段を駆け降りて、おそるおそる路上に倒れている男を見た。他の家屋からも窓やドアから顔をのぞかせて、路上に倒れている男を見ていた。血を流して路上に倒れている男は、マフィアの手先だった麻薬中毒者のソムサクだった。なぜソムサクが殺害されたのか？　マフィアの内部抗争による殺害なのか？　ソムサクの殺害はクロントイ・スラムの住人たちに少なからぬ恐怖をもたらした、マフィアの非情さを、まざまざと見せつける出来事であった。

A新聞社が発売した週刊誌を持って、南部浩行は社会福祉センターにやってきた。みんなが注視している中、南部浩行はカバンから十冊の週刊誌を取り出してテーブルの上にどさっと置いた。音羽恵子が真っ先に週刊誌を取り上げ、ページをめくって記事を探した。印刷されたタイトルと文章は生原稿で読んだときよりはるかに迫力があった。日本語が読めないセンターのみんなのために南部浩行は英訳のコピーを用意していた。それを手渡すと、みんなは喰い入るように読み始めた。

「これだけ踏み込んで書かれた文章を読んだのははじめてだ。さっそくこの文章をコピーして、児童虐待阻止のための国際会議やアチャーや組合や、その他のＮＧＯに送り、インターネットでも全世界に発信しよう」

意気込むシーラットに対してナパポーンは慎重だった。

「まず、みんなの意見を聞きたいわ」

とナパポーンは言った。

「ぼくはシーラットの意見に賛成です」

ソーパーが賛成した。

「わたしも賛成です。この日を待ってたのですから」

生原稿を読んだときは一抹の不安を覚えていた音羽恵子も南部浩行の苦心の記事を、この機会に使うべきだと考えた。

「少し誇張しすぎだと思います。この記事を読んだ政府や警察やマフィアはどう思うかしら。

それが気がかりです」

ションプーは顔を曇らせて権力の影に怯えていた。

「そんなこと言ったら、何もできない。全国統一大行進もできなくなる。われわれは連中の脅しにひるんではいない意志を示さないと、連中はどんどん踏み込んでくる」

押しの強いシーラットの気迫にのまれてションプーは黙った。

「わかったわ。みんなで仕事を分担して行動しましょう。それから外出は、必ず二人一組でするように。煙草や飲み物を買いに行くときも二人一組で行って下さい」

用心にこしたことはない。みんなの表情に緊張感がみなぎった。

はじめは南部浩行に、レックの事件を記事にしてA新聞に掲載してほしいと頼んだのだった。しかし、記事が掲載されてみると、それがいかに危険であるかを膚で感じた。

しかし、週刊誌の反響は、それほど大きくはなかった。アチャーからさっそく電話がきて、南部浩行の勇気をたたえ、社会福祉センターのメンバーを励ましてくれた。その他の団体や個人も電話やファクスで励ましてくれたが、国連人権委員会や児童虐待阻止のための国際会議からはなんの反響もなかった。日本で発売されている日本語の週刊誌をタイで購読する者など、ほとんどいないのである。また日本でも週刊誌の一過性の記事として、それほど話題にならなかった。

「みんな無関心なのよ。世界が滅んでも、無関心だと思うわ」

一週間に一度の割合でセンターを訪れている南部浩行に音羽恵子は悔しそうに言った。

「だが、関心を持っている人間もいる」

窓際に立って外を眺めながら南部浩行が言った。

「誰が関心を持ってるんですか？」

と音羽恵子が訊いた。

「あいつらだ。毎日、昼も夜も、この事務所を見張ってる連中だ。民衆が無関心なときこそ、連中は注意深く、おれたちを見張っている」

角の建物の陰に立っている男を南部浩行は顎でしゃくった。

「ぼくはときどき、あの連中が哀れに思えてくる。上からの命令で、雨の日も風の日も、日がな一日、ああして立ちんぼをして、いったい何を考えているのかと思うと同情したくなるよ。あの連中にも家族がいるはずだ。家族のために、連中はあの場所に立ちつくしてるんだ」

軽蔑と同情を込めて言ってシーラットは窓の外をちらと見た。

「誰にでも家族はいるわ。友人や仲間がいる。でも、あの連中はちがう。狩をしている気分なのよ。気長に、獲物が罠にかかるのを待ってるのよ。少しでも隙を見せたら、連中は有無も言わさず襲ってくるわ。それが連中の本性なのよ」

日常化している監視に気をゆるめてはならないとナパポーンは注意をうながした。

南部浩行は精力的に取材を続けていた。東京で大山満男から聞きだしたタイの仲介者と会って、組織の内部を探ろうと考えていた。またバンコクのR病院を音羽恵子と一緒に訪れて、手術を担当している医師との接触に成功した。

病院の応接室に通されて、口髭をたくわえた六十歳前後の事務局長立ち合いのもと、メガネを掛けた五十過ぎの紳士然とした外科のチナウォン医師と対面した。

南部浩行は東京で取材して書いた記事を見せ、タイでの幼児臓器売買と病院との関係について質問した。英訳された記事のコピーに目を通していたチナウォン医師は不快感をあらわにして、

「こういう事実はありません。この記事はひどすぎる。どういう根拠があって、こういうでたらめな記事を書くのか、理解に苦しむ。あなた方日本人は貧しい国のタイの医師を馬鹿にしている」

と怒った。

「ですが、病院で臓器移植をしているのは事実ですね」

怒り心頭に発しているチナウォン医師に南部浩行は訊いた。

「この国で臓器移植は違法ではないのです。日本でもアメリカでも、世界の各地で臓器移植が行われてます。わたしは誇りを持って臓器移植を行い、難病に苦しんでいる人たちを助けているのです。それがいけないのですか？」

心外だとばかりにチナウォン医師は逆に問い質した。

「それはわかっています。しかし、臓器提供者は誰なんでしょう？　臓器提供者のリストに登録され、本人もしくはその親族の諒解のもとに行われているのでしょうか。医療機関の倫理委員会の承認を得ているのでしょうか。これは基本的なことだと思いますが」

この点についてチナウォン医師の答弁はきわめて曖昧だった。それは自分の関知するところではなく、そうした手続きを経た臓器のみをあつかっていると言って、明確な答えを避けた。

「日本はどうなっているか知りませんが、われわれはわれわれの法に従って医療行為をしています。われわれにはわれわれの慣習があり、結果的にわれわれは難病に苦しんでいる人たちを救っているのです。その中には日本人もいます。欧米人もいます。アジアの国々の人たちもいます。われわれは多くの経験を蓄積しており、医学の進歩に役立っているのです。いったい何の問題があるのですか。この週刊誌に書かれているようなことはいっさいありません。この記事はわれわれに対する誹謗中傷以外の何ものでもない。言論の自由が保障されているとはいえ、こういう記事で他人を傷つけるのは許されないことです」

南部浩行とチナウォン医師のやりとりを聞いていた事務局長は、たまりかねたように激怒して席を立ってしまった。続いてチナウォン医師も南部浩行の厚顔無知に愛想をつかしたと言わんばかりの表情をして席を立った。

「生きた子供の臓器を移植してもいいんですか」

喉まで出かかった言葉を音羽恵子は飲み込んだ。証拠を見せろと言われても確証がない。確証のない言葉は彼らの論理の正当性を裏付けることになるだけだった。

音羽恵子は唇を嚙みしめた。

「帰ろう」

南部浩行は重い腰を上げて音羽恵子をうながした。

外へ出た南部浩行は三百のベッド数があるホテルのような六階建ての病院を見上げた。この病院の奥で何が行われているのか、それを知る方法はないのだった。

「明日、仲介者の男と会うことになってる。会って、どこの、どの子が犠牲になるのか聞き出したうえで、もう一度、病院にきたいと思ってる」

「明日、会うんですか」

急な展開を音羽恵子は懸念した。

「善は急げだ。フリーカメラマンの与田がつないでくれたんだ。それから、梶川みね子がバンコクへくる日程を東京本社の清水哲夫に調べさせている。梶川みね子の子供は半年くらいしかもたないと言ってたから、くるとしたら来月中だろう」

音羽恵子の知らないところで、南部浩行は着々と情報を収集していた。

「わたしはどうすればいいのですか」

音羽恵子は少しでも役立ちたいと思った。

「梶川みね子が日本を出発すると、東京から連絡が入ることになってる。到着時間に合わせて、君は空港から梶川みね子を見張ってくれ。宿泊ホテルと部屋の番号を確認したら、おれに教えてくれ。あとはおれと与田がやる」

「何をやるんですか？」

「手術の日を警察に訴えて、手術を中止させる」

「そんなことができるんですか。そんなことをすれば、梶川みね子の子供はどうなるんですか。二人の子供が犠牲になるかもしれません」

「君はどうかしてる。いまごろ何を言ってるんだ。君は罪のない子を犠牲にできないと言ってたんじゃないのか。二人の子供を同時に救うことはできない。金持ちの梶川みね子の子供には、まだ手術の可能性が残されている。しかし、犠牲になる子供に可能性はない」

自家撞着に陥っている音羽恵子の揺れ動く気持ちを遮断するように南部浩行は断言した。

襤褸《ぼろ》をまとった垢だらけの顔をした十歳くらいの子供が素足で走ってきて、南部浩行に煙草を一本差し出し、買ってくれとせがんだ。南部浩行は、その煙草を一バーツで買うと、別の子供が今度は音羽恵子にチューインガムを買ってくれとせがんだ。音羽恵子もチューインガムを一バーツで買うと、さらに二、三人の子供がぞろぞろとあとをついてくるのだった。

「甘く見られたな」

そう言って南部浩行は早足になって歩いたが、子供たちはどこまでもつきまとってきた。南部浩行と音羽恵子が子供たちを追い払おうとしたつぎの瞬間、音羽恵子のショルダーバッグが一人の子供に奪われた。

「待て！」

南部浩行は子供を追った。すばしこい子供は大通りから脇道に入り、路地の奥へ逃げて行く。そして子供が逃げ足を止めたとき、南部浩行と音羽恵子は三人の男に囲繞されていた。二人の逃げ道をはばみ、三人の男はゆっくりと接近してくる。三人の男の手にスパナが握られていた。

「おれが逃げ道を開くから、君は逃げるんだ」

南部浩行は決死の覚悟で言った。

南部浩行の額に冷たい汗がにじみ、背筋が凍りついた。血の気の引いた真っ青な顔の音羽恵子は恐怖で金縛り状態になって、喉の奥が灼けつくように乾いていた。バラック小屋が密集している路地の真上に灼熱の太陽が白い炎に包まれ、影が地面に焼きついていた。

活路を開こうと一歩踏み出したとき、左側にいた男が振ったスパナが南部浩行の頬をかすめた。危うく足を滑らせそうになって体の均衡を持ち直したとき、今度は右側にいた男のスパナが南部浩行の顎をとらえた。南部浩行が顔をのけぞらせ、ふらつきながら二、三歩後退したとき別の男に羽交い締めにされた。あたりの風景がぐるぐると回っている。南部浩行は力まかせに羽交い締めしている男を引きずって突進し、左にいた男に体当りした。大学時代、ラグビー選手だった南部浩行の肩から突っ込んだ強烈な体当りに、相手は吹っ飛び、二、三回転した。勢いあまった南部浩行は、そのまま右側の男に向かって猛牛のように突進して行ったが、スパナで額を叩き割られ、血を噴き出して倒れた。羽交い締めしていた男が、今度は倒れている南部浩行の腹部を靴で思いきり蹴り上げた。南部浩行はたまらず呻き声をあげ、体をよじって海老のように丸めた。三人の男は、よってたかって南部浩行に暴行を加え続けた。

「やめて！　やめて！　誰か助けて！」

動転して金縛り状態になっていたが音羽恵子は、声を限りに助けを求めたが誰もこなかった。そして音羽恵子も男たちに襲われた。顔を何度も殴打され、しゃがみ込んで悲鳴をあげている音羽恵子の髪を男たちは引きずった。服が破れ、スカートがめくれ、肌があらわになった。音羽恵子は犯されるのではないかと震えながら体をこわばらせた。

「日本へ帰れ！　ここは、おまえたちのいるとこじゃねえ！」

一人の男が唾を吐き、捨てぜりふを残して三人は去った。

音羽恵子は恐怖のあまり泣き声すら出なかった。ショルダーバッグを奪って逃げた子供たちが、遠くの物陰から暴行を加えられている光景をじっと見つめていた。しゃがみ込んでいた音羽恵子が顔を上げたとき、子供たちの視線と出会った。その子供たちの視線に音羽恵子は敵意のようなものを感じた。

南部浩行と音羽恵子はしばらく起き上がれなかった。バラック小屋から一人の老人がおそるおそる近づいてきて、

「大丈夫か……」

と声を掛けてくれた。

音羽恵子は這いながら腹を抱えてうずくまっている南部浩行の側にきた。スパナで殴られた額に四センチほどの穴がぽっかり開き、そこから鮮血が噴き出している。音羽恵子は自分

のシャツの袖を肩から引きちぎり、出血している南部の額にあてがった。

　顔中血だらけになって意識が朦朧としている南部浩行に、

「南部さん！　南部さん！　しっかりして下さい！」

　と音羽恵子は叫び、南部浩行の携帯電話を探したが、携帯電話は男たちに踏み潰されていた。様子をのぞき込んでいる老人に、

「救急車を呼んで下さい」

　と頼んだ。

「電話がないんだ」

　老人は困惑していたが、のそのそと歩いて電話を探しに行った。そして三十分後に救急車がやってきた。皮肉なことに南部浩行と音羽恵子が救急車で運ばれた病院はR病院だった。

　南部浩行は肋骨三本にひびが入り、額の傷を六針縫った。幸い内臓に異常はなかったが、脚や腕や背中に打撲傷を負っていた。音羽恵子も口の中を切り、黒紫色に腫れた頬と瞼が痛々しかった。全身に鈍痛が走り、関節に痛みを覚えたが心配するほどのことはなかった。肋骨にひびが入っている南部浩行は医師から一カ月は安静にしているよう言われた。

　二人は病院でタクシーを呼んでもらい、社会福祉センターに帰った。

「どうしたの、二人とも……」

二人の凄惨な姿を見て、ナパポーンは絶句した。

「三人の男に襲われた。これは警告だ」

肋骨にひびが入っている南部浩行はゆっくりソファに腰をおろした。

「シーラットとソーパーは？」

と音羽恵子が訊いた。

「大行進に参加するよう説得に回ってるわ」

パソコンに向かっていたションプーが席を立って台所へ行き、冷蔵庫の氷と水を洗面器に入れて二枚のタオルを冷やしてしぼり、二人に持ってきた。

「気をつけなきゃ。連中は虎視眈々と狙ってるのよ」

喋ると口の中の傷が痛んだ。音羽恵子はションプーがくれたタオルをそっと頬にあてがい痛みをこらえて、深刻な表情になった。

「警察に訴えるのは藪蛇ね。泣き寝入りしかないんだわ。これからどうなるの？」

不安が現実となり、ションプーはますます怯えていた。

「おれは明日、日本大使館へ行って事情を説明し、タイ政府に強く抗議するよう言ってくる。仲介者とも会って、真相を聞き出してやる。おれのなけなしの金をはたいて、口を割らせてやる」

南部浩行は復讐に燃えていた。

そこへ南部浩行を探していたフリーカメラマンの与田博明が現れた。

与田博明も南部浩行と音羽恵子の姿を見て驚き、

「どうしたんだ。交通事故か」

と訊いた。

「ガキが彼女のバッグを奪って逃げたので追って行ったら、路地で三人の男が待ち伏せしていて、やられたんだ。くそガキども！」

力むと肋骨や額の傷が痛み、南部浩行は顔を歪めた。

「だから子供にはかまうなと言っただろう。おまえは人の言うことを聞かないから、こういうことになるんだ」

「つい同情して油断したのが、まずかった」

南部浩行は非を認めようとせず、強がりを言うのだった。

「油断させられるんだ。その隙を狙われる」

この国の厳しさを、まだ充分認識していない南部浩行の甘さを与田博明は批判した。

「わたしがいけなかったんです。まさか肩に掛けているショルダーバッグを奪われるとは思ってなかったんです」

音羽恵子は南部浩行をかばうように言った。

「ところで明日は仲介者と会えるだろうな」

安静にしていなければならない南部浩行は、なにがなんでも仲介者に会って情報を聞き出そうとしていた。

「仲介者から携帯に電話があって断られた。二十万バーツ出すと言っても断ってきた。上からの締めつけがかなりキツイらしい」

「仲介者と会えないのか」

「会えない。仲介者も命あっての物種《ものだね》だからな」

真相を究明する道は途絶えた。他に方法はないものかと思いあぐねたが、考えつかなかった。あとは梶川みね子を直接、阻止するしかない。そこまで実力行使をしてよいものかどうか。音羽恵子が危惧しているように二人の子供の命を犠牲にする危険性があった。しかし、南部浩行の憤怒はおさまらないのだった。

12

一週間ほど前から、センラーは他の子供たちから隔離されて、別の部屋で一人にされていた。病院で精密検査を受け、肝臓、腎臓、胃、大腸、肺に異常はなく、そしてエイズに感染していないと診断されたので、他の子供たちから隔離され、客もとらされていなかった。センラーは、なぜ自分が他の子供たちから隔離され、そのうえ客もとらされずに、毎日栄養のある食事を与えられているのかわからなかった。チェンマイのD村からバンコクのホテル・プチ・ガトーへ連れてこられてからというもの、毎日二、三人の客をとらされていた。顎がはずれそうになる大人の太いペニスを口に含み、膣に挿入され、ときには膣の襞が裂け、出血したことも何度かあった。それは生皮を剝がされるような痛みだった。煙草の火で陰部を焼かれたり、肛門に突っ込まれたり、乳首にピンを刺されたりした。泣くとまた煙草の火で腕や股や首を焼かれるので、どんなことをされても泣いてはならなかった。泣くとさらに恐ろしいおしおきをされるのだ。客のほとんどは欧米人か日本人だったが、中にはアラブ人もいた。ときには五、六人の子供を集めて、ありとあらゆる性技を強要された。その地獄のような日々から、いま解放されたのだ。

センラーは先月、九歳になったが、自分が何歳なのかはっきりしなかった。ときどき生まれ故郷の村の山や畑や河を思い出し、両親はなぜ自分を引き取りにこないのだろうと悲しくなって泣きだしそうになるが、決して涙をこぼしたりはしなかった。一日に三度、与えられた食事をとり、二日に一度シャワーを浴び、きれいな服を着せられ、部屋の中でぼんやりしていた。地下室にいるので昼なのか夜なのか、よくわからない。汚れた人形が友達だった。その人形に話しかけ、夜は人形を抱きしめて眠った。だが、眠るのが怖かった。毎日、恐ろしい夢にうなされ、叫び声を上げて真夜中に目を醒ますからだ。そして目を醒ますと眠れなかった。

いつも怒鳴りちらしていたチューンが急に優しくなり、ときにはチョコレートやお菓子をくれたりする。そんなときセンラーは少し幸せな気持ちになるのだった。自分の仕事は終って村へ帰れるかもしれないという、かすかな望みをいだくのである。

チューンは一日に三、四回、部屋に様子を見にくる。今日もチューンはカーオ・ラーム（あずき餅菓子）を持って、様子を見にきた。

「体の調子はどうだ。具合の悪いところはないか」

「ありません」

センラーは何か失敗したのではないかと顔をこわばらせた。

お菓子をセンラーに渡したチューンは掃除機で部屋の掃除を始めた。他の子供たちがいる部屋は埃にまみれていて、月に一度、掃除をするかしないかなのに、センラーの部屋は三日に一度、掃除していた。

掃除が終ると、チューンは紙袋から下着を出して、

「着替えろ」

と命じた。

下着も三日に一度、着替えさせられている。洗濯した清潔な下着に着替えたセンラーは、お菓子を食べた。

「食べながらお菓子をこぼすんじゃない。きれいに掃除した部屋が汚れるからな」

センラーはあわてて、こぼれたお菓子を拾って食べた。

毎日のように煙草の火や鞭でおしおきをしていたチューンが親身になって世話をしてくれるのがセンラーには不思議でならなかった。きっと神さまが自分を助けてくれているのだと思った。

掃除機を隅に置き、

「あとでまたくる」

と言って部屋を出たチューンはドアに鍵を掛けた。

それからチューンは三階に上がり、ボスのソムキャットがいる部屋に入った。カーテンを閉めきった部屋には葉巻の匂いがこもっていた。一人掛けのソファに座っていたソムキャットは、スタンドの灯りを頼りに書類のようなものを読んでいる。

「ちょっと、そこのメガネを取ってくれ」

メガネなしでは読みづらいらしく、ソムキャットはテーブルの上を指さして、チューンにメガネを取らせた。

「ついこの間まではメガネなしでも字が読めたのに、最近はメガネなしでは字が読めない」

愚痴をこぼしながらソムキャットはメガネを掛けて、ふたたび書類のようなものを読んだ。

そして台所でコーヒーをたてて運んできたチューンに、

「これを読んでみろ。R病院からファクスで送ってきた書類だ」

と言って渡した。

書類の内容は、梶川みね子の息子の手術に関するものだった。それ以外にも臓器移植に関する詳細な内訳が記されていた。

二カ月ほど前、仲介者から日本人の子供が心臓移植手術を受けたいと言っているという連絡が入り、臓器提供の子供を探しているとのことだった。そして手術を受ける子供の血液型とHLA（ヒト白血球抗原）型が一致する、もっとも体質の近い子供を何人か調べたいので、R病院で検査を受けさせてくれないかと言われた。

値段は手術費込みで、心臓四千万円、腎臓二千万円、肺、胃、大腸、目、皮膚、骨、脳など、総計約七千万円である。それらの臓器を斡旋するマフィアへの報酬は三〇パーセントだった。ソムキャットはただちにホテルにいる子供たちの中から三人を選んでR病院で検査を受けさせた。そして検査の結果、各地から集められた十三人の子供たちの中で、梶川翼の体質にもっとも近く、健康でエイズに感染していない臓器としてセンラーが選ばれたのである。

書類には各臓器の値段と移植する病院名と日時が記入されていた。R病院では十二月二十五日に心臓と腎臓の手術が行われる予定になっている。その他の臓器は他の三カ所の病院で行われ、手術日も同じだった。臓器が新鮮な間に手術を施さねばならないからだ。骨や皮膚や目は実験用としてアメリカの病院に送られる。

「豚や牛は捨てるところがないと言いますが、人間も捨てるところがないですね」

書類を読んでいたチューンは、いまさらのように驚いた。

「金は手術の三日前に銀行へ振り込まれることになってる。その金で麻薬を買うんだ。軍はカンボジアから大量の麻薬をバンコクに運び込んでいる。今回はチャリアオに内密で取引をする。あんな女にいつまでも絞り取られてたまるか」

ソムキャットは怨念のこもった声で言った。チャリアオは八百人以上の配下を牛耳っているタイ最大マフィアの女ボスである。麻薬ルートはチャリアオにことごとく握られている。

「チャリアオに内密で取引するのは危険です」

「何を恐れてる。わしはあの女より、この世界に長く生きてきた男だ。女だてらにボスを気取りやがって。ひと泡吹かせてやる。プレーパン大佐とひそかに会うんだ。チャリアオに取られる四〇パーセントの内、二〇パーセントを渡すと伝えるんだ。プレーパン大佐は気の多い、欲の深い男だ。必ず乗ってくる」

危険な賭けだった。チューンはあまり乗り気ではなかったが、ボスの命令には逆らえなかった。

ソムキャットはおもむろに受話器を取ると電話番号を押した。電話に出たのはプレーパン大佐である。

「わたしだ。ソムキャットだ……あんたに相談がある……明日の午前零時に例のところでチューンと会ってくれ。チューンから詳しく話をする……そうだ……金になる話だ……では、また……」

手短に用件だけを言って電話を切ったソムキャットはソファにもたれてコーヒーを飲み、

消えていた葉巻に火を点けた。

　非情冷酷な世界を生きてきたソムキャットの目はけもののようであった。その目で睨まれると、チューンは思わず伏目になるのだった。たるんだ皺だらけの顔は、ひからびて亀裂の入った沼のようだった。

「A新聞社の記者と社会福祉センターにいる日本人の女に焼きを入れてやったが、二人はまだこりてないらしい。わしらを嗅ぎつけようとしている。警察署の署長から電話があって、日本人には手荒なことはするなと言ってきた。日本人観光客が減ると困ると観光庁長官が怒ってるらしい。政府は日本から莫大な借金をしてるし、日本人観光客は金を落としてくれるから、手が出せないってわけだ。だが、連中がおかしな真似をしたときは、もう一度焼きを入れてやれ。日本人は戦争中、この国でさんざん悪事を働いたんだ。冗談じゃねえ。舐めやがって！」

　ソムキャットはサイドテーブルの上に置かれたワインをグラスに注いで、一気に飲み干した。

「あの二人から目を離すな。警察とは別に、手術が終るまで見張るんだ」

　翌日の午前零時、チューンはルンピニー公園のラマ六世像を目印にラチャダムリ通りに車を停めてプレーパン大佐を待った。軍人らしくプレーパン大佐は約束の時間通り、車に乗ってやってきた。午前零時ともなれば、このあたりは人影もほとんどなく、車の通行量も少なかった。プレーパン大佐が車をチューンの車の後ろに停めると、チューンはバックミラーで後ろの車を確認した。私服だが、プレーパン大佐に間違いなかった。チューンはあたりに人影がないのを確かめて車から降りると、素早くプレーパン大佐の車の助手席に座った。そして煙草に火を点け、ライターの灯りで、いま一度プレーパン大佐の顔を確かめた。頬と顎の張った四角い顔をしている。広角レンズのような大きい目があたりを警戒しているようだった。

「しばらくです」

とチューンは挨拶した。

「ソムキャットは元気にしてるか」

「はい、元気です」

「神経痛で脚が不自由らしいが、もうそろそろ引退したらどうだ。いつまでも欲をかいてると、ろくなことはない」

ソムキャットはプレーパン大佐を欲の深い人間だと決めつけていたが、プレーパン大佐はソムキャットを欲ぼけした老人だと決めつけている。どっちもどっちだと思いながら、

「ボスはまだまだ元気ですから、引退は考えてないと思います」

とチューンは当り障りのない返事をした。

「取引はいつも通りに手配するが、チャリアオに内密でやってもいいのか」

プレーパン大佐は警告するように言った。

「大佐が黙認してくれれば問題ないと思います」

「最近、福建省の連中がわたしのルートを脅かしている。カンボジアの連中は、それをいいことにヤクの値をつり上げてきてるんだ。その分、あと五パーセント上乗せしてもらいたい」

弱味につけ込んでプレーパン大佐はパーセントをつり上げてきた。

「わたしには決められません」

難問を突きつけられて、チューンは返答に窮した。ソムキャットの言った通り欲の深い男だと思った。

「携帯電話でソムキャットに訊いてくれ」

交渉が決裂すると噂がひろがるおそれがある。チューンは携帯電話でソムキャットに連絡した。この時間帯のソムキャットはいつもアルコールに酔っていた。以前はアルコールに強かったソムキャットも、この一年でめっきり弱くなり、ワインを四、五杯飲むとかなり酔うのだった。

電話に出たソムキャットのしわがれた声は、かなり酔っている声だった。

チューンがプレーパン大佐の要求を話すと、

「なに、五パーセント上乗せしろだと？　それじゃ、なんのためにチャリアオに内密で取引するんだ。だめだ。大佐と替われ」

酔っているソムキャットががなりたてたが、プレーパン大佐に電話を替わると、とたんに要求を受け入れてしまった。チャリアオに発覚するのを恐れたからである。結局二五パーセントで交渉は成立した。

チューンが助手席から降りようとしたとき、

「せいぜい健康に気をつけて、長生きするように伝えてくれ」

とプレーパン大佐は笑みを浮かべた。

プレーパン大佐の顔の半分が街灯の影になっている。その影になっている不敵な笑みがチューンの瞼の裏にいつまでも焼きついていた。それから徐々に、チューンの尾骶骨から戦慄が這い上がってきた。

難民は増えることはあっても減ることはない。カンボジアとタイの国境に近い難民キャンプは幼児売買や麻薬取引のかっこうの場所だった。国境線を越えてタイに入ってくる難民たちにまぎれて幼児売買業者や麻薬の運び屋が入ってくるのだ。軍が設けた検問所では通行料として金や物や、あるいは麻薬を徴収する。そこで集められた大量の麻薬はひそかに運び込まれてマフィアと取引されるのである。

　プレーパン大佐のルートも、こうした検問所から集められた麻薬だったが、ここ一、二年、カンボジアから福建省へ大量の麻薬が流れていた。ある検問所で十四歳の男の子が急死する事件があった。調べてみると、男の子は胸から下腹部にかけて手術の跡があり、解剖の結果、胃袋からビニール袋に入った三キロの麻薬が出てきた。そのビニール袋が破れて、麻薬に侵されて急死したのだった。

　またラオスと中国の国境の検問所で起こった事件は驚くべきものであった。十六歳の少女が身体検査を受けたとき、肛門から紐のような物が少し垂れていたので、それを引っ張ってみると、ウインナーのようにつながっているビニール袋に包まれた麻薬が腸の中からぞくぞくと出てきた。少女は下剤を飲まされ、排泄物を放出した空っぽの腸に麻薬を詰め込まれていたのである。

　幼児を布に包んで抱いていた母親が検問所を通り過ぎようとしたとき、警備隊の一人が異臭に気付いて調べたところ、子供は死んでいた。母親を問い質すと、子供を他国の地に埋葬するにしのびず、抱いて故郷の福建省まで帰るつもりだったと泣き崩れた。しかし幼児の腹に手術の跡があったので切開してみると大量の麻薬が出てきた。子供が死んだとき、わずかな金で麻薬業者に頼まれ、死んだ子供を切開して内臓を取り除き、防腐剤と三キロの麻薬を詰め込み、ふたたび縫合して麻薬を運び出そうとしたのである。これらの事件は氷山の一角にすぎない。

コロンビアの麻薬組織は飛行機で大量の麻薬をマイアミへ運んでいたが、アジアにおける麻薬の運搬方法は、いわば人海戦術であった。

チューンはプレーパン大佐と取引したあと、しばらく警戒する必要があると思った。そのことをソムキャットに伝えると、

「いまどき銃撃戦をやる馬鹿なマフィアがどこにいる。そんなことをしてみろ、自分で自分の首を絞めることになる。プレーパンは悪賢い男だ。自分で自分の首を絞めるようなことはしない」

と一顧だにしなかった。

「それより新聞記者と日本人の女の見張りを怠るな。あの連中が騒ぎだして、手術が流れたら、プレーパンとの取引も流れてしまう」

ソムキャットはあちこちに電話を入れて情報を集めていた。全国統一大行進の動きも気になっていた。

社会福祉センターでは全国統一大行進に向けて精力的な活動を続けていた。はじめは話さえ聞こうとしなかった者が、何度も訪問して説得するうちに耳を傾けるようになり、参加の意思表示をし、いまでは百二十人にまで増えている。もちろん意思表示をしたからといって、必ずしも参加するかどうかは、そのときになってみなければわからない。しかし、意思表示した人たちの中から署名運動に協力してくれる者も現れ、運動の輪はしだいに広がりつつあった。

「案ずるより産むが易し、だよ。何ごともやってみなければわからない。はじめはやる前からおじけづいてたけど、やってみると、クロントイ・スラムの人たちも案外話を聞いてくれて嬉しかった。この調子でいくと、かなりの人数が動員できるぞ」

予想以上の成果にシーラットは満足していた。

「そのかわり、この数日、いやがらせ電話や脅迫電話も増えてきたわ。このファクスを見てよ。『おまえの目玉をくり抜いてやる』とか、『山刀で首を切り落としてやる』とか、『体を切り刻んでやる』とか、恐ろしいファクスがつぎつぎ送られてくる。ぞっとするわ」

ションプーは、数十枚はあるかと思われるそれらの脅迫ファクスを机の上に投げ出した。

「郵便物には気をつけることね。カミソリやサソリを同封してきてるけど、そのうち爆発物を送ってくるかもしれないわ。先日は、アチャーの事務所に爆発物が送られてきたらしいわ。

幸い爆発しなかったからよかったけど、アチャーの親しい友人の名前を使って送ってきたというから、わたしたちも友達や知り合いの郵便物だからといって、安心してはいけない。すべての郵便物には注意しないと」

四日前、フィリピンから郵送されてきた小包を開封してみると五匹のサソリが入っていて、動転したションプーが机から小包を落としてしまい、五匹のサソリが逃げだしたので、事務所内はパニックになった。ちょうど昼食の時間だったので食事をしていた子供たちを外へ避難させ、九人が総がかりでサソリ退治に大わらわだった。それ以来、みんなは郵便物には神経をとがらせていた。

「全国統一大行進が終ったら、いやがらせや脅迫は終るのかしら。ずっと続くんじゃないの」

サソリの件でダメージを受けているションプーは、それ以来、郵便物に触ろうとしないのだった。

「組合から何人か警備にきてくれないかな。ぼくらだけでは不安ですよ」

ソーパーが弱音を吐いた。

「それは駄目よ。そんなことしたら、わたしたちと組合は一心同体に見られるわ。そう見られたら、全国統一大行進が終ったあとも、いやがらせや脅迫が続くかもしれない」

組合を安易に頼るべきではないというのが、ナパポーンの一貫した考えだった。

「同じことだよ。いやがらせや脅迫は、これからもずっと続くさ。連中にとってわれわれは目の上のたんこぶだから。とにかく全国統一大行進を成功させることだ。成功すれば、状況は変ると思う」

政治的勝利——それが変革への第一歩であるとシーラットは信じていた。

暴行を受けてから、音羽恵子はあまり発言しなくなった。ナパポーンから発言を求められても、以前のように自分の意見をはっきりと述べられなかった。瞼や頬の腫れは引いていたが、痂《かさぶた》になっている暴行のあとの浅黒い色や、体の痛みの中に暴力への恐怖が残っていた。暴力は憎悪であり、憎悪は暴力なのだ。あの三人の男たちの顔には憎悪がこもっていた。

週に一、二度、打ち合わせにやってくるプラタット書記長と組合幹部のトーンパオは慰めるように言うのだった。

「南部さんと音羽さんが追求している問題は、連中にとってよほど都合が悪かったのでしょう。つまり、あなたがたが暴こうとしていた問題は真実だったということです。真実ほど強いものはないのです」

しかし、プラタット書記長の言葉は、恵子には虚しく響くのだった。真実を暴こうとしたのではなく、この世の不条理に抵抗しようとしたが、暴力の前に、その思いは砕けたのだ。

音羽恵子はふさぎ込んでいる無力な自分に、言いようのない屈辱を味わっていた。

それは南部浩行にも言えるのだった。これ以上、闇の世界へ踏み込むのは危険ではないのか。奴らは、このつぎは日本人といえども容赦しないだろう。だが、記者としての本能が、南部浩行を駆り立てるのである。梶川みね子の決意をひるがえさせることはできないだろう。ただ梶川みね子の子供の手術が具体的にどのようにして行われるのか、それが知りたかった。

その後も与田博明を通じて情報提供に対する報酬を提示して何度かアポイントを取ろうとしたが、仲介者は応じようとしなかった。

「やはり医師から聞き出すしかない」

シーロム通りのカフェでビールを飲んでいた南部浩行が言った。

「医師には秘守義務がある。それにマフィアを恐れて言わないさ」

いつもカメラを首からぶらさげている与田博明は、やはりビールを飲みながら言った。

二台のカメラと三脚、ストロボ、フィルム、その他、撮影に必要な道具一式を入れた重いバッグを持っている与田博明を、客席でジュースを飲んでいた二人の女が好奇の目で見ている。どうやら客を物色しているようだった。

「あの女に聞いてみようか。もしかすると、知っているかもしれない」

この街の人間はみんな知っているのに、知らないふりをしているのだ、と南部浩行には思えるのだった。

「やめとけ。知ってるわけないよ。それにカウンターの隅にいる男が、おれたちを見張ってる。忘れたのか、おれたちはいつも誰かに見張られてるんだ」

与田博明に注意されてカウンターの隅を見ると、確かにいたはずの男がいなかった。

「そんな男はいない」

少し酔いの回っている南部浩行はとまり木を立って二人の女の席に行った。二人の女がにっこりほほえんだ。

「座ってもいいかな」

南部浩行は空いている席に座って、

「ちょっと話があるんだ」

と言った。

「どんな話?」

向かい側に座っている二十一、二歳の女が訊いた。茶色の肌が照明の灯りを反射して琥珀色に輝いている。口紅を塗った真っ赤な唇が、毒を含んだ熱帯の植物のようだった。黒い大きな瞳の奥に棘《とげ》のような猜疑心が光っていた。

南部浩行はポケットから十バーツを出してテーブルの上に置いた。

その十バーツ紙幣を見たもう一人の青いブラウスを着た女が、

「わたしたちは八百バーツよ」

と不満げに言った。

「おれの質問に答えてくれたら、二十バーツ出す」

南部浩行は十バーツ紙幣をもう一枚テーブルの上に置いた。

二人の女は怪訝な表情をした。

南部浩行は幼児売買や幼児臓器売買について手短に語り、近々、犠牲になる子供にこころ当たりはないかと訊いた。

二人の女は、藪から棒に、とんでもない話を持ち出してくる南部浩行に驚き、

「そんな話、聞いたこともないわ。何言ってるの。わたしたちの席から離れてよ」

と青いブラウスの女が声高に言って南部浩行を追い払おうとした。

「五十バーツ出す」

ポケットから札を出そうとする南部浩行をしりめに、二人の女は席を立ち、テーブルの上の二十バーツを鷲掴みして、さっさと店を出た。

「よせばいいのに。彼女たちが話すわけねえだろう。知ってても話さないよ」

南部浩行の軽薄な行為に与田博明はあきれていた。

二人の女が出て行ったあと、二十分後に南部浩行と与田博明が店を出ると、二人の男に道をはばまれた。この前の三人組とは別の男たちだった。

二人の男に、いまにも刃物でどてっ腹を突き刺されるのではないかと思えるほど間近に迫られ、

「おまえたちは日本へ帰れ。また痛い目にあいたいのか。ここはおれたちの国だ。このつぎは容赦しない。わかったな」

と、小柄だが、ボクサーのようにしなやかな体軀の男に威嚇された。

南部浩行は、この前の恐怖が蘇り、体を硬直させて沈黙した。与田博明はカメラを壊されるのではないかと、バッグをしっかりかかえ込んだ。

渋滞している車輛がひっきりなしにクラクションを鳴らしている。救急車のサイレンが鳴っている。事件が起こったのかもしれない。騒音と排気ガスと恐怖で南部浩行は目眩《めまい》を覚えた。気が付くと、二人の男は消えていた。

「これ以上の取材は無理だ。梶川みね子がこっちへくるまで様子を見るしかない」

怯えきっている与田博明は、うわずった声で言った。

一気に酔いが醒め、南部浩行は現実に戻された。

雨季から乾季に移り比較的しのぎやすい日が続いている。社には昼過ぎに出社し、あとは

王宮や寺院や美術館などをめぐり、観光旅行でもしているような日々を過ごしていた。バンコクにきて一年半以上になるが、あらためて市内を歩いてみると、何も知らなかったことに気付かされた。人びとの暮らしは貧しいが、その中で文化は育まれ、喜怒哀楽が営まれているのだ。しかし、その中へ日本人が溶け込むのは、きわめて困難であった。所詮は一時的に滞在しているにすぎない金持ち国の日本人であり、よそ者でしかなかったのである。金にものを言わせて取材しようとしても、厚い壁にはばまれ、その壁を越えることはできなかった。手術のとき他人の血を輸血してもらっても、体が拒絶反応を示すのとどこか似ている。体が拒絶反応を起こさないようになるには、長い時間がかかるのだ。

色とりどりのきらびやかな王宮、独特の曲線に縁どられた黄金色に輝く寺院、商業地域には高いビルが建ち並び、五ツ星のホテルもある。高級レストランに入ると満席だった。観光客として訪れた者にとって、ここは異国情緒豊かな国に映るだろう。事実、この国の風物や習慣や空、海、そして何よりも人びとの優しさは観光客をなごませてくれる。観光コースの飲食店や土産物店や寺院や高級ホテルや夜の歓楽街に行くと若い日本人が多く見られた。どこに貧しい人びとがいるのか？　意識しない者にとって貧しい人びともまた、この国の風物の一つに映るのである。

南部浩行が暴こうとしている問題は、結局のところ無意味ではないのか、と思えてくるのだった。グローバル化の中で貧富の差がますます二極化していくとき、貧しい国の生活を支えている闇経済を駆逐するのは、その国の崩壊をもたらすおそれさえある。かといって健全な経済を運営できる保証はないのだ。弱肉強食のグローバル化は、それを許さないからである。

南部浩行は橋のたもとに立って、ひっきりなしに往来している水上タクシーを眺めていた。そしてふと、インドの臓器村と呼ばれている村の一人の男を思い出した。厳しい検査を受けて臓器提供者として認められ、大学病院で二つある腎臓の一つを売買して三万六千ルピー（約九万円）を手にした男は、このお金で小さなアイスクリーム店を持ちます、と満面の笑みを浮かべた。その満足げな笑顔が忘れられなかった。人びとは恐ろしい矛盾を生きている。その矛盾を生きるしかない貧困の前で、南部浩行は立ちつくしていた。

東京の清水哲夫から梶川みね子が息子の梶川翼と一緒に成田空港を出発したという電話が入った。ベッドの中にいた南部浩行は跳ね起きて、すぐに与田博明に連絡をとった。置時計を見ると午後一時だった。日本とタイの時差は二時間である。急がねばならなかった。ＪＡＬは第二ターミナルなので、一階の到着ロビーで与田博明と落ち合うことにした。南部浩行は洗顔もそこそこにジャケットを引っかけ、ショルダーバッグを肩に掛けて部屋を飛び出した。大通りまで五分ほど歩き、タクシーを待ったが、こういうときに限ってタクシーはこない。タクシーを待っている間、南部浩行は尾行されていないかを確かめ、それから携帯電話で音羽恵子に連絡を取ろうとダイヤルをしたが、最後の番号を押そうとした指を止めた。音羽恵子は連絡を待っているにちがいないが、音羽恵子を巻き込みたくないと思った。

ドンムアン空港の第二ターミナルロビーに着くと、よれよれの赤茶けたシャツにカメラの道具一式が入っている黒いバッグを下げた与田博明が数歩先を歩いていた。

「与田！」

南部浩行が後ろから声を掛けると、与田博明はびっくりしたように振り返った。

「早かったな」

二日酔いのむくんだ顔をしている与田博明の肩を叩き、

「まだ二時間ある。どこかでコーヒーでも飲もう」

と南部浩行は言って、あたりを見渡し、コーヒーショップを見つけて二人は歩き出した。

店内は意外に空いていて、二人は窓際の席に座って、ウエイトレスにコーヒーを注文した。

「予定より四、五日、早いんじゃないか」

バッグに入っているカメラを取り出し、レンズを調整しながら与田博明が言った。

「たぶん病院かマフィアの都合で予定を早めたんだろう」

回した。

ウエイトレスが運んできたコーヒーをひと口飲んで南部浩行はあたりを警戒するように見
「尾行されていないだろうな。病院側の人間かマフィアが梶川みね子を迎えにきているはずだ」

与田博明は望遠レンズをつけたカメラをのぞいてロビー内を観察した。

「二階から撮るか、それともタクシーの中から玄関を出てくるところを撮るか、どっちにする」

と南部浩行が訊いた。

「そうだな、二階からの方が撮り易いと思うが、マフィアに見つかる可能性がある。タクシーの中から撮ろう。マフィアに勘づかれても逃げ易いし、梶川みね子のあとを追うのにも都合がいい」

二人はコーヒーを飲み、煙草を一服ふかし、それから玄関を出てタクシーに乗った。南部浩行は運転手に三十バーツを握らせ、玄関が見える位置にタクシーを停めて待機してほしいと頼んだ。

運転手は発進してバスターミナルを一周し、玄関から五十メートルほど離れた位置にタクシーを停めた。その位置からでは停留所にバスが停まると玄関は半分しか見えなかった。

「まあ、いいか。いざとなれば、タクシーから降りて撮るよ」

二人はタクシーの中で一時間ほど仮眠することにした。

瞼を閉じた南部浩行は反芻していた。なぜ四、五日早めたのか。梶川みね子の子供の容態が悪化したのかもしれない。あるいは病院やマフィアが子供の手術を早くすませて、われわれの取材を避けようとしているのか。漠然とした意識の中で、南部浩行はふと気づいた。十二月十五日に王宮前広場で全国統一大行進の集会がある。その全国統一大行進に合わせて、地方から行進してくる参加者や警察の警備の模様を三日がかりで取材することになっている。全国統一大行進は大きなニュースになるのは間違いないのだ。すでに世界各地からジャーナリストや各テレビ局がタイにきて取材を開始している。A新聞社も本社から三人の記者と二人のカメラマンが派遣されている。もし全国統一大行進の日に合わせて手術が行われた場合、梶川みね子や病院を張り込み、取材するのは困難である。

南部浩行は仮眠している与田博明を揺り起こした。半睡していた与田博明は一時間が経過したのかと思い、無意識にカメラを構えた。

「来月の十五日に、王宮前広場で全国統一大行進の集会がある。そのどさくさにまぎれて手術をしようとしてるんじゃないのか」

半睡状態から抜けきっていない与田博明は瞼を半分閉じたまま考えていたが、

「うーむ、どうかな。別に関係ないんじゃないか」

と生返事をした。

「きっとそうだ。奴らはおれたちの取材を避けるために、計算してるんだ」

「考えすぎだよ」

与田博明はまた瞼を閉じて眠りだしたが、南部浩行は眠れなかった。太陽が照りつける地面から陽炎が揺れている。南部浩行は空港の玄関を凝視し続けた。

やがて玄関から大勢の人びとが出てきた。腕時計を見ると到着時間から三十分がたっている。荷物を待ち、税関を通過するのに三十分近くかかったのだ。南部浩行が与田博明を揺り起こし、

「出てくるぞ」

と声を掛けた。

その声に与田博明は反射的に首にぶらさげていた望遠カメラを構え、玄関に照準を合わせた。

「きた、出てきた！」

一人の中年の男につきそわれて、車椅子に乗せられた十歳くらいの子供の手をしっかり握っている梶川みね子が玄関から出てきた。与田博明がシャッターを連続して切った。つきそ

っている男は梶川みね子の夫ではないかと思ったが肌の色が違っていた。タイの仲介者だろうか。南部浩行が望遠カメラをのぞこうとしたとき、走ってきたバスが停車して遮られた。

「写真は一応撮った」

与田博明が言った。

そして注視している二人の目に一台のワゴン車が映った。

「あの車を追ってくれ」

南部浩行は運転手に指示した。

運転手は何がなんだかわからず、南部浩行の指示通り、三、四台の車を挟んで適当な距離をとって尾行した。ワゴン車はウィパワディー・ラシット通りの高速をラマ四世通りで降り、北サトーン通りに入った。チャオプラヤー河方面に向かっている。シャングリ・ラ・ホテルかオリエンタル・ホテルに宿泊するだろうと思って尾行していくと、オリエンタル・ホテルに入った。やはりオリエンタル・ホテルか、と南部浩行は妙に納得した。

「さて、これからどうする？」

与田博明はひと息ついて訊いた。

「とりあえず社に帰ろう。梶川みね子と子供は一週間ほど休養をとって、それから病院で検査を受けるはずだ。検査は一週間から十日、あるいはもう少しかかるかもしれない。検査が終ると、いよいよ臓器提供者の子供を連れてくるはずだ。その子供の写真をなんとしてでも撮りたい。ついでに子供を連れてきた連中の写真も撮りたい。週刊誌にでかでかと掲載してやる」

三人組の男に襲われたときに受けた額の傷とひびの入った肋骨が痛みで疼いた。

三日後に音羽恵子から携帯に電話が掛かってきた。二週間以上会ってなかったので懐かしかった。声から音羽恵子の清楚な薫りが匂ってくるようだった。落ち込んでいると思っていたが、意外に元気そうだった。

「近々、梶川みね子さんがバンコクへ来ると思うんですけど、東京から連絡はないんですか」

音羽恵子も梶川みね子がバンコクへ訪れる日程を計算していたのだ。

「いや、まだ連絡は入っていない」

音羽恵子を巻き込みたくないと思っている南部浩行は嘘を言った。

「そうですか。もうそろそろくるはずなんですが……」

「君はこの件に関与しない方がいい。おれにまかせてくれ。この前も、おれと与田がカフェの前で、二人の男に恫喝された。この件で君を巻き込みたくない。これは新聞社の仕事だ。おれと与田がきっちりカタをつけてから、君に報告する」

ときっぱり言った。

「わたしが女だから、足手まといになるんですか。わたしもそれなりに頑張ったつもりです。わたしにも責任があります。事態のなりゆきを見届けたいのです。それが今後に役立つのです」

自分を除外しようとする南部浩行に音羽恵子は反発した。

「そうじゃない。おれは君を守れなかったんだ。守ることができなかった。それをわかってほしい」

額を割られ、肋骨を痛めた傷より、音羽恵子を守れなかった腑甲斐なさが深い傷となっているのだった。

「……」

沈黙のあと、音羽恵子は電話を切った。

あのとき、別の人間だったら、音羽恵子をかばうことができただろうか？　大学時代、ラグビー選手だったはずの自分が、三人の男にあっけなく叩きのめされたのを南部浩行は恥じていた。瞬間的な暴力の前に人はいかに無力であるかを知ったのだった。

社会福祉センターでは毎日、全国統一大行進の準備と動員に追われ、内外の個人・団体から数百にものぼるファクスやメールが送られてきた。それらの支援に勇気づけられて、センターのみんなは睡眠時間を短縮して仕事に没頭していた。

シーラットは全国統一大行進が間違いなく成功すると確信していた。社会福祉センターを監視している公安刑事や警察官の人数が、いつの間にか十五人に増員されていたが、シーラットは臆するどころか、外出のとき、監視している公安刑事につかつかと近づき、ライターの火を借りて、

「仲良くやろう」

とにっこりほほえみ、公安刑事や警察官の神経を逆撫でするのだった。

「あんなことして大丈夫ですか」

シーラットの大胆というか無神経さにションプーは、その反動を恐れていた。

「奴らも、われわれと仲良くなっていた方が、将来のためになるってことくらい、わかってるさ」

シーラットは得意そうに言った。

「あなたの思い込みの強い性格が、裏目に出ないことを祈るわ」

ナパポーンは皮肉を込めて言った。

組合から全国統一大行進の準備と進行、デモ行進の道順と解散に関する文章がファクスさ

れてきた。

一、各地から行進に参加してきた個人および団体は、いったんトラニ噴水（大地の女神像）の前に合流し、それから王宮前広場に誘導する。

一、一団体から一人以上の整理係および警備係の派遣を要請する。

一、出店はいっさい、禁止する。

一、プラカードは十人以上の団体に一つ、個人は団体に参加し、合理的な人数の割当てによってプラカードを持つことができる。

一、リーダーの指示に従い、他の挑発や言動に誘発されないこと。

一、車輌は混雑を避けるため、バンコクノーイ駅周辺に用意されている駐車場に駐車し、会場まで徒歩で行進に参加すること。

一、デモ行進の進路は、王宮前広場を出発しサナム・チャイ通りからA警察署前を通ってアッサダン通りに折り返し、内務省前を通過して民主記念塔前にて解散する。

全国統一大行進実行委員から送られてきたファクスには、大会に関する項目が詳細に記されていた。音羽恵子はその文章を、参加者に配るため五百枚コピーした。

社会福祉センターからは整理係にプッサディ、警備係にソーパーを派遣することに決めた。

「スワンニーとセーチャンは子供たちの世話をしてちょうだい。わたしと恵子とシーラットとションプーとプンカートは動員した参加者たちと一緒に行進に参加します。プラカードは何個になるかわからないけど、いまのところ予測では三百名ほど動員できると思うので、三十個のプラカードを用意しておきます。プラカードにかかげるスローガンは、参加者たちの意見や主張をできるだけ取り入れるよう配慮して下さい」

ナパポーンの説明を補足するようにシーラットは地図を書いた紙を示した。

「プラカードはソーパーの車に積み、われわれは別の車でバンコクノーイ駅周辺の駐車場へ行き、そこからトラニ噴水に向かいます。そしてトラニ噴水の前で、われわれが動員した参加者と合流し、プラカードを配分して王宮前広場に集まります。そのとき、他の団体と交ざらないようにして下さい。各団体は動員した参加者の先頭に立ち、混乱しないよう整然とした行進と集会を進行させる責任があります。デモ行進はサナム・チャイ通りからA警察署前を通りますが、かなり厳重な警備体制が敷かれていると思われるので、警察の挑発に乗らないよう注意して下さい。そしてアッサダン通りに折り返し、内務省前を通過して民主記念塔前で解散することになってますが、われわれが動員した参加者たちは、そこで二、三十分残り、今後の運動方針を示し協力を呼びかけます。こういう機会はめったにないので、運動のボランティアをつのろうと思います。大行進に参加してくれた人たちの多くはメンバーになってくれると思います」

シーラットの話は、これだけで終らなかった。

「それから……」

とシーラットは声を一段高めて言った。

「三日前、プラタット書記長から、つぎの選挙に出馬してほしいと要請されたので、わたしはプラタット書記長の要請を受けました。みなさんも賛成してくれると信じています」

はじめて聞かされる話にセンターのみんなは唖然とした。

「受けるべきじゃないわ。断るべきよ」

寝耳に水の発言にナパポーンは不快感をあらわにした。

「どうしてですか」

賛成してくれるものと信じていたシーラットは不快感をあらわにして反対するナパポーンに、むしろ驚いた。

「あなたは組合員でもないのに、プラタット書記長の依頼に出馬を受けるなんて、軽率すぎるわ。全国統一大行進に三百名ほど動員できたからといって、その人たちがあなたに投票してくれると思ってるの。過信しすぎてます。地道に、地を這うように活動しているわたしたちを、プラタット書記長は政治に巻き込もうとしてるんだわ」

シーラットがここにきて、プラタット書記長に急接近し、政治的な発言を強めてきた意図がなんであったのか明確になった。

「あなたの野心に社会福祉センターが利用されるのはごめんだわ」

きつい言葉だが、ナパポーンの真意だった。

「この国に中立などありえない。敵か味方か、そのどちらかです」

「それでは社会福祉センターはあなたの敵になるわけ？」

「そうじゃない。政治的な解決なくして、幼児売春も幼児売買も幼児臓器売買も貧困も、教育や社会の整備も解決しないと言ってるんです。所長はどうして、そんなに頑固なんですか。レックも頑固だったけど、所長の方がもっと頑固です。いつも所長と口論していたレックの気持ちがわかりますよ」

シーラットに何がわかるというのだろう。レックを愛していた気持ちがわかるというのだろうか。レックを失った気持ちがわかるのだろうか。

日頃から無神経で、いささか傲慢なシーラットにナパポーンは怒りがこみ上げてきた。

「あなたに何がわかるっていうの。わたしとレックの何がわかるっていうの。わたしはレックを愛してたのよ。レックが生きていたら、あなたの意見に賛同したかしら。たぶんレックも反対したと思うわ。あなたは自分のことしか考えてないのね。出馬して国会議員になりなさい。そしてわたしたちを見捨てるがいいわ」

ナパポーンは震える手で煙草をつまみ、火を点けて吸った。そしてヒステリックになっている自分を恥じ、自己嫌悪に陥った。

シーラットは肩をすぼめ、手に負えないといったジェスチャーをして部屋を出た。

シーラットの唐突な発言にセンターのみんなは少なからずショックを受けたが、全国統一大行進まで、あと二十日しか残されていないので内輪もめしている場合ではなかった。シーラットの出馬問題は全国統一大行進のあとで議論して結論を出すべきだと思った。ただシーラットの野心が実現するとはとても思えないのだった。

シーラットの問題もさることながら、音羽恵子は梶川みね子の件が気がかりであった。日程から推測して、梶川みね子はバンコクにきているはずなのに南部浩行からは何の連絡もない。電話を掛けてみようか、どうしようか迷っていたが、音羽恵子は思いきって南部浩行の携帯に電話を入れてみた。

「もしもし……」

電話を通して南部浩行の声がとぎれとぎれに聞こえた。

「わたしです。恵子です。忙しいのに電話を掛けたりしてすみません。梶川みね子のことが気になって……梶川みね子さんはバンコクにきているのですか?」

間をおいて、

「きている。いまおれたちが見張ってる」

と南部浩行がぼそぼそと言った。音声が悪く、相互の声が間延びしている。

「どちらのホテルにいるんでしょうか」

きているとすればホテルに投宿しているはずだった。

「オリエンタル・ホテルに泊まってる。動きはまだない。人の出入りもない」

「わたしにできることはないですか」

と音羽恵子は訊いた。

「君は全国統一大行進の準備で忙しいはずだ。そっちを頑張ってくれ。おれたちも集会が始まる三日前には、そっちの取材に行くことになってる。そのとき、会場で会おう」

あくまでも梶川みね子の取材は、南部浩行と与田博明の二人でやるという。

確かに全国統一大行進の準備に追われている音羽恵子が梶川みね子の取材に協力できる状態ではなかった。電話を切った音羽恵子は取材がうまくいくよう願うしかなかった。

車の中で張り込みを始めてから十二日後の午後八時頃、ホテルから梶川みね子が子供を連れて玄関に横づけしたワゴン車に乗った。空港で梶川みね子を迎えた同じワゴン車だった。与田博明は素早くカメラのシャッターを切った。それからワゴン車を尾行し、R病院の裏に回ってワゴン車から降りるところと病院に入る場面をカメラに撮った。

「いよいよ検査だな」

南部浩行が薄暗い闇の中で呟いた。

「一週間か十日はかかる。その間、少し休養しよう」

十二日間、張り込みを続けていた与田博明は欠伸をしながら言った。

「これから帰って一杯飲むか。今夜はおれの部屋で飲もう」

南部浩行は与田博明を誘ってアパートに帰った。そして二人は明け方まで飲み呆けて翌日の午後二時頃まで眠っていたが、目を醒ました南部浩行は、二日酔いの頭でぼんやり考えた。臓器提供の子供も検査を受けるのではないか……。

そう思った南部浩行はソファで口を開けて死んだように眠っている与田博明を起こした。

「与田、起きろ。起きるんだ」

南部浩行の声に、与田博明は陸に打ち上げられた魚みたいに体をぴくぴくさせて寝返りを打った。

南部浩行は与田博明をゆすり、頬を二、三度平手打ちして、

「起きるんだ！　与田！」

と耳元で叫んだ。

その叫び声に与田博明は苦しげに閉じていた瞼をうっすら開けた。

「臓器提供の子供も検査を受けるとしたら、今夜あたり病院へ連れてこられるかもしれない」

与田博明は何度もまばたきして天井を見つめていたが、

「そうだな、そうかもしれん」

とかすれた声で言った。

二人はあわただしく洗顔をすませ、服を着て部屋を出た。途中、カフェでコーヒーを飲み、サンドイッチを食べた。それからスーパーに寄って夜食用のパンと水を買った。

「くるかな」

与田博明は半信半疑だった。

「くると思う。今夜か明日あたり」

「張り込みは疲れるよ。こんな長い張り込みははじめてだ」

与田博明は助手席を倒して仰向けになった。

「五年前、九州の博多で起こった殺人事件の犯人を二カ月張り込んだことがある。追う方も追われる方も地獄だったよ」

「いまのおれたちは、もっとヤバイぜ。なんせマフィアから命を狙われてるからな」

そう言って与田博明は頭をもたげてあたりの様子をうかがった。

陽が沈み、街に灯火がともり、病院の門が閉ざされた。南部浩行は社の車を病院の裏門に移動して車から降りると裏口に接近し、草むらに身をひそめた。裏口から病院の従業員たちが帰ってゆく。やがて人影がなくなり、病院全体がひっそりと静まりかえった。

「十二時まで待とう」

星明かりに腕時計をかざして南部浩行が言った。

時間は刻々と過ぎてゆくが人の気配はまったくない。そのうち病棟の灯りが消えた。

「今夜はこないんじゃないか」

待ちくたびれて与田博明はパンをかじり、水を飲んだ。

南部浩行がもう一度、星明りに腕時計をかざした。午後十一時だった。そのとき、一台の黒い乗用車が裏門から入ってきた。ヘッドライトを避けて二人は草陰に隠れ、息をひそめて車を見守った。与田博明は望遠カメラで車を追った。車が停まると後部座席から一人の男と子供が降りてきた。白いワンピースの胸のあたりに赤いフリルのついた服を着ていた。望遠レンズの照準を合わせると夜目にも子供の表情がはっきりと見てとれた。大きな瞳の可愛い女の子だった。裏口のドアが開き、一人の看護婦が現れた。にっこりほほえみ、女の子にひとこと、ふたこと話し掛けている。女の子のつぶらな瞳が怯えているようだった。男はふかしていた煙草の火を女の子の頬に近づけると、女の子はいまにも泣き出しそうに顔をこわばらせ、男の言うことに、こっくり頷いた。男はチューンで、女の子はセンラーだった。戸惑いと不安と怯えの入り混じったセンラーの表情が助けを求めているようだった。シャッターを押し続けていた与田博明は、飛び出して女の子を助けたい衝動にかられた。看護婦は女の子の手を取り、病院の中に入った。それを見届けた男は車に乗り、裏門から去って行った。

「あんな可愛い女の子が……ひどい話だ」

カメラを撮り終えた与田博明は腰がくだけたように草むらの上にへたり込んだ。

全国統一大行進の集会の日がきた。社会福祉センターでは朝から準備に追われていた。前日からつくっていた三十個のプラカードに参加者から寄せられたスローガンを赤と黒のマジックインキで書き込んだ。そして三百個以上のパンを段ボール箱に入れ、小型の飲料水三十ダースとプラカード三十個を貨物車に積み、整理係のプッサディを乗せてソーパーの運転で出発した。パンと飲料水は参加者たちに手渡すことになっている。音羽恵子は番号札をつくりながら、梶川みね子の件はどうなっているのだろうと気をもんでいた。南部浩行に電話を掛けてみようと思ったが、今日はトラニ噴水前で落ち合えるので、そのとき詳しく聞くことにした。

ナパポーンは留守を預かるセーチャンとスワンニーに子供たちの面倒をしっかりみるよう

に、戸閉まりをしっかりするように念を押し、万一のときを考えて二千バーツを渡した。

社会福祉センターの周囲には十五人の公安刑事や警察官が監視していたが、ソーパーの運転する貨物車を止める様子はなかった。全国統一大行進の集会は事前に市と警察の許可を得ていたので、不穏な動きがない限り、阻止できないのだろう。

一点の曇りもない真っ青な空に灼熱の太陽が輝いている。だが、窓から眺める風景は灰色にくすんでいた。クロントイ・スラムの黒い屋根がはるかに連なり、その向こうに高速道路と大小さまざまなビルが雑然と建っている。

ナパポーンはそれらの風景を瞼の裏におさめ、ふかしていた煙草の火を灰皿に消し、

「さあ、行きましょう」

とみんなをうながした。

そしてみんなはシーラットが運転するライトバンに乗って社会福祉センターの門を出た。公安刑事や警察官が見守る中、車はゆっくり走った。音羽恵子の胸が高鳴っていた。鼓膜に心臓の鼓動が響いている。梶川翼の手術はこれからなのか。それとも終ったのか。誰が犠牲になったのだろう。大通りには大型貨物車が列をなし、太いマフラーから黒い排気ガスを噴き出している。増え続けるオートバイもエンジンを空ぶかしし、騒音と排気ガスをまき散らしている。その排気ガスにまみれて、オートバイを運転している者もマスクをしていた。

街のところどころにパトカーや警察官の姿が見える。ルンピニー・スタジアム前を通ってラマ六世像を右に見ながらバンコク中央駅前にくると、全国統一大行進の参加者で駅前通りは溢れていた。車の渋滞もひどく、警察官が交通整理をしていたが、それ以外に数百人規模の盾を構えた警官隊が隊列を組んで参加者たちの動向を見守っている。その中を各団体のリーダーに誘導されながらプラカードを持った数千人の参加者が合流点のトラニ噴水に向かっていた。警官隊のものものしい警備と車の渋滞とプラカードをかかげた参加者が混在している中央駅周辺は異様な緊張に包まれていた。交通整理をしている警察官の警笛が鋭く鳴っている。

「参加者の数も多いけど、警官隊の数も多いわね」

想像以上の警官隊の数と群衆の数にナパポーンは圧倒された。

「革命ですよ。革命前夜ですよ。民衆が動きだしたんです。時代の巨大な力を押しとどめることは誰もできない」

運転しているシーラットは興奮気味に言った。

中央駅前をさらに進むと、左側はチャイナタウンで市場が点在している。チャイナタウンを過ぎると付近には数々の寺院、競技場、博物館、美術館、そして各省庁が王宮を囲むように建っている。東京の霞が関と大手町に似ている。

一寸刻みの渋滞に業を煮やしたシーラットはハンドルを大きく切って脇道に入り、空いている道路を探しながら迂回したが、どの道路も参加者と車で渋滞していた。荷台に十人以上乗っている貨物車が何台も見られた。たぶん他県からの参加者だろう。プラカードをかかげ、歌ったり、歓声を上げたり、まるで祭にでも行くように賑やかだった。

「どこからきたんだ」

お互いに挨拶を交わし、出身地を名乗り合って、車ごしに握手をしたりしていた。

「これじゃ、日が暮れちまうよ」

シーラットは腕時計を見ながらいらいらしていたが、プラ・ピン・クラオ橋はさらに渋滞していた。

「駐車場に止められるかな」

この調子では駐車場が満杯になり、駐車できないのではないかと心配していた。時間的には余裕をもってセンターを出発したはずなのに、他の団体も駐車場を確保しようと早朝から集まってきていたのだ。そしてセンターを出発して二時間後にようやく橋を渡って駐車場にたどり着いた。

ナパポーンとシーラットは紫外線を遮断するためサングラスを掛けた。音羽恵子とションプーとプンカートは麦藁帽子をかぶった。チャオプラヤー河にあるいくつかの船着場に水上タクシーがひっきりなしに乗客を運んでいた。

群衆は合流点のトラニ噴水をめざしてゆっくりと流れている。ナパポーンたちは群衆の流れに沿って、しかし足早にトラニ噴水へと急いだ。トラニ噴水では二十人ほどの整理係が所属団体や個人参加者をチェックし、パンと水と整理番号を手渡している。

整理係を務めているプッサディが、

「所長！　恵子！」

と呼びかけた。

「ご苦労さま。集会が始まったら、わたしたちのところへきてね。プラカードをかかげてるから」

ナパポーンは労をねぎらい、シーラットとションプーとプンカートがプッサディからプラカードを受け取った。そしてナパポーンたちは動員した参加者の集合を待った。動員した参加者が実際に何人集まるのかわからなかったが、開会の三十分前にほぼ三百人が集合したので、社会福祉センターの者を先頭にプラカードをかかげて中央へと入って行った。

ナパポーンは誇らしかった。さまざまな意識を持った人間が結集し、それぞれの立場を主張し、社会を変革しようと望んでいる現場に立ち会っているのが誇らしかったのである。

音羽恵子はトラニ噴水前で南部浩行が来るのを待っていた。ごったがえしている群衆を囲むようにパトロールカーと警官隊が要所要所に盾を構えて警備している。その数は中央駅前よりはるかに多かった。黙って群衆の動きを監視している警官隊の威圧感がひしひしと伝わってくる。

群衆から首をのぞかせている背の高い髭面の南部浩行が音羽恵子に向かって手を振った。その陽焼けしたぼさぼさ頭の南部浩行を見て、音羽恵子はなぜかほっとした。

「遅れてすまん。タクシーに乗ったんだけど、渋滞がひどいので途中から歩いてきたんだ」

息をはずませて南部浩行は白い歯を見せた。

「取材は終ったんですか」

音羽恵子が訊いた。

南部浩行と一緒にきた与田博明が、

「いや、大会が終るまで取材は続きます」

と答えた。

「そうじゃなくて、梶川みね子さんの取材はどうなりました」

「それならばっちり写真を撮りました」

「子供はどうなりました。子供は助かったんですか、それとも……」

「残念ながら、子供は救出できなかった。たぶん手術は終っていると思う」

南部浩行が無念そうに言った。

「そんな……」

音羽恵子は涙を浮かべ、吐息をもらした。

「どうしようもなかったんだ。助けることはできなかった。あとは徹底的に書くだけだ。それがせめてもの慰めだよ」

落胆している音羽恵子のか細い肩に手を掛け、南部浩行は抱きしめた。音羽恵子の体が震えていた。

音羽恵子は南部浩行の大きな厚い胸の中で、

「そうね、わたしたちには何もできないんだわ」

と呟くように言った。

「そうじゃない。素晴らしい大会じゃないか。これだけ多くの群衆が変革を求めてるんだ。何かを主張してる。君はその一翼を担ってるんだ」

音羽恵子は南部浩行から離れてハンカチで涙をぬぐい、笑顔になろうとした。

「ナパポーンさんはどこにいる？」

南部浩行は広い会場を見渡した。

「真ん中あたり。案内するわ」

音羽恵子は混雑している群衆をかき分けてナパポーンのところへ行った。

「お久しぶりね。陽焼けして、前よりいい男になったわ」

ナパポーンが冗談を言った。

「いやあ、不精していたもんですから。四、五日、髭を剃ってないんです」

照れながら、南部浩行は不精髭をさすった。

「壇上にアチャーがいる。六百人連れてきたんですって。さすがね」

ナパポーンは壇上にいるアチャーを指さして敬意を表していた。

赤い旗、グリーンの旗、鳥を描いた旗、その他、いろんな旗がプラカードとともにかかげられている。壇上には組合の幹部や各地域の代表が雛壇のように椅子に座って並んでいた。

壇上のバックには「第一回全国統一大行進」と書かれた大きな垂幕がかかっている。

司会者が開会を告げた。そして会場に二十万人が集結していることを告げると、いっせいに拍手と歓声が湧き起こった。実際の数字は定かでないが、王宮前広場からはみだした群衆は道路に溢れ、どよめいていた。上空には軍のヘリコプターが二機旋回している。

最初に全国の組合議長が開会の挨拶をし、続いて組合が支持している野党の国会議員が挨拶した。それからプラタット書記長の挨拶と報告と情勢分析に至る四十分以上の演説のあと、各地域代表の挨拶と報告が行われた。晩秋とはいえじりじりと肌を焼かれている群衆は、それでも忍耐強く、長い演説を聞いていた。ときどき演説に同意する拍手や歓声が起こり、会場は盛り上がっていた。

ナパポーンはふと横に三、四十メートルほど離れた場所にいる異質な集団に気づいた。白い布に黒のバツ印をつけた旗をかかげ、十四、五人の男たちが黒い半袖のシャツを着て黙って演説を聞いている。どういう団体だろうといぶかしげに見ているナパポーンの目に見覚えのある顔が映った。

「あの黒いシャツを着た人はスリチャイじゃない？」

ナパポーンは、側にいる音羽恵子に訊いた。そこで音羽恵子はナパポーンの指さす方向へ視線を転じて見ると、黒シャツを着た男たちがいた。

「スリチャイです。スリチャイに間違いないです」

音羽恵子は演説を熱心に聞いているスリチャイが頼もしく見えた。

「チェンマイからわざわざきてくれたのね。でも、黒いシャツを着ている人たちは、どういう団体かしら」

全国には多くの団体があり、その中にはナパポーンの知らない団体もある。ともあれ、スリチャイがどういう団体に所属しているかは別にして、チェンマイから大会に参加してくれた心意気を評価した。そしてナパポーンは手を振って「スリチャイ！」と呼びながら合図を送った。群衆のざわめきと拡声マイクから流れる演説の声で、ナパポーンの声はかき消されたが、スリチャイは名前を二、三度呼ばれて、それに気づいたのか、手を振っているナパポーンをちらと瞥見したものの前を向いてしまった。ナパポーンもそれ以上の合図は送らなかった。あとで会えるだろうと思ったからだ。

壇上にいる各代表の演説はえんえんと続く。各地域の代表が演説に立つと、その地域に所属している参加者の間から、やんやの拍手喝釆が起きる。アチャーの番がきた。壇上に立った五十過ぎの小柄なアチャーの全身に闘志がみなぎっていた。あんな闘志がどこから湧いてくるのだろう、とナパポーンは不思議に思うのだった。

「みなさん、わたしはタイとカンボジアの国境に近いO村で幼児売買春、幼児売買を監視しているボランティア団体を代表して、この大会に参加しました。わたしたちは十人から十五人のボランティアの人たちと毎日監視を続けていますが、それでもわたしたちの監視を逃れて多くの子供たちが売られています。わずか五、六千バーツで売られた子供たちの行末は悲惨です。各地に転売され、最後はどこへ売られたのかわからなくなります。生きているのか死んでいるのか、それすらわからなくなるのです。このような行方不明の子供たちは毎年数千人に達するのです。十歳前後でエイズに感染し、商品価値がなくなるとゴミのように道端に捨てられ、路上で死んでゆく子供たちも大勢います。この悲惨な状況に対して政府は何の対策も講じようとしません。それどころか、これらの問題の根底には政府の高官をはじめ、軍、警察、そしてマフィアとの深い関係があると指摘されています。そして、それらの真相を暴こうとする者は闇から闇へと抹殺されるので、誰も口を開こうとしません。暴力の前で、わたしたちは沈黙を強いられているのです。暴力によって強いられている沈黙を破って真実と向き合うために、わたしたちはこの大会に参加しました」

アチャーの演説を聞いていると胸が熱くなり、ナパポーンはあらん限りの声援を送った。

与田博明はひっきりなしにカメラのシャッターを切っている。音羽恵子の後ろに立っていた南部浩行は、汗をかいている髪を短くした細いうなじに見とれていたが、ふとわれに返り、

「もうすぐデモ行進が始まるから、おれと与田は先にデモ行進のコースに行ってる。あとでまた会おう」

と言って与田博明と会場をあとにした。

三時間にもおよぶ大会は終盤を迎え、最後のデモ行進の準備に入った。

「大会は成功裏に終りました。これから行進に入りますが、行進は先頭のリーダーに従って、整然と行って下さい。個別にデモ行進したり、挑発行為はやめましょう。解散場所は民主記念塔です。全国から集まってくださったみなさんの熱意と行動に心から感謝します。大会で決議された問題を、それぞれの地域に持ち帰って、さらなる討議を重ね、その成果を来年ま

た、この時期に、この場所で再確認したいと思います。それではみなさん、行進に移って下さい」

実行委員の呼びかけに、会場に集まっていた二十万人の巨大な群衆がゆっくり動きだした。壇上にいた各地域の代表が先頭に立ち、警備係の誘導に従って道路に出た。サナム・チャイ通りには、民事裁判所、司法省、検察庁、国防省、外務省、A警察署があり、アッサダン通りには内務省がある。国の中枢機関が集中している、その道路をデモ行進するのは、ある意味で権力に対する恣意的な挑発行為であるかもしれない。いわば全国統一大行進は権力と対峙している意志を見せつける大会でもあるのだ。この日、動員された四千人の警察官は、蟻の入る隙間もないほど沿道に立ち並び、デモ行進を牽制していた。

真っ青な空にぎらぎらと煮えたぎる太陽の熱は沸騰点に達しようとしている。デモ行進は整然と行進しているとはいえ、プラカードを高くかかげ、口々にスローガンを叫んでいる巨大な群衆の流れは、しだいに大きな感情の塊になっていく。そしてA警察署前を折り返してアッサダン通りを行進しているとき、白い布に黒いバツ印の旗をかかげている黒シャツを着た十四、五人の男たちが突然ジグザグ行進を始めだした。怒声を上げ、わめきながら商店に投石し、プラカードで駐車している車の窓を割り、横転させて、ライターで新聞紙を燃やすと放火した。その光景を見ていた後続のナパポーンは驚愕し、

「スリチャイ！　やめなさい！　何をしてるの！　やめなさい！　いったいあなたは誰なの！」

と声を限りに叫んだが、黒シャツの一団に煽られた群衆の一部が商店やビルに雪崩《なだれ》込んで破壊し、略奪が始まった。いったん雪崩現象を起こした巨大な群衆の動きを制御するのは不可能であった。群衆は投石しながら商店を破壊し、電化製品や衣類や食料品を奪い、放火していく。警戒していた警官隊が群衆に向かって催涙弾を数十発打ち込んだ。催涙弾で目つぶしにあった群衆は方向感覚を失って逃げまどう。続いて数十発の銃声が響いた。警官隊と入れ替わって装甲車を先頭に軍隊が立ちはだかっていた。群衆の中には投石をして抵抗を試みる者もいたが、軍隊に狙い撃ちされて倒れた。銃弾に倒れた仲間を数人が引きずって逃れる背後から容赦のない銃撃で撃たれ、また一人倒れるのだった。阿鼻叫喚の中を逃げまどう群衆。

突然の暴動に、事態を理解できない音羽恵子はどこへ逃げればいいのかわからず、うろたえているところへ南部浩行がやってきた。

「逃げるんだ。日本大使館へ逃げるんだ。そこしか安全な場所はない」

南部浩行は動転している音羽恵子の腕を取った。

「センターに帰らなくちゃ。子供たちがいるのよ」

音羽恵子は悲痛な声で言った。

「センターにはわたしが行って子供たちを守るから、恵子は南部さんと一緒に日本大使館へ逃げなさい！」

ナパポーンが言った。

混乱してちりぢりに逃げまどう群衆に巻き込まれて、仲間を見失った音羽恵子とナパポーンは、銃撃を避けて建物の陰に隠れていたが、どこをどう逃げればいいのかわからなかった。

シーラットが群衆と一緒に投石していた。

「シーラット！　逃げなさい！　撃たれるわ！」

ビルの陰からナパポーンが投石しているシーラットに呼び掛けたそのとき、数発の銃声が響き、シーラットが胸と首に手を当て、体をよじりながら倒れた。

「シーラット！」

ナパポーンは気も狂わんばかりに叫び、倒れたシーラットに駆け寄り、腕を持ってビルの陰に引きずろうとしたが女の力では動かせなかった。南部浩行と音羽恵子も飛び出し、三人でシーラットをビルの陰に引きずり込んだ。三人を狙い撃ちした数発の銃弾がアスファルトとビルの建物に当って跳ね返った。

「ビルの裏口から逃げよう」

と南部浩行は言った。

「シーラット！　しっかりするのよ。シーラット！」

だがナパポーンの呼び掛けにもシーラットは無反応だった。胸と首を撃たれ、大量の血を流して死んでいた。ナパポーンは泣き崩れた。七年前の悪夢の再現だった。

「黒いシャツを着た一団が煽ったのよ。スリチャイは警察かマフィアの回し者だったんだわ。なんてひどいことを……許せない。何の罪もない人間を殺すなんて……」

ナパポーンは怒りに震えて号泣し、シーラットの遺体にしがみついた。

「ナパポーンさん逃げましょう。奴らがきます」

シーラットの遺体にしがみついているナパポーンを南部浩行は無理矢理引き離してビルの裏口から逃げた。

あたりに催涙弾と硝煙の匂いが立ちこめていた。数百人の兵士が四方に移動しながら銃撃している。すべての道路は封鎖され、厳重な検問が行われていた。至るところに死体が転がっている。いったい何人の犠牲者が出たのか。転がっている無惨な死体に音羽恵子は戦慄を覚えて身震いした。

「あー、神さま……」

ナパポーンが膝を折り、崩れるように一つの遺体の上におおいかぶさった。アチャーの遺体だった。

「どうしてアチャーが、アチャーが殺されるなんて。もう、この国は終りです」

悲しみと絶望のあまり、ナパポーンは魂が抜けたように茫然として立ち上がる気力を失っていた。

南部浩行と音羽恵子がナパポーンの両脇をかかえて立ち上がらせた。そして建物の陰から陰を伝って軍と警察の目を逃れてスワン・クラーブ大学に入り、そこを抜けてメモリアル・ブリッジの船着場に着いた。幸い水上タクシーが停まっていて、命からがら逃げてきたデモ参加者で超満員だったが乗船することができた。

三人はシャングリ・ラ・ホテルの近くの船着場で降りて、とりあえず体を休めるためにホテルの宿泊客を装うことにした。軍と警察は五ツ星ホテルの宿泊客まで調べたりはしないだろうと考えてのことだった。二部屋を予約し、一つの部屋に南部浩行が入り、いま一つの部屋に音羽恵子とナパポーンが入った。

群衆を煽って破壊行動をした黒シャツの一団は軍や警察の標的にはならなかった。彼らのうち、六人は、どこからともなく現れた二台の車に分乗すると、疾走して行った。行先は幼児売春を営んでいるソムキャットのホテルだった。

ホテル・プチ・ガトーに着いた彼らは、車の中に隠していた自動小銃をかかえて、入口に突進した。見張りをしていた二人の男を射殺し、続いて受付で果物を食べていたダーラニーの顔を連射したので耳の穴から脳味噌が飛び出し、顎と頬骨が砕けた。それから地下と階上のふた手に分かれ、地下に下りたグループは、煙草をふかしながら子供を監視していたバーイを射殺した。階上に上がったスリチャイのグループはソムキャットの部屋の前にきて、ドア越しにいっせいに銃弾を浴びせた。ドアに数十個の穴が空き、部屋の中の物が弾けて壊れる音がした。スリチャイがドアを蹴破ると硝煙と葉巻の匂いが立ちこめ、裏窓のガラスや置物や飾り棚が破壊され、ソファに座っていたソムキャットの体が蜂の巣になっていた。

部屋の片隅で右肩を撃たれたチューンが、落とした拳銃を左手で拾おうとしている。

スリチャイに自動小銃を突きつけられて、

「待ってくれ！　助けてくれ！　おれはボスの命令に従っただけだ。助けてくれ！」

と命乞いをしたが、スリチャイは自動小銃の引き金を引いた。

地下室に向かったグループは、監禁されていた子供たちを連れ去った。おそらく子供たちはどこかで転売されるのだろう。ソムキャットは女ボスのチャリアオに内密でプレーパン大佐と麻薬取引をした報復を受けたのだった。そのプレーパン大佐は暴動鎮圧の指揮を取っていた。

シャングリ・ラ・ホテルの一室に避難したナパポーンと音羽恵子は社会福祉センターにい

る子供たちの安否を気づかっていた。音羽恵子が携帯電話で連絡を取ろうとしたが電話には誰も出なかった。

「何かあったのかしら……」

何度も掛け直してみたが、電話のベルは空しく鳴り続けるだけであった。スワンニーとしっかり者のセーチャンがいるはずなのに、どうして電話に出ないのか。ナパポーンはセンターへ帰ることにした。

「いま帰ると危険です」

南部浩行がナパポーンを止めた。

「子供たちがどうなっているのか知りたいの。子供たちの安全を確かめずに、わたし一人だけがホテルの一室で隠れているわけにはいかないわ。そうでしょ」

強固な意志を込めてナパポーンは南部浩行を見つめた。

「わたしも一緒に行きます」

音羽恵子が言った。

「わたし一人で大丈夫。恵子は南部さんと日本大使館へ行きなさい。今日中に暴動はおさまると思うわ」

「でも、一緒に行きたいのです。わたし一人だけが日本大使館で保護されているわけにはいきません」

　音羽恵子はナパポーンと同じ台詞を言った。

「恵子の気持ちはわかるわ。でも、軍も警察も保護施設にまで手を出すとは思えない。様子を見て、二、三日後にでもきてちょうだい」

　ナパポーンは優しくさとすように言った。

「でも……」

　音羽恵子は胸が張り裂けそうだった。しかし、ナパポーンの意志を押しとどめることはできなかった。ナパポーンは微笑を浮かべて部屋を出た。

「ナパポーンさんは大丈夫だ。あの人は、何ものにも負けない強い意志を持っている」

　ナパポーンが部屋を出て行ったあと泣き崩れている音羽恵子の肩をそっと抱いて南部浩行は慰めた。

　南部浩行はタクシーでアソーク通りの日本大使館まで音羽恵子を送り届け、その足で社に戻った。日本人スタッフ二人と現地人スタッフ二人の四人しかいない支局は情報収集と本社からの問い合わせに混乱していた。社に戻ってきた南部浩行に日本人スタッフの一人、杉崎陽平は、

「心配してました。津山は街の様子を見に行ってます。街はどうなってますか？」

と訊いた。

「大変なことになってる。おれも危ないところだった。人数はわからないが、おれが目撃しただけでも十数人が死傷している。犠牲者はかなり増えると思う」

「与田さんから電話があって、もうしばらく現場にいるとのことです」

「わかった。おれは本社に状況を報告して、記事を書く」

南部浩行は本社に電話を入れ、土方デスクに長々と状況を説明し、今夜、山場を迎えると情勢分析した。

現地のテレビやアメリカ、フランスのメディアはすでに現場の映像を流している。現場にいながらA新聞社が後れをとったのは否めなかった。

与田博明が泥だらけの恰好で戻ってきた。催涙弾と硝煙の中を取材していたらしく目を真っ赤にし、鼻腔のあたりが黒くなっている。

「遅いぞ。朝刊に間に合わせなきゃ」

疲労困憊している与田博明を南部浩行は急かせた。

「数百人の死傷者が出てる。軍は群衆に向かって撃ちまくってた。地獄だよ。戦車まで出動していた」

「この際、反体制側を徹底的に潰そうとしてるんだ」

「音羽さんとナパポーンさんはどうなった」

「音羽は日本大使館に避難したが、ナパポーンさんはセンターに帰った。シーラットは殺られた」

「なんてこった。これで民主化は十年遅れる」

与田博明は嘆息して暗室に入った。

その日は夜遅くまで、暴徒化した一部の群衆が、街のあちこちで投石を繰り返し、商店を破壊し、車に火を放ち、銃声が木霊していた。南部浩行は散発的な銃声を聞きながら、記事と写真を本社へ送った。

翌日、街は平穏をとり戻していた。しかし、街の至るところに軍と警察の検問所が設けられ、厳戒態勢が敷かれていた。

起床した南部浩行は日本大使館にいる音羽恵子に携帯電話を入れた。低い暗い音羽恵子の声が聞こえた。

「もしもし、おれだ。大丈夫か？」

強い衝撃で精神的打撃を受けている音羽恵子はしばらく黙っていたが、

「これからセンターへ行きます」

とかすれた声で言った。

「センターにはナパポーンさんがいるから、君は一両日、そこで休養した方がいい」

音羽恵子のはやる気持ちを鎮めようと南部浩行はできるだけ余裕のある声で言った。

「電話に出ないんです。何回掛けても、電話に誰も出ないんです。何かあったんです。所長がいるはずなのに、どうして電話に出ないんでしょう？　きっと何かあったんです。このままじっとしてられません。わたしはこれからセンターへ行ってみます」

「落ち着くんだ。センターへはおれが行って様子を見てくる。君はそこにいた方がいい」

「わたしが行って、この目で確かめます。わたしは社会福祉センターの一員ですから、責任があります」

「それはわかるが、非常事態だ。危険を冒してまで責任を果たすことはない」

「どうしてですか。こういうときこそ、責任を問われるんじゃないですか。わたしは行きます」

どこかナパポーンの頑固さに似てきた音羽恵子はそう言って電話を切ろうとしたので、

「わかった、おれも一緒に行く。これから社の車で、そっちへ迎えに行くから待っていてくれ」

街の様子をつぶさに調べて記事を書かねばならないが、音羽恵子を一人でセンターへ行かせるわけにもいかず、南部浩行は頭を悩ませながら車の手配をした。

「うちの社旗を車に立ててくれ」

南部浩行は杉崎陽平に頼んだ。A新聞社はそれなりに有名である。検問所を容易に通過するためにA新聞社の旗を立てることにしたのだ。

南部浩行は社旗を立てた黒塗りの乗用車を運転して会社を出発した。

昨日、五、六キロほど先で暴動が起きて商店やビルや車が炎上し、出動した軍の発砲で数百人の死傷者が出ているというのに、街はいつもと変らなかった。人びとはショッピングを楽しみ、レストランは賑わっていた。わずか五、六キロ先で起こった阿鼻叫喚の地獄は、どこか遠い国の出来事のように思えた。

日本大使館に近づいて行くと、軍と警察が検問所を設けていた。南部浩行が身分証明証とパスポートを見せると、何も言わずに通してくれた。

音羽恵子は門の脇の守衛室の前で待っていた。車を横づけすると音羽恵子は通用口から出てきて助手席に乗った。

「昨夜は眠れたか」

と南部浩行が訊いた。

音羽恵子は頭を横に振った。何かを思い詰めていた。社会福祉センターに電話を掛けても誰も出ないのは不可解である。何か異変があったと考えるのは当然であった。南部浩行も内心穏やかではなかった。

街のあちこちで検問しているので車の渋滞は普段よりひどかった。今日も空は真っ青に晴れ渡り、太陽は肉色に輝いていた。歩道に軒を並べている屋台がビルの影で黒ずんでいる。光り物を売っている屋台の前に座っていた老人と目が合ったとき、老人は歯の抜けた口を開いて笑った。その口腔は深い洞窟のようだった。南部浩行は渋滞の中で、いつまでも社会福祉センターに着かなければいいと思った。このまま音羽恵子と日本へ帰ってしまいたいと思った。

ようやく渋滞を抜けて車は社会福祉センターの前にきた。監視している警察官が車を止め、免許証やパスポートの提示を求めた。そして二人の身分証明証とパスポートを確認した警察官は、後ろにいる公安刑事を振り返ると、公安刑事は黙って頷いた。

いつもは庭で遊んでいる子供たちの姿が見当らなかった。建物の中に入ると一階に人の気配はなく、二階に上がって事務所をのぞいたが誰もいない。食堂にも人はいなかった。音羽恵子は不吉な予感を抱きながら三階に上がると警察官が一人、椅子に座っていた。

音羽恵子は寝室のドアを開けると、そこに八人の子供とセーチャンとスワンニーがいた。

「無事だったのね」

音羽恵子は駆け寄って子供たちと抱き合った。

セーチャンとスワンニーが涙を浮かべている。二人は音羽恵子に抱きついて泣きだした。

「所長は？　所長はこなかったの？　ションプーは、ソーパーは、プンカートは、プッサディは……」

音羽恵子は一人ひとりの名前を挙げて訊いた。

「所長とションプーとソーパーは帰ってきたけど、すぐに逮捕されました。ソーパーが抵抗したので、警官にひどく殴られて気を失い、引きずられて行きました。プンカートとプッサディはまだ帰ってきていません」

嗚咽しながらセーチャンは言った。

プンカートとプッサディが帰っていないということは、現場で逮捕されたか殺害された可能性がある。

「食事はどうしたの？」

と音羽恵子が訊いた。

「みんなが出掛けたあと、所長から預ったお金で、食料品を一週間分買って冷蔵庫に入れてあります」

連行されたナパポーン、ソーパー、ションプーはいつ帰ってこられるのか。一年、二年、いや数年先か、あるいは闇から闇へ葬られて永遠に帰ってこられないかもしれない。そう思うと胸を締めつけられる思いがした。

いつまでも腰を上げようとしない音羽恵子にいらだった南部浩行が、

「恵子、行こう」

と言った。

「どこへ……？」

「君は日本大使館に戻って、一週間後におれと一緒に日本へ帰ろう。一週間後、おれは本社へ戻って報告することになってる」

「わたしは残ります」

「何を言ってる。ここにはもう誰もいないんだ。君一人が残ってどうなる。君の役目は終ったんだ」

「誰もいないんじゃない。セーチャンとスワンニーと子供たちがいるわ。それ以外に何万人の飢えた子供たちが亡霊のように街や村や難民キャンプをさまよってるわ」

「しかし、君の役目は終った。これ以上、ここにとどまっていると殺されるかもしれない。軍やマフィアは邪魔者を容赦しない。現にいま、君はその目で奴らの残忍さを目撃しただろう。この国の子供のことは、この国の人間が解決するしかない。君は所詮、この国では外国人なんだ。日本に帰ってやることはいくらでもある。おれは君を残して帰ることはできない。

おれと一緒に帰るんだ」

まるで命令調だったが、「この国の子供たちのことは、この国の人間が解決するしかない。君は所詮、この国では外国人なんだ」という南部浩行の言葉に音羽恵子は愕然とした。無意識に出た言葉とはいえ、その言葉の中に南部浩行の本音が隠されていた。

豪放磊落な男だと思っていた南部浩行の顔が急にエゴイズムの塊のように見えた。「君は所詮、この国では外国人なんだ」という言葉を裏返せば、日本にいる外国人は所詮、日本人とはちがうのだという排他的な感情にほかならなかった。南部浩行にとって、この国のことは無関係だったのだ。取材をして日本へ帰り、記事を書いてしまえば、すべては一過性の出来事として無化されるだろう。心強い先輩としてひそかに憧れていた南部浩行だったが、音羽恵子は失望した。これが一流新聞社のエリート記者だろうか。

不安なまなざしで寄り添い、音羽恵子の手をしっかり握りしめている子供たちの手から伝わってくるぬくもりに音羽恵子はいまはっきりと思うのだった。わたしを必要としている子供がいる限り、わたしはここにとどまろう、と。それがわたし自身なのだから。この現実から別の現実――日本に逃避しても、わたしはわたし自身から逃れることはできない。わたしは子供たちと一緒にわたし自身を生きるのだ。

南部浩行は手をさしのべてうながした。だが、音羽恵子は拒否した。

「わたしは南部さんについて行きません。日本にわたしの居場所はないのです。わたしの居場所はここです。ここ以外にありません。わたしは所長とションプーとソーパーが帰ってくるまで、ここで待ちます。プンカートとプッサディを探しに行きます。たとえ彼女たちが死んだとしても、わたしは彼女たちの魂を探し求めます。子供たちと一緒に……」

音羽恵子はこらえていた涙を流しながら言った。

そして涙をぬぐい、毅然とした態度になって、

「さあ、みんなで食事をつくりましょう」

と声を掛け、子供たちを連れて部屋を出た。

解　説

永江朗

——そして僕らの生活は豊かになった。しかし、心は貧しくなっていった。——

小説家志望だった友人の、習作の一節である。

かつて私たちは、自分が豊かになることについて、なにがしかの罪悪感を持っていた。その罪悪感は、二つの気分から成っていた。一つは、「自分だけが豊かになってしまって」という気分。もうひとつは、「他人を踏み台にして手に入れた豊かさ」という気分だ。そして、この両者は分かちがたく結びついている。

「他人」というのは、東南アジアをはじめとした発展途上国の人々のこと。当時の私たちのいい方では、第三世界の人々である。

もっというなら、自分たちが享受している豊かさ――新しい服を買ったり、レコードで音楽を聴いたり、「食堂」ではなく「レストラン」で食事をするような、消費行為としての豊かさには、どこかインチキなものがあると感じていた。たとえばオトナたちが誇らしげに語る「戦後の奇跡的な復興」だの「高度経済成長」だのだって、けっして自分たち日本人の汗と涙だけで手に入れたものではなく、朝鮮戦争やベトナム戦争など東アジアの人々の流血によって得たものだと感じていた。自分たちが物質的に豊かになればなるほど、貧しい人々はますます貧しくなり、悲惨な人々はますます悲惨になっていくと感じていた。

だから冒頭に記した友人の言葉は、私だけでなく、当時の若者に共通した感覚だったと思う。ちなみに、「当時」とは、一九八〇年代の初めごろのことだ。その後、友人は小説家にはならず、宝石商になった。

当時のエンターテインメント小説、とりわけ冒険小説を振り返ると、同じような認識に裏打ちされたものが多かったように思う。船戸与一も森詠も中村敦夫もそうだった。私は彼らの小説を読みながら、「この豊かさの意味は何なのだろうか」と考えずにはいられなかった。

一九八〇年代のなかばから一九九〇年代の初頭を境目に、豊かさに対する後ろめたさが希薄になっていった。そう、バブル経済が始まり、「ジャパン・アズ・ナンバーワン」などと浮かれていたあの日々だ。「日本的経営」などという言葉がもてはやされ、自分たちの努力と才覚だけで豊かになったかのような傲慢な言葉がメディアで垂れ流しされた。

アジア各国や東ヨーロッパ、あるいは地球の裏側のブラジルやコロンビアから、大勢の人々が働きに来るようになった。彼らを見る日本人の視線には侮蔑が込められていた。彼らが貧しいのは彼らが怠け者だからであり、彼ら自身のせいなのだ、と。「私たちが富を独占するから、彼らは貧しいのではないか。私たちのやりかたはフェアだったか」と疑う声はバブルの熱狂にかき消されてしまった。

その後、バブルは崩壊。やがて阪神淡路大震災や地下鉄サリン事件が発生して、経済に対する自信も、土建技術に対する自信も、治安に対する自信も喪失してしまった。しかし、だからといって、海外の貧しい社会に対する後ろめたさは回復できないでいる。いや、それどころか、『プロジェクトX』だの自由主義史観だのに慰撫《いぶ》されるだけである。

＊

本書、『闇の子供たち』は、商品として売買される貧しいアジアの子供たちを題材にした小説である。梁石日の小説は大きく分けて二系統ある。ひとつは『血と骨』や『族譜の果て』、『睡魔』などに代表される、作家自身の体験をもとにした自伝的な色彩の濃い小説群であり、もう一つは朴正熙狙撃事件を題材にした『夏の炎』（『死は炎のごとく』改題）や、光州事件を背景に描いた『終りなき始まり』などの系統である。本書は後者に属する。

描かれているのは、まったくもってひどい世界だ。まだ初潮も始まらないような幼女が売られていく。売られた先で強要されるのは、幼児愛好者たち相手の売春である。売春といっても、子供たち自身に金が入るわけではない。大人たちの商売の道具にされるだけ。彼女たちはただの奴隷であり、人形にすぎない。したがって、売春というよりも、性的虐待であり徹底的な搾取である。

梁石日が描いていることは、けっして虚構でもなければ誇張でもない。私も以前、幼児愛好者たちを取材しようとしたことがある。何度か接近を試みたが、核心にまで迫ることはできなかった。それでも、周辺を嗅ぎ回るだけで、おぼろげなことはわかった。

私が会ったのは、本書に登場するような〝過激〟な変態たちではなく、幼女たちの裸体を愛好するだけの〝ソフト〟な人々だった。彼らがアジアに目を向けたのは、日本国内で児童ポルノが作れなくなったからだ。

それをポルノと呼ぶかどうかはべつとして、かつては日本国内でも幼女ヌードが撮られていた。ベテラン編集者に、被写体の確保方法を聞いたことがある。子供がよく遊んでいる公園などに行くのだそうだ。かわいらしくて、でも貧しそうな子供に目をつける。親を説得するときは「ピアノなんかも、買ってあげたいでしょうね」などと世間話の間に挟む。ようするに、そこでも問題は経済だった。国内の経済的矛盾が、そのままアジアに輸出された。児童ポルノの一面だ。

私が会った児童ポルノ愛好者によると、タイの山岳民族の子供が被写体として選ばれたのは、その土地の人々が特に貧しいからとか、親を納得させやすいからというよりも、容姿が日本人に似ているからなのだそうだ。日本の児童ポルノ愛好家たちは、日本人の幼女を好む。フィリピンなどの〝バタくさい〟顔つきでは商品性が低い。山岳民族の幼女に、日本から持っていった衣装を着せて撮影を行なう。

警察や軍の関係者には、賄賂《わいろ》を渡しておくのだ、と私が会った人物はいっていた。役人たちは定期的にヘリコプターで見回っているが、それは賄賂を渡してあるポルノ業者を保護すると同時に、渡さなかった業者を取り締まるためのものであるともいう。もっとも、これらの証言がどこまで正しいのかはわからない。たんに私の歓心を買うための作り話である可能性も否定はできない。

ほんとうに警察や軍がグルになっているのかどうかは別として、東南アジアをはじめとした発展途上国が児童ポルノや幼児売春の供給地となっているのは事実だ。そして、その原因は、発展途上国の人々のモラルが低いからでも、人権意識が希薄だからでもない。貧困こそが最大の原因だ。

＊

本書において梁石日は、幼児売春の現場を過剰なほどグロテスクに描く。おもわず目を背けたくなる読者も少なくないだろう。だが、これが現実だ。憎むべきは山岳民族から幼女を買い受ける都市の男だけでなく、売春宿で幼女と性行為におよぶ外国人の男たちだけでなく、この絶対的貧困を温存し、温存することで自らの豊かな社会を保っている私たち自身なのだ。

一〇〇円ショップには安い日用品がたくさん並んでいる。ほとんどは中国をはじめとしたアジアで作られている。価格が安いのは、人件費が安いからだ。かの地の人々が安い人件費で働くことについて、消費者である私たちが罪悪感を持つ必要はない、という人々もいる。たとえ日本の何十分の一の給料であれ、劣悪な労働条件であれ、それはかの地にとっては重要な産業なのだから、と。安い日用品が作られなくなったら、困るのは彼らのほうなのだから、と。しかしそれは、東南アジアでの買春を「個人的経済援助」などといって笑ってすませる感性と同じではないのか。

たとえば私たちは、現在の生活レベルを下げて、発展途上国への援助に金を回すことができるだろうか。

先ほど私は、東南アジアにおける児童ポルノは、国内の経済格差や貧困の問題をそのまま輸出したようなものだと述べた。それが最も際立った形で描かれているのが、本書における臓器売買の問題である。

臓器移植によってしか助からない子供がいる。国内で手術を受けることはもちろん、アメリカなどに渡ってドナーがあらわれるのを待つ猶予はない。だから東南アジアで移植を受ける。東南アジアでは、貧しい子供が買われ、殺され、ドナーにされている。

一人の子供を助けるために、ほかの子供を殺すのは間違っている。もしも貧しい子供を犠牲にすることでしか金持ちの子供が生き残れないのなら、金持ちの子供はだまって死を待つしかないのだ。問題は、その子供の親に向かって、「あなたは子供の命をあきらめるべきだ」と告げる勇気があるかどうかだ。

＊

発展途上国の人々が貧しいのは、彼らが怠け者だからでも、彼らの能力が劣っているからでもない。往々にして発展途上国の政治が、先進国の尺度で見ると非民主的で腐敗しているとしても、それらはその国の人々だけが悪いのではない。私たちは、彼らを殺してその臓器で生きているのだから。

私が本書でもっとも驚愕し、激しく動揺したのは結末である。――だから、本書をまだ読んでいない人は、ここから先は読まないでほしい――貧しい国のことは、貧しい国の人々の問題なのだから、外部の人間である日本人は手を引くべきだ、というジャーナリストに対して、ヒロインは「わたしの居場所はここです」といいきる。責任逃れをするインテリゲンチャに対して、全存在を賭けて責任をとろうとするヒロイン。やられた、と思った。これを書けるのは梁石日しかいない。「ここ」と「向こう」に線を引き、「ここ」にとどまる者にはけっして書き得ない。

在日外国人は、日本人ではないというそのことによって、日本社会の中では特殊な存在である。特殊な存在として、特殊なメンタリティーで生きている。二一世紀に入ってから――つまり、日本人が豊かさにつきまとう後ろめたさや、発展途上国の人々との〝連帯意識〟をとっくに失ってしまってから――梁石日がこのような小説を書くことができるのは、彼が在日外国人として生きてきたからにほかならない。アジアの現実は他人事ではない。それは日本国内における外国人の現実が他人事ではないのと同じように。幼児買春も、児童ポルノも臓器売買も、政治腐敗も、貧困も、抑圧も、すべてが私たち、いや私自身の問題なのだ。

――フリーライター

この作品は二〇〇二年十一月解放出版社より刊行されたものです。

闇《やみ》の子供《こども》たち

梁石日《ヤン・ソギル》

平成16年4月10日　初版発行
平成20年8月15日　16版発行

発行者——見城徹
発行所——株式会社幻冬舎
〒151-0051東京都渋谷区千駄ヶ谷4-9-7
電話　03(5411)6222(営業)
　　　03(5411)6211(編集)
振替00120-8-767643
印刷・製本—中央精版印刷株式会社
装丁者——高橋雅之

幻冬舎文庫

ISBN4-344-40514-5　C0193　や-3-11